Tutto di Te

Una storia d'amore gay di seconda possibilità

Everything About You: A Second Chance Gay Romance

Jeanne St. James

Traduzione di
Ernesto Pavan

Traduzione italiana a cura: Ernesto Pavan
Copertina a cura/Modello di copertina: Golden Czermak at FuriousFotog
Editore originale in inglese: Proofreading by the Page

www.jeannestjames.com

Iscriviti alla newsletter per avere aggiornamenti sull'autrice e sulle nuove uscite:
www.jeannestjames.com/newslettersignup (in inglese)

Attenzione: Questo libro contiene scene esplicite, alcuni possibili fattori scatenanti e un linguaggio da adulti che potrebbe essere considerato offensivo per alcuni lettori. Questo libro è in vendita SOLO agli adulti, come definito dalle leggi del paese in cui è stato effettuato l'acquisto. Si prega di archiviare i file in modo appropriato, in modo che non possano essere consultati da lettori minorenni.

Questa è un'opera di fantasia. Qualsiasi somiglianza con persone reali, vive o morte, o con eventi reali, è puramente casuale.

***

***

Per rimanere aggiornati sulle novità di Jeanne, collegatevi al sito www.jeannestjames.com o iscrivetevi alla sua newsletter: http://www.jeannestjames.com/ newslettersignup (in inglese)

Link d'autore: Instagram * Facebook * Goodreads Author Page * Newsletter * Jeanne's Review & Book Crew * BookBub * TikTok * YouTube

Contenuti sensibili

Perdita di un figlio (nel passato; sola discussione)
Tradimento (nel passato; non attuale)

Prologo

Dove tutto è finito

È stato il tuo sorriso.
La tua risata.
Il colore dei tuoi occhi.
Il modo in cui mi guardavi quando nessun altro ci guardava.
Il modo in cui mi abbracciavi.
Il modo in cui mi baciavi.
Erano tutto ciò che amavo di te.

L'appiattirsi di quel sorriso.
Lo zittirsi della tua risata.
La perdita delle tue labbra.
Il modo in cui te ne sei andato.
Il modo in cui hai distrutto tutto.
Il modo in cui hai distrutto me.
Distrutto noi.
Erano tutto ciò che odiavo di te.

Tutto di te.

Quello che volevo.
Quello di cui avevo bisogno.
Quelli in cui speravo.
Quel giorno non mi hai solo spezzato il cuore.
Me lo hai schiacciato, cazzo.

Capitolo uno

Ronan (ora)

Pigiai con violenza il pulsante di salita dell'ascensore all'ingresso del mio palazzo. Il mio respiro stava rapidamente tornando alla normalità e il sudore cominciava ad asciugarsi sul corpo. Ero ansioso di lavarmelo di dosso insieme alla sporcizia una volta salito al piano di sopra.

Magari anche di fare qualcosa di più sotto il getto caldo della doccia.

I numeri si illuminarono uno alla volta mentre la cabina dell'ascensore scendeva dal sesto piano.

Ding. Cinque.

Ding. Quattro.

Ding. Tre.

Il ronzio e il *click* della porta esterna dell'ingresso che si apriva dietro di me mi spinsero a lanciarmi un'occhiata alle spalle per verificare se dovevo trattenere l'ascensore per chiunque fosse appena entrato.

Mi tolsi la maglietta sudata dalla spalla, dove l'aveva

buttata, e la usai per asciugarmi il viso, perché palesemente avevo le allucinazioni. Doveva essermi entrato il sudore negli occhi. Forse mi girava la testa perché non mangiavo nulla da molte ore.

Oppure...

Oppure... stavo davvero vedendo la persona che credevo di vedere.

Ma non poteva essere. Dovevo essermelo immaginato. Essermi immaginato lui.

Forse mi stava venendo un infarto o qualche altro problema di salute e dovevo sedermi. Era vero che non correvo all'aperto quanto avrei dovuto; poteva essere un calo di zuccheri, soprattutto dopo una sessione di cardio intensa.

O magari era una semplice allucinazione.

L'uomo che era entrato si fermò all'ingresso, dove erano disposte le cassette della posta dei residenti. Sembrava essersi appena alzato dal letto, sebbene indossasse giacca e cravatta. Gli indumenti erano spiegazzati, come se avesse dormito su una panchina del parco.

Non poteva essere un senzatetto, dato che aveva il codice del portone, il quale cambiava una volta al mese. Ciò significava che doveva risiedere nel condominio, malgrado non lo avessi mai visto prima.

Tuttavia, non solo l'uomo aveva un'aria fuori posto, ma parlava da solo. Proprio come il senzatetto che dormiva spesso su una panchina nel Point State Park. Quello che di solito faceva il bagno nella fontana, da dove ripescava anche le monetine lanciate dai turisti e della gente del posto.

Buffo: i miei desideri non si erano mai avverati dopo aver buttato un penny in una fontana, ma magari per gli altri funzionava.

Non riuscivo a sentire quello che stava dicendo l'uomo, per via della seconda doppia porta che separava l'ingresso dall'atrio, ma sebbene questi avesse la testa abbassata, vedevo chiaramente che le sue labbra si muovevano. Poteva darsi che indossasse le cuffie e stesse parlando al telefono.

Oppure stava svolgendo una conversazione completa con se stesso mentre frugava nelle profondità della tasca dei pantaloni. Molto probabilmente alla ricerca della chiave della cassetta.

Ma anche dopo che mi ero asciugato il sudore dagli occhi, l'uomo continuò a sembrarmi molto familiare.

Troppo familiare.

L'ascensore squillò al suo arrivo e le porte si aprirono con un soffio. Il signore e la signora Callahan del quarto piano uscirono assieme al loro rumoroso e mordace Pomerianian, Mr. Pibbles.

Feci un passo di lato per far passare la coppia di anziani e per evitare che lo stronzetto mi strappasse un pezzo di caviglia con i denti.

La signora Callahan mi percorse con lo sguardo. Sapevo esattamente il perché.

Non indossavo altro che dei pantaloni lucidi neri che, quando ero sudato, si appiccicavano alle mie risorse, oltre a scarpe da corsa, calzini sportivi alle caviglie e un berretto della Penn State U.

Non aiutava che la mia pelle non fosse propriamente pallida e che sfoggiassi un ampio assortimento di tatuaggi sul torace e sulle braccia.

Ma non era la prima volta che mi vedevano dopo una corsa e, purtroppo per loro, non sarebbe stata l'ultima.

Il signor Callahan mi tenne aperta la porta dell'ascensore, anche se aveva l'aria di uno che stava succhiando limone.

Erano splendide persone.

E per "splendide" intendo stronzi bigotti.

Ciononostante, dovevamo coesistere, dato che vivevamo

tutti nello stesso palazzo. Invece di mostrargli il medio, gli rivolsi un cenno del capo e dissi: "Non salgo ancora, ma grazie," per poi lanciarmi una rapida occhiata alle spalle verso l'ingresso.

Il nuovo arrivato doveva aver trovato la chiave, dato che lo sportello metallico di una delle cassette delle lettere era ora spalancato mentre lui frugava in mezzo a un mucchio di posta.

Scuotendo la testa, l'uomo continuò a parlare da solo. Sollevò lo sguardo una singola volta, quando i Callahan gli passarono accanto col cane che abbaiava minaccioso. A Mr. Pibbles non piacevano gli sconosciuti.

Porca miseria, a Mr. Pibbles non piaceva nessuno tranne i Callahan. E anche quello era discutibile.

Non appena la coppia e il loro toporagno fracassone fu uscita in strada, l'uomo chiuse la cassetta e si voltò... E la rotazione terrestre si arrestò completamente e bruscamente, come se qualcuno avesse tirato il freno di emergenza.

Ebbi un tuffo al cuore. I miei polmoni si svuotarono. La mia anima decise di abbandonare l'atrio senza di me.

Ma la mia mente... Quella cominciò a vorticare come una giostra nelle mani di un giostraio ubriaco.

"Ommerda." Quando il mio cuore riprese bruscamente a battere, mi calcai il berretto sulla testa per nascondere il viso e mi affrettai a infilarmi la maglietta umida mentre correvo verso le scale.

Mi assicurai di non sbattermi la porta d'acciaio alle spalle e per un attimo premetti la schiena alla parete accanto.

Non sapevo cosa diavolo fare. Di certo non ero pronto ad affrontarlo.

Non poteva essere vero. Lui non poteva vivere nel mio stesso palazzo.

Non poteva essere lui. No, cazzo!

Aveva lasciato Pittsburgh dodici anni prima, dopo la laurea; perché diavolo era tornato ora?

L'unica ipotesi era che quello non fosse davvero Tate. Che fosse uno che gli somigliava. Un doppelgänger.

Stavo dando di matto per nulla.

Mi stavo comportando da stupido imbecille.

Ma tanto per stare sicuro, staccai la schiena dalla parete vicino alla porta, girai il berretto e mi voltai, piegando le ginocchia e facendo capolino con la testa quanto bastava per sbirciare dalla finestrella ignifuga.

Guardai l'uomo mentre si dirigeva verso l'ascensore e premeva il pulsante dieci volte in rapida successione. Mentre lui aspettava con impazienza che le porte si aprissero, spostò il peso da un piede all'altro.

Dodici anni.

Erano trascorsi dodici cazzo di anni dall'ultima volta in cui lo avevo visto.

Ma era come se fosse ieri.

Avevamo entrambi un aspetto diverso, ma anche uguale.

Decisamente più vecchi. Discutibilmente più saggi.

Ma lui sembrava consumato. Malmesso.

Come se la vita facile che avrebbe dovuto vivere si fosse rivelata non tanto facile.

Lo guardai fino a quando non entrò nella cabina dell'ascensore e le porte si chiusero alle sue spalle, portandolo via.

Continuai a fissare il vuoto dove lui era prima, perché faticavo a staccarmi.

Potevo attribuire la colpa solo allo shock.

Dopo aver finalmente costretto i miei piedi a muoversi, mi sedetti sul terzo gradino e mi lasciai ricadere la testa fra le mani per cercare di prendere atto della realtà di colui che avevo appena visto. Non sapevo cosa ci facesse lì. A Pittsburgh. Nello stesso maledetto palazzo in cui vivevo io. Senza sapere perché tutto ciò stesse accadendo.

Per un attimo, nel silenzio, fui trasportato nel passato.

A un'epoca in cui avevo speranze.

Sogni.

Aspettative.

E naturalmente, in cui tutto ciò era stato annientato.

Ronan (allora)

MI ALLARGAI SULLA SEDIA, con un braccio appeso con noncuranza allo schienale del posto vuoto alla mia destra. Potevo anche essere un primino, ma ero venuto alla Duquesne con l'intento di non comportarmi come tale. Di non essere visto come un ragazzino appena uscito dalle superiori.

Invece, volevo sentirmi un uomo pronto a conquistare il mondo.

Poteva anche non essere vero, ma il detto "fingilo fino a riuscirci" esisteva per un motivo.

Proprio per quello, facevo del mio meglio per mostrarmi sicuro di me e ambientato, quando in realtà era vero tutto il contrario.

Ero andato benissimo alle superiori, il che mi aveva aiutato a ottenere borse di studio e finanziamenti. Ma frequentare la Duquesne University era tutto un altro mondo rispetto alle superiori.

Sarebbe stato sfavillante se gli studenti non fossero stati di mentalità chiusa come quelli della scuola che avevo frequentato in un paesino sul confine di Hershey, PA. Il mio coinquilino sembrava un tipo a posto, ma lo conoscevo da meno di una settimana e non gli avevo detto che ero gay.

Non ancora.

Speravo che, se prima avesse imparato a conoscermi, quando ci sarebbe arrivato avrebbe già saputo che io non ero definito soltanto dalle mie preferenze sessuali. Essere gay era solo una piccola parte di quello che ero come persona.

Quella mattina ero arrivato in anticipo per la prima lezione – non ero sicuro di sapere dove si trovava l'aula – e avevo preso posto in una fila di posti vuoti.

Non volevo stare al primo banco, ma nemmeno nascondermi in ultima fila. Sarebbe stato inutile, dato che il corso era di scrittura creativa multigenere. Un corso non obbligatorio, ma che mi interessava, in parte perché non avevo ancora deciso la mia materia principale. Non avevo motivo di nascondermi, in quel corso, a differenza di quello di algebra.

In quel momento, non avevo idea di cosa volessi fare nella vita. Cominciavo a propendere per una laurea in ambito finanziario, per cui mi ero iscritto a un corso principale e a una serie di corsi a scelta per vedere se qualcosa avrebbe attirato il mio interesse.

Dato che scrivere era importante nella maggior parte delle professioni, mi ero detto che non avrebbe fatto male. Sebbene fossi un vero professionista a inviare messaggi e e-mail amichevoli, quando si trattava di corrispondenza professionale, un po' di pratica non mi avrebbe fatto male. E poi, quanto poteva essere difficile la scrittura creativa? A differenza dell'algebra.

E così, eccomi lì, seduto in terza fila, in attesa del professore, che guardavo i posti riempirsi attorno a me. Avevo il mio vecchio portatile Asus aperto sul banco reclinabile, sperando che la batteria di quel dinosauro durasse abbastanza per arrivare alla fine delle lezioni. Anche quella del mio cellulare vecchio di tre anni e con lo schermo crepato stava lentamente morendo. Ma non potevo permettermi di sostituire nessuno di quegli aspiranti fermacarte.

Il che mi ricordava... Dovevo trovare un lavoro con un orario che combaciasse con le mie lezioni, lo studio e, naturalmente, un po' di divertimento. Dato che mi mantenevo da solo agli studi, il primo e il secondo punto erano più importanti. Fare festa, uscire o scopare sarebbero stati più che altro una ricompensa per tutto il mio duro lavoro.

Lanciai un'occhiata al mio schermo sfarfallante per dare un'ultima occhiata al programma mentre gli altri finivano di entrare. Quando il chiacchiericcio si arrestò, sollevai lo sguardo e vidi il professore entrare, lasciar cadere la valigetta sulla cattedra, scrivere *dott. Mario Louden* alla lavagna e poi avvicinarsi al leggio.

Il dottor Louden si schiarì la voce. "Nel caso vi foste persi, questo è–"

La porta si spalancò sbattendo e uno studente entrò di corsa. Il ragazzo si fermò, incrociò lo sguardo del dottor Louden e fece una smorfia.

"Signor Harris, *questa* è una delle ragioni per cui lei sta ripetendo questo corso. Sa a che ora comincia la lezione da quando ha ricevuto il calendario, almeno due settimane fa. Non ha scuse per il ritardo."

"Scusi. Scusi," mormorò lo studente, sistemandosi lo zaino spalancato che gli penzolava da una spalla.

"Mi aspetto che non accada più. Giusto, signor Harris? Altrimenti, le suggerisco di abbandonare il corso e trovarne un altro, con un nuovo insegnante da offendere con i suoi ritardi."

"Devo..." Lo studente scosse la testa. "Giuro che non farò più tardi."

A me suonava falso, ma non me ne fregava un cazzo di

quello che gli usciva di bocca. Ero più fissato sulle sue labbra che sulle parole che pronunciavano.

Era. Assolutamente. Magnifico.

Una robusta ciocca di folti capelli scuri gli ricadeva sulla fronte e un rossore gli era risalito sul collo e riempito le guance.

Non riuscii a distogliere lo sguardo dal mio futuro ragazzo – forse addirittura futuro marito – mentre saliva di corsa i gradini con la testa bassa. Sfortunatamente, svanì da qualche parte dietro di me.

Con un po' di fortuna, non aveva visto che lo fissavo.

In caso contrario... Beh, pazienza.

Probabilmente, avrebbe pensato che lo avessi fissato solo perché ritenevo scortese arrivare in ritardo a lezione.

Sentii il tonfo del suo pesantissimo zaino sul pavimento qualche fila più indietro, seguito da un forte fruscio e da una serie di borbottii.

Non ero l'unico a essermene accorto. Lo aveva fatto anche il dottor Louden, che fissò alle mie spalle il futuro signor Ronan Pak.

Suonava bene. Un altro uomo che prendeva il mio cognome. Se lui avesse insistito, gli avrei permesso di affiancarli. Harris-Pak.

"È sicuro di essere pronto? Posso iniziare la lezione, signor Harris?" esclamò il dottor Louden con un sopracciglio scuro e cespuglioso in alto sulla fronte.

Si udì qualche sghignazzo e qualche risatina soffocata e io notai che tutti si erano voltati per dare un'occhiata al signor Harris.

Correzione: al signor Harris-Pak.

Un sorriso si allargò sul mio volto e io mi sottrassi a quella fantasia per concentrarmi sulla lezione quotidiana mentre il nostro professore cominciava a spiegare. Non volevo certo che mi rimproverasse di fronte a tutti per aver sognato a occhi aperti.

Più di un'ora dopo, stavo rimettendo la mia roba nello zaino, compreso il mio vetusto computer – che per fortuna non mi aveva ancora abbandonato – chiedendomi quando avrei rivisto il signor Harris, dato che non conoscevo ancora il suo nome.

Ancora. Ma lo avrei conosciuto.

Mi sarei assicurato di arrivare in anticipo a lezione, il venerdì, e di prendere posto verso il fondo dell'aula, in modo da fissare la mia ultima ossessione senza che nessuno se ne accorgesse. Studiarlo. Imparare a memoria ogni dettaglio. Per le mie fantasie.

Quando mi alzai, sentii uno scalpiccio di piedi che scendevano i gradini alle mie spalle, per cui aspettai e giocherellai con lo zaino, cercando di non essere troppo palese.

Volevo solo dargli un'altra occhiata. Di spalle, questa volta, dato che il davanti lo avevo già visto.

Non rimasi deluso quando Harris scese di corsa i gradini verso la parte frontale dell'aula. Tuttavia, il suo zaino era ancora spalancato e i contenuti rischiavano di cadere.

"Ehi!" esclamai per avvertirlo, per poi seguirlo rapidamente giù per i gradini.

Lui o non mi sentiva o mi stava ignorando mentre usciva di corsa dall'aula ed entrava in corridoio.

Mi feci largo a gomitate attraverso un gruppo di studenti intenti a chiacchierare, ma soprattutto intenti a tenermi lontano dal mio futuro marito. Li superai e uscii, sperando di non aver perso Harris.

Non lo avevo perso.

Non perché mi stesse aspettando, ma perché era accaduto quello che temevo: il suo zaino era ora per terra e tutto ciò che conteneva era sparso per il corridoio come il contenuto di una piñata a una festa di compleanno.

A farmi quasi piangere fu la vista di quello che sembrava un portatile nuovo sul pavimento.

Che tragedia. Cosa avrei fatto per un portatile nuovo come quello...

Sperai che non fosse rotto e, se lo era, che fosse assicurato.

Non era un mio problema. Ciò che mi interessava era quell'uomo dalle spalle larghe e i fianchi stretti, con una pesca succosa e perfetta come sedere, ora accovacciato a terra che raccoglieva le sue cose mentre tutti gli altri gli giravano attorno e non si prendevano la briga di dargli una mano.

Era la mia occasione di presentarmi e fare il cavaliere dall'armatura scintillante.

Abbassatomi rivolto verso di lui, cominciai a raccogliere penne, un arcobaleno di evidenziatori e vari bigliettini adesivi colorati.

A occhio e croce, quel tizio portava troppa roba nello zaino. Chi girava con tutte quelle cose? Non c'era da stupirsi che non riuscisse a chiudere la cerniera.

Quando ebbi le mani piene, afferrai lo zaino e ci buttai tutto dentro. Se lui voleva tenere organizzata quella quantità di roba, poteva farlo da solo e lontano dal traffico in corridoio.

Mi alzai e mi avvicinai al mio futuro amante, stringendo forte lo zaino.

Il mio cervello stava cercando di convincermi che abbracciare il suo zaino era come abbracciare lui.

Non lo era. Purtroppo.

Aspettai mentre lui ammucchiava dei libri di testo e quelli che sembravano dei romanzi fra le braccia e si alzava in piedi, rosso in viso per l'imbarazzo o forse per lo sforzo.

Gli tesi lo zaino. "Tieni."

Dopo che si fu guardato attorno per vedere se mancava qualcosa, lo studente si illuminò in viso. E quando si allungò verso lo zaino, io non riuscii a mollare la presa. Una volta che lui lo ebbe stretto con forza, le nostre dita si toccarono e una scossa elettrica mi risalì il braccio e un tornado di calore mi vorticò nelle viscere.

I nostri sguardi sorpresi si incrociarono e...

Mi dimenticai come si faceva respirare.

I suoi occhi azzurri...

Vederli da vicino mi fulminò proprio al centro del petto.

Il suo sorriso imbarazzato e storto mi appesantì le palle e io sperai fortissimamente che non mi venisse duro in mezzo al corridoio.

"Grazie." La parola gli si bloccò in gola. Lui si schiarì la voce e la ripeté più chiaramente.

"Nessun problema."

"La cerniera è rotta," spiegò lui.

"Probabilmente perché ti porti dietro mezzo corso di studi."

"Non vivo al campus, per cui..." Il ragazzo parve perdere il filo dei pensieri, ma non perse mai di vista i miei occhi. Il suo sguardo era fisso nel mio. "Ehm... Ecco..."

"Non dimenticare niente," conclusi per lui.

Lo studente annuì e quella ciocca di capelli scuri gli ricadde più in basso sulla fronte. Chiusi le dita della mano che non reggeva lo zaino per evitare di allungarmi e scostargliela dal sopracciglio e rimettergliela a posto.

"Non puoi lasciare qualcosa in macchina?" Non che mi importasse davvero se girava carico come un mulo; volevo solo tenerlo lì il più a lungo possibile.

"Non ho la macchina." La sua voce era molto più profonda di quello che si sarebbe potuto pensare guardandolo, dato che era abbastanza snello.

"Come fai a venire a lezione, allora?"

"In bici o a piedi. A volte chiedo un passaggio a uno dei miei coinquilini, se i nostri orari combaciano."

Un piccolo strattone mi spinse a mollare finalmente lo zaino, anche se non volevo farlo. Volevo tenere il ragazzo lì, come un ostaggio. Prenderlo per me e tenermelo fino a quando non si sarebbe innamorato disperatamente di me.

Naturalmente, sapevo che non era realistico. Ma c'era una cosa che *potevo* ottenere da lui...

"Figo. A proposito, io mi chiamo Ronan, ma puoi chiamarmi Roe."

Le sopracciglia scure del ragazzo si toccarono. "Ronan?"

"Sì, è un nome irlandese. Si vede che sono irlandese, no?" Inclinai la testa e mantenni un'espressione seria, anche se lo stavo prendendo in giro.

Lo vidi lasciarsi prendere dal panico al pensiero di rischiare di offendermi con la sua risposta. "Ehm..."

Impedii alle mie labbra di guizzare e tradirmi. "A dire il vero, sono solo metà irlandese. La metà davanti. Quella dietro non lo è." Aspettai per vedere se mi avrebbe chiesto qual era il resto della mia etnia, dato che non sembravo irlandese nemmeno per metà. Ma lui rimase sul sicuro e non me lo chiese, per cui io dissi: "E tu?" Non ero pronto a che quella conversazione finisse.

"Non... Non saprei..."

Si passò le dita fra i capelli, disordinandoli ancora di più. Ai miei occhi, ciò lo fece sembrare ancora più sexy. Sarei stato contentissimo di vedere che aspetto avevano i suoi capelli quando si girava la mattina e si ritrovava con la testa sul cuscino accanto al mio.

"Sono un po' un misto. Di varie etnie europee. Tedesca e–"

"Intendevo come ti chiami."

Il rossore delle sue guance si intensificò. "Tate. Harris. Puoi chiamarmi Tate."

Quando io sorrisi, vidi qualcosa di inaspettato attraversare il volto di Tate.

Interesse. Prudente interesse.

Mmm. Poteva essere gay? O almeno bi?

Potevo essere così fortunato che il mio futuro marito apprezzasse gli uomini?

Nah, non ero mai così fortunato.

Tesi la mano. Lui la fissò per un istante, come se gli avessi appena lanciato una palla a effetto. Poi si sistemò lo zaino sulla spalla e mise la sua mano calda dalle dita lunghe nella mia.

E, *porca troia...*

Non vedevo l'ora di finire la lezione successiva, dato che poi dovevo andare al laboratorio di informatica e cominciare a stampare le partecipazioni.

Speravo che a Tate la cosa non dispiacesse.

Ronan (ora)

NEL VANO SCALE SILENZIOSO, lasciai ricadere le mani e sollevai la testa, traendo un profondo respiro purificatore per scacciare i ricordi.

Fra tutti quelli che non riuscivo scrollarmi di dosso, quello era piacevole; dovevo fermarmi prima di passare a quelli dolorosi, devastanti.

Dopo essermi alzato, strinsi le labbra e contrassi la mascella. Cominciai la lunga camminata lungo le scale fino all'attico. E mentre lo facevo, mi resi conto di una cosa...

Non ero assolutamente pronto ad avere un faccia a faccia con Tate Harris.

Non oggi e forse mai.

Nel periodo trascorso fra l'ultimo giorno in cui l'avevo visto e oggi, ero stato con molti uomini. Ma nessuno era come lui e io non avevo mai amato nessuno di loro.

A causa di ciò, non avevo mai vissuto una perdita grave in confronto a quella di Tate.

Dopo tutti quegli anni, pensavo che mi fosse passata.

Palesemente, non era così.

Capitolo due

CAMMINAVO AVANTI e indietro di fronte alle numerose finestre. La vista ampia e notevole era l'unico motivo per cui avevo comprato il palazzo e trasformato l'intero ultimo piano in un attico. Come per la maggior parte degli edifici che acquistavo, anche questo aveva avuto bisogno di una bella rimessa in sesto, ma ora era casa mia. Con la maggior parte delle luci spente, l'intera città sembrava a portata di mano. Come se potessi allungarmi e toccare tutto ciò di buono che c'era a Pittsburgh.

Dal mio attico, c'erano viste sui grattacieli della città, le luci scintillanti e alcuni dei numerosi ponti. In lontananza, si distingueva la Duquesne Incline, oltre al PNC Park e all'-Heinz Field, i due stadi dove giocavano gli amatissimi Pittsburgh Pirates e Steelers.

Le sere in cui sparavano tutti quei fuochi d'artificio per gli appassionati di baseball al PCN Park, io salivo sul tetto oppure spegnevo tutte le luci dell'attico, mi accomodavo al buio sul divano e guardavo il cielo notturno illuminarsi di esplosioni di colori in corrispondenza del centro.

Amavo quella città. Amavo la gente. Amavo l'atmosfera.

La amavo dal momento in cui ero arrivato e mi ero trasferito nella mia stanza al dormitorio della Duquesne U, quando avevo diciannove anni.

La amavo così tanto che ero rimasto lì dopo la laurea.

Quella città aveva tutto quello di cui avevo bisogno.

Compreso Tate, all'inizio.

Poi aveva continuato a includere tutto ciò di cui avevo bisogno, tranne lui.

Tate non era rimasto come aveva promesso. Invece, aveva lasciato me e la città che entrambi amavano tanto. La città che avevo creduto entrambi avremmo chiamato casa. Insieme.

Mi ero sbagliato.

Peggio ancora era il modo in cui era successo.

Mi fermai di fronte alla finestra a tutta parete e abbassai lo sguardo sulla strada. Il movimento delle luci rosse e bianche lasciava una scia indefinita mentre i veicoli serpeggiavano sulle strade colme di persone dirette ciascuna alla propria destinazione. Minuscoli individui si muovevano anche a piedi, per andare a cena o a uno spettacolo, o semplicemente tornare a casa dopo una giornata lunga.

La mia attenzione fu distratta da quella vista calmante e familiare quando il cellulare vibrò finalmente nella mia mano. Non era una chiamata, ma un messaggio con la risposta a una mia richiesta. Alicia era una delle mie amministratrici più anziane. Era a capo della divisione residenziale della Pak Property Management, Inc.

Unità 602. Abbiamo in archivio una copia della sublocazione, se vuoi vederla. Posso inviartela via e-mail domani, quando tornerò in ufficio.

L'unità 602.

Prima che io potessi rispondere, arrivò un altro messaggio. *Devo occuparmi di un problema con l'inquilino?*

Prima che potesse rispondere, mi suonò il telefono. Trascinai il pulsante verde per accettare la chiamata e misi Alicia in vivavoce.

"C'è un problema, Roe?"

Non uno che volessi ammettere. "No. Nessun problema. Ho visto un volto nuovo nell'atrio, e siccome aveva il codice di accesso, volevo assicurarmi che vivesse qui. Nient'altro."

L'attenzione al dettaglio di Alicia era il motivo per cui aveva fatto carriera velocemente nella mia azienda. La pagavo bene e lei si guadagnava fino all'ultimo centesimo. Così facevano i capi della divisione commerciale e di quella per i rapporti con le associazioni dei proprietari della mia società di gestione immobiliare, una di diverse aziende di cui ero ora il proprietario.

Ero stato fortunato: i primi dipendenti che avevo assunto per la Pak Property Management quando ero ancora un imprenditore novizio erano ancora con me. D'altra parte, li avevo ricompensati bene, fra stipendi e benefici. Assieme a una generosa quantità di ferie in modo che non si esaurissero.

A ciò contribuiva anche il fatto che i loro bonus annuali corrispondevano a più dello stipendio annuale di un dipendente a salario minimo.

Avevo imparato presto a rispettare e apprezzare i miei dipendenti più operosi. Come le proprietà immobiliari, le attività commerciali e le azioni, anche loro erano un investimento.

La persona giusta valeva il suo peso in oro.

E anche l'amante giusto.

"Roe?"

Scossi la testa per tornare alla conversazione. "Scusa."

"Qualcosa non va?"

"Volevo solo assicurarmi che l'inquilino fosse un tipo a posto, tutto qui."

"No. Con te." Alicia era anche molto sveglia.

"Sto bene," mentii. "Grazie per aver controllato. Ti porterò uno di quei caffelatte che ti piacciono da quel baretto all'angolo la prossima volta che verrò in ufficio."

Una risata sommessa giunse dal telefono. "Ormai non vieni quasi più in ufficio."

"Perché tu, Mike ed Abe siete così bravi che non ho bisogno di farlo."

"È per questo che ci copri d'oro."

Gli angoli delle mie labbra si sollevarono. Alicia stava scherzando, ma diceva anche la verità. "Esatto."

"D'accordo. Se hai bisogno di altro, fammi sapere."

"Ho bisogno che tu ti goda il resto della serata con la tua famiglia. Mi dispiace per avervi interrotti."

"Me la godrei di più se tu venissi qui e mi levassi di torno questi tre senzadio per una sera."

Risi sommessamente. "Dovresti lavorare gratis per me per un anno perché io lo prenda anche solo in considerazione."

"Stai dicendo che una gabbia nel seminterrato costerebbe di meno," scherzò la donna.

"Sono sicuro che abbiamo un fornitore che potrebbe istallarne una a un prezzo ragionevole."

"Oops. Credo che i bambini abbiano sentito," disse ridendo Alicia.

"Ti perdoneranno non appena tirerai fuori il gelato."

"Preferisco evitare che siano strafatti di zucchero prima di andare a letto."

La ignorai e insistetti: "Con gli zuccherini."

"D'accordo." Alicia sospirò. "Gelato con gli zuccherini."

Il mio salotto si riempì del suono dei tre figli di Alicia che esultavano e gridavano in sottofondo quanto volevano bene a zio Roe. Ciò contribuì ad alleviare l'angoscia che mi pesava sul petto.

Con un sorriso, conclusi la telefonata, ma non appena lo feci, quel sorriso mi scivolò via dal volto mentre tornavo a fissare la città.

Ronan (allora)

MI INFILAI in un posto vuoto accanto a Tate; era arrivato appena prima dell'inizio della lezione. Il dottor Louden non si faceva problemi a richiamare gli studenti in ritardo e io non volevo diventare il suo bersaglio.

Ero molte cose, ma ritardatario non era tra quelle.

Tuttavia, non avevo fretta di arrivare a lezione, dato che volevo assicurarmi che il mio futuro marito arrivasse per primo. Così, avrei potuto sedermi accanto a lui e magari dare inizio a un dialogo.

Nelle ultime due settimane, avevo scoperto che era più facile arrivare dopo di lui che arrivare prima e sperare che si sedesse accanto a me.

Non avevamo modo di parlare quanto avrei voluto io perché, anche se eravamo all'università e non in una scuola cattolica, non avrei escluso che il professore tirasse fuori un righello e ce lo picchiasse sulle mani per aver parlato.

Avevo bisogno di conservare le mani in modo da usarle per ammazzarmi di seghe sull'uomo dei miei sogni quando il mio coinquilino, Dominic, faceva tardi la sera. Guardavo tormentosamente il calendario che Dom aveva appeso sopra la sua scrivania così da mettere in agenda un po' di tempo per me. O meglio, per me e Tate.

Solo che Tate non sapeva di essere un partecipante.

L'uomo dei miei sogni non era arrivato in ritardo dopo quel primo giorno. Anche se il suo zaino era ancora stracolmo di oggetti di ogni genere. Compresi degli snack. E martedì scorso, un preservativo era caduto fuori mentre lui cercava una penna.

Un *preservativo.*

Se non altro, qualcuno si divertiva. Io no di sicuro. Dato che non avevo "gay" tatuato sulla fronte, mi affidavo solamente al mio gay-radar per individuare potenziali partner.

E il mio gay-radar aveva bisogno di essere sintonizzato, perché non funzionava tanto bene. Se non fossi stato troppo giovane[1], avrei cominciato a frequentare qualche locale gay, dove avrei potuto essere diretto e chiedere esplicitamente. Avevo sentito dire che ce n'era uno carino nello Strip District, chiamato Real Luck Cafe.

Anche se fossi riuscito a mettere le mani su una carta d'identità falsa, non avevo modo di andare laggiù a dare un'occhiata all'ambiente, dato che non avevo un mezzo e nemmeno un amico con un mezzo. Figuriamoci i soldi per prendere il taxi.

Stavo lavorando sulla seconda e sulla terza opzione. Il problema con la seconda opzione era che avrei dovuto trovare un amico disposto ad andare con me in un locale gay. La terza opzione significava che avevo bisogno di essere assunto in uno dei numerosi posti dove avevo mandato un curriculum. Cominciavo a disperarmi, dato che non avevo ancora trovato nulla.

Non che fossi schizzinoso. Avevo solo bisogno di orari flessibili e di qualche soldo in tasca.

"Ehi," salutai sottovoce Tate, sperando che il dottor Louden non mi sentisse. Aggiunsi il mio caratteristico sorriso.

"Ehi," rispose lui, con quella ciocca di capelli ribelle che gli ricadeva sulla fronte mentre infilava le mani nello zaino stracolmo ai suoi piedi per tirare fuori quello di cui aveva bisogno.

Già che ci sei...

Trattenni il suggerimento e chiesi invece: "Hai letto le letture assegnate?" quando si raddrizzò. Perché, naturalmente, era uno sfigato.

Lui mi offrì un pacchetto di gomme. Scossi la testa. Lui si strinse nelle spalle, tirò fuori una gomma, la scartò e se la mise in bocca.

Sì, lo ammetto, osservai ogni sua singola mossa.

Mentre lui cominciava a masticare, guardai anche le sue labbra, chiedendomi come sarebbe stato sentirle muoversi contro le mie.

Porca troia, tanto valeva che mi tatuassi "stalker" sulla fronte.

"Solo metà," sussurrò Tate, tenendo un occhio prudente sul dottor Louden mentre questi continuava a blaterare sul leggio. "Tu?"

"Metà?" chiesi a voce troppo alta, spingendo il professore a schiarirsi la voce. Aspettai che Louden si lasciasse nuovamente coinvolgere dalla lezione prima di chiedere con un sussurro: "Oltre al ritardo, è per questo che stai ripetendo il corso?"

Tate sollevò una spalla in una mezza scrollata. Quelle spalle larghe erano coperte da una vecchia maglietta dei Foo Fighters. Ringraziai silenziosamente il Cielo per quanto era stretta.

Tate indossava anche un paio di vecchi jeans con uno

strappo sopra il ginocchio destro. Ero tentato di infilare un dito in quel buco per toccare la pelle sottostante, oltre ad accarezzare i corti peli scuri che erano visibili.

Mi trattenni, dato che non volevo essere arrestato per molestie sessuali. Non solo ciò mi avrebbe fatto perdere la borsa di studio, di cui avevo tanto bisogno, ma mi sarei ritrovato con la fedina penale sporca, per non parlare del fatto che non potevo permettermi la cauzione.

Quelli, oltre alla mancanza di un consenso esplicito, furono i motivi per cui tenni le mani a posto.

Un vero peccato.

"Lo prendo come un sì," dissi quando lui non rispose subito. Avevo bisogno di distrarmi da quel buco gigantesco che mi chiamava come un invito aperto.

"Ho bisogno dei crediti."

"Perché non hai scelto un'altra materia?"

"Questo è un corso obbligatorio per me. Se non lo supero, non posso laurearmi."

La sua gamba si mosse e, *porca miseria*, ancora una volta io fui attratto da quell'allettante lembo di pelle appena fuori dalla mia portata. Costrinsi il mio sguardo a tornare al viso dello studente, soffermandomi solo per un attimo sui capezzoli duri che premevano contro il cotone morbido della maglietta. "Allora ti do un consiglio prezioso: oltre a portare qui il tuo culo in orario, forse sarebbe meglio che tu facessi i compiti."

"Sto cercando di migliorare."

"Qual è la tua materia principale?"

"Giornalismo. La tua?"

Giornalismo? Che figata.

"Non lo so ancora." No, non ero orgoglioso di quella risposta, ma presto avrei trovato una soluzione. Speravo. Avevo ancora quattro anni per capire cosa volessi fare da grande. Non dovevo prendere decisioni definitive nel primo semestre.

"Quanto frutta in un anno?"

Porca troia. Strinsi le labbra per trattenere una risata. Il bel manzo aveva un senso dell'umorismo. Poteva diventare ancora più perfetto? "Decisamente non molto."

"Non ti avevo mai visto al campus."

Inarcai entrambe le sopracciglia. Ero così facile da dimenticare? "Mi sono seduto accanto a te nelle ultime due lezioni e ti ho aiutato a raccogliere le tue cose in corridoio l'altro giorno, ricordi?"

Tate fece una smorfia. "È difficile dimenticarlo e ti sono grato per l'aiuto. Ma intendevo prima di quel momento sfortunatamente indimenticabile. Sei al primo anno?"

"Sì, ma non di primo pelo."

Tate scoppiò a ridere prima di riuscire a simulare un colpo di tosse. Strabuzzai gli occhi per avvertirlo.

"Tutto bene là in fondo, signori? Signor Harris, c'è qualcosa di buffo?"

Merda. Beccati.

"No. Scusi. Mi è andato qualcosa di traverso." Tate finse nuovamente di tossire e si batté una mano sul petto.

Mi sarebbe piaciuto se gli fossi andato di traverso io.

"Siete sicuri che non ci siano problemi, signori? Se vi annoio e dato che questa è la seconda volta che lei parla durante la lezione, signor Harris, dovrebbe essere in grado di venire qui e insegnare bene quanto me."

"Cazzo," borbottò sottovoce Tate.

"Fallo," lo incoraggiai con una gomitata nelle costole.

Lui si ritrasse sussultando mentre le sue guance arrossivano.

Porca miseria. Avrei potuto fissarlo per tutto il giorno.

"Non renderei giustizia alla materia come fa lei, dottor Louden."

Leccaculo. Abbassai la testa per nascondere il viso e mimai il gesto in questione.

Ciò mi valse una gomitata nelle costole.

Nascosi il sorriso quando il dottor Louden ci fissò fin troppo a lungo. Un orologio ticchettò nella mia testa mentre aspettavamo di vedere se ci avrebbe cacciati per aver fatto baccano.

Forse Tate poteva permettersi di seguire un corso due volte, ma io no. E, di nuovo, non potevo rischiare la borsa di studio perché ci provavo senza ritegno invece di seguire la lezione.

"Dato che so di essere irresistibile, smetterò di distrarti in modo che tu possa concentrarti." Mi sporsi, premetti la spalla contro quella di Tate e sussurrai vicino al suo orecchio una volta che il dottor Louden ebbe smesso di guardarci storto.

Una risata nasale giunse dalla mia sinistra, dov'era seduto Tate. Ma quella non fu l'unica cosa che giunse dalla mia sinistra. Tate allungò la mano e mi strinse il ginocchio.

Mi strinse il ginocchio.

Se fossi stato un personaggio dei cartoni animati, avrei avuto gli occhi sporgenti e a cuoricino.

Ma il momento passò così in fretta che forse me l'ero immaginato.

Me l'ero immaginato davvero? Lanciai un'occhiata di sottecchi a Tate.

Lui stava fissando il dottor Louden, ascoltando quali che fossero le parole che uscivano dalla bocca del professore.

Speravo che mi avrebbe fatto un sorrisetto o l'occhiolino… Qualcosa che indicasse che era attratto da me quanto io lo ero da lui. O, meglio ancora, che era gay.

O almeno bi.

O anche solo bi-curioso.

Avevo solo bisogno di un barlume di speranza. Di un granello.

Non ebbi nulla da lui per il resto della lezione. Ma io tenni una mano sul mio ginocchio nello stesso punto, come lo stolto disperato che ero, per avere la sensazione che la sua mano fosse ancora lì.

Quando, finalmente, la lezione ebbe termine e io mi resi conto che non avevo sentito la metà di quello che aveva detto il dottor Louden, sospirai della mia follia e cominciai a raccogliere le mie cose.

Vidi che Tate aveva preso millemila appunti su un quaderno invece che sul computer. Davvero mi ero perso tutta quella roba?

Magari sarebbe stato disposto a condividere gli appunti. Sarebbe stato la scusa perfetta per trascorrere più tempo con lui, in modo da permettermi di capire chi fosse Tate Harris e di dargli la possibilità di conoscere meglio il sottoscritto.

"Ehi... ehm... vuoi prendere un caffè o qualcosa? Mi piacerebbe molto copiare i tuoi appunti." Tate fece una pausa e io trattenni il respiro mentre attendevo la sua risposta. Può darsi che abbia anche incrociato le dita. Ma quando lui scosse la testa scura, esalai lentamente l'aria che avevo trattenuto, anche se il mio disappunto non prese la stessa strada.

Tuttavia, notai che anche lui sembrava deluso.

Ah.

"Non posso. Ho un impegno." Tate continuò a rificcare tutto nello zaino. Mi stupii che le cuciture non si strappassero. Quando lui sollevò di nuovo la testa, disse: "Ma posso mandarteli via e-mail dopo che avrò finito di trascriverli."

Mi porse il quaderno e una penna. Mentre scrivevo il mio indirizzo e-mail, chiesi: "Perché non li scrivi direttamente al computer? Sarebbe più efficiente."

"È uno dei miei modi di 'studiare.' Prima scrivo gli appunti a mano, poi li batto al computer. Questo mi costringe a rivedere il materiale due volte."

"Astuto."

"Non so se sia astuto, ma per me funziona."

Ma funzionava davvero, dato che stava ripetendo il corso? Quanti altri corsi aveva ripetuto?

"Contento tu," borbottai, per poi seguirlo lungo i gradini una volta che tutti gli altri furono usciti.

Gli occhi scuri del dottor Louden ci seguirono quando passammo davanti al leggio.

"Una grande lezione oggi," esclamai con un sorriso e un mezzo cenno di saluto.

Chi era il leccaculo, adesso?

"Vuol dire che ha davvero prestato attenzione?" chiese il professore, sapendo benissimo che così non era. Ero stato troppo impegnato a fare gli occhi dolci a Tate.

"Assolutamente. È stato ipnotico. Vorrei che lei tenesse tutti i miei corsi." Non aspettai la risposta di Louden. Invece, corremmo entrambi fuori dalla porta nel corridoio trafficato, cercando di trattenere le risate.

Ci fermammo subito fuori dalla porta dell'aula.

"Beh, io vado di là," dissi, accennando con il capo a destra.

"E io vado dall'altra parte. Ci vediamo martedì?"

Mancavano quattro giorni a martedì!

"Certo. Sì." Cercai disperatamente di nascondere il disappunto della voce. Fallii miseramente.

Schiarendomi la voce, mi sistemai lo zaino sulle spalle e cominciai ad allontanarmi. O meglio, diciamo piuttosto che trascinai i piedi, dato che non ero pronto perché ci separassimo.

"Ehi..." Tate mi afferrò il braccio, fermandomi.

Stava per dichiararmi amore eterno? In corridoio? Ottimo. Perché se era così, volevo che tutto il mondo lo sapesse.

Mi guardai alle spalle e quando lui ebbe l'impressione di far fatica a dire quello che stava per dire, mi voltai completamente verso di lui e gli concessi il tempo di cui aveva bisogno.

Tate abbassò per un attimo gli occhi sulle scarpe da ginnastica e, quando li risollevò, l'azzurro che vidi nel suo sguardo colpì il mio e vi fece scoppiettare le scintille dentro.

A differenza della lezione del dottor Louden, gli occhi di Tate erano *davvero* ipnotici e mi immobilizzarono.

Cosa vuoi dire, Tate? Vuota il sacco. Mi stai uccidendo.

"Una confraternita dà una festa, domani sera."

Cosa? Non era quello che avevo sperato di sentirmi dire. "Sei in una confraternita?" Non sapevo se essere colpito o deluso. Più deluso, forse. Speravo che non fosse uno di quei tizi.

Tate scosse la testa. "No, ma un paio di miei amici ne fanno parte. Ma alla Pitt, non qui. Mi hanno invitato e ora... sei invitato anche tu."

Rimasi di stucco. Era un invito un po' bizzarro. Ma... "Perché?"

Tate si acciglò. "Perché cosa?"

"Perché mi hai invitato?"

Il suo cipiglio si accentuò, facendogli spuntare rughe attorno alla bocca. "Perché no?"

Oh, non saprei... Non mi conosci, sono gay, sbavo per te e tu sei probabilmente e sfortunatamente etero... tanto per cominciare.

"Voglio dire, io sono... ah..."

Lui inclinò la testa e mi fissò. "Sei..."

"Uno del primo anno. E non vado alla Pitt. Non darà loro fastidio?"

Il suo cipiglio ora era sparito, sostituito da un sorriso divertito. Decisamente, il Tate sorridente mi piaceva di più di quello musone.

La mia attenzione venne attratta dall'arricciarsi verso l'alto delle sue labbra per un momento.

O due.

"No, non gliene frega un cazzo. E alla Pitt ci sono le feste migliori."

"Si paga l'ingresso?" Perché quello avrebbe potuto essere un problema.

Tate scosse la testa. "Paghi solo il bicchiere di plastica se vuoi bere."

"Quanto?" *Porta puttana,* che sfigato che ero! Sfigato e pure povero.

Un'espressione attraversò il volto di Tate. Come se avesse improvvisamente capito il ragionamento dietro alla mia esitazione. "Non preoccuparti. Ci penso io."

"Non devi–"

Tate si sporse verso di me, mi fissò dritto negli occhi e disse: "Ci penso io."

Porcaccia la miseria. Avrei potuto leggere ogni sorta di zozzeria in quello sguardo. Ma dubitavo che Tate avesse intenzioni del genere. "Ti ripagherò."

"Non è niente."

Non era vero.

Tate si raddrizzò e si buttò una cinghia dello zaino sulla spalla. "Allora ci vediamo domani?"

"Forse."

"Ti manderò i dettagli via e-mail assieme agli appunti."

"D'accordo."

Tate mi indicò con il mento. "Almeno pensaci."

"Lo farò."

Si voltò e si diresse nella direzione opposta.

Rimasi nel corridoio a guardarlo. Fino a quando non si perse in mezzo alla folla.

Pensaci.

Non c'era nulla a cui pensare. Avevo già deciso che sarei andato.

Capitolo tre

Tate (ora)

ACCENTUAI la presa sulla mano di Mazie, dato che mia figlia di quattro anni aveva la tendenza a correre via quando io non prestavo attenzione. E poiché eravamo in città, non potevo correre il rischio che sbucasse fuori dalle auto parcheggiate e finisse in mezzo alla strada.

Se pensavo che la mia vita fosse già un disastro ora, se fosse successo qualcosa a mia figlia, soprattutto a causa di una mia disattenzione, ne sarei rimasto completamente annichilito.

Alec, con la testa scura bassa e con un muso chilometrico, si teneva circa tre metri davanti a me, perché non era contento e voleva che non solo io, ma anche il mondo intero lo sapesse. A ogni passo che faceva lungo il marciapiedi e verso l'ingresso del mio palazzo, quando non sferrava calci al marciapiedi, trascinava le scarpe da ginnastica sul cemento.

Stava facendo del suo meglio per farmi innervosire e io stavo facendo del mio meglio per evitarlo.

Dopo avergli chiesto di smettere una dozzina di volte, mi ero arreso. Ma lo avevo anche avvertito che avrebbe dovuto tenersi le scarpe graffiate fino a quando non sarebbero diventate troppo piccole, non importava che aspetto avrebbero avuto, dato che non gliene avremmo comprato un altro paio.

Mio figlio di otto anni stava dicendo in maniera palese con le sue azioni che non voleva trascorrere il fine settimana con me, pur avendo sostenuto solo l'altro giorno al telefono che sentiva la mia mancanza.

Le contraddizioni dei miei figli erano l'ennesima gioia in un lungo elenco per quanto riguardava la paternità.

I genitori si aspettavano sorrisi e baci.

Quello che ottenevano erano sbalzi d'umore e capricci.

Amavo i miei figli più della vita, ma a volte non amavo il modo in cui si comportavano.

Ma dovevo ricordarmi di avere pazienza: le loro vite erano state recentemente stravolte quando Dahlia e io avevamo divorziato e un'altra volta ancora quando io ero tornato a Pittsburgh. Una città in cui non avrei mai pensato di tornare, anche se in origine avevo programmato di non lasciarla mai.

Eppure, eccomi lì, di nuovo nel Burgh.

Dopo dodici anni, un divorzio e due figli.

Per tutta la mia vita di giovane adulto avevo pensato che sarei finito sposato, con un buon lavoro e due virgola cinque figli. Una "tipica" famiglia americana. Era quello che ci si aspettava, no?

Poi avevo conosciuto Ronan e tutto quello per cui pensavo stessi lavorando era cambiato inaspettatamente. Le mie speranze. I miei sogni. Il mio futuro.

Sebbene fossi stato confuso e insicuro, quel nuovo corso mi aveva entusiasmato.

Fino a quando non aveva smesso di farlo.

Perché la realtà poteva essere davvero stronza.

E, peggio ancora, perché avevo mandato tutto a monte quando la mia vita era andata a schiantarsi contro un muro di mattoni. Da lì in poi, non si era più ripresa.

In seguito, mi ero rassegnato al fatto che sarei stato costretto a vivere quella "tipica" vita americana, quel "tipico" sogno americano consumato, crescendo quella "tipica" famiglia americana.

Ma nel profondo...

Nel profondo mi era sembrato tutto sbagliato.

Non mi era mai sembrato giusto.

La mia unica, vera gioia negli ultimi dodici anni era stata la nascita dei miei figli.

E lo era ancora. Anche se in quel momento, quei due più o meno mi odiavano.

Ciononostante, non avrei potuto essere onesto con loro se prima non lo fossi stato con me stesso. Mi ci era voluto molto tempo per capirlo e ora che lo avevo fatto...

Sospirai.

Era per quello che ero finito di nuovo a Pittsburgh. Nella città che avevo sempre tanto amato. Che mi era mancata tanto.

Ero tornato sulla scena di quello schianto frontale. Ero tornato al luogo in cui la mia vita aveva preso la direzione sbagliata.

Per via dei miei figli, non avevo mai pensato che sarei tornato qui. Ma quando si era presentata l'occasione di tornare a Pittsburgh, non avevo potuto rifiutare. Perché, in verità, non avrei potuto trovare un luogo migliore per ricominciare da capo; cosa di cui avevo un disperato bisogno.

Inoltre, avevo bisogno di tornare al posto dove avevo per la prima volta scoperto me stesso. Chi ero. Chi ero destinato a essere.

Nonostante avessi spinto tutto da parte.

All'epoca, pensavo di averlo fatto per la ragione giusta. Ma mi ero sbagliato. Non avevo fatto altro che posticipare l'inevitabile. Le mie decisioni avevano costretto me stesso e Dahlia a sopportare anni di dolore e angoscia, quando le mie intenzioni non erano quelle.

Quando pensavo di fare la cosa giusta.

Di essere un buon uomo. Un buon padre. Persino un buon marito.

Era quello che volevo disperatamente. Essere *buono*. E all'epoca, lo avevo fatto nell'unico modo che conoscevo.

Digitai il codice dell'ingresso e non appena la porta fece *click*, a indicare che si era sbloccata, io la aprii e chiamai Alec, che l'aveva superata. "Da questa parte."

Mi doleva il cuore per mio figlio. E mi doleva il cuore anche per Mazie.

Il mio dolore non era nulla rispetto al loro.

Alec si voltò, cupo in viso quando mi precedette ed entrò nell'edificio. La mia nuova casa. Almeno temporaneamente.

Ero riuscito a ottenere in subaffitto un appartamento arredato. Mi costava un po' più di quello che avrei potuto permettermi, ma mi aveva evitato di spendere i pochi soldi che avevo per comprare mobili e tutte quelle cose necessarie come pentole e padelle, utensili e persino elettrodomestici.

Dopo essermi rimesso in sesto, avrei trovato qualcos'altro. Magari una casa con un cortile per i bambini. Forse persino grande abbastanza per un cane. Poi l'avrei arredata come volevo. Ma per il momento, dovevo accontentarmi. Non avevo scelta.

"Non mi piace qui."

"Alec, siamo solo all'ingresso. Non hai ancora visto casa mia... casa *nostra*."

"So già che non mi piace," brontolò lui.

Trattenni un sospiro.

"E non è casa *nostra*, papà. Noi viviamo con la mamma," mi ricordò con *immensa* gentilezza.

"Passerete un po' di tempo anche qui. Con me. Per cui sì, sarà anche casa vostra."

Alec levò gli occhi al cielo e aprì bruscamente una delle porte interne, entrando nell'atrio pestando i piedi.

"Papi?"

Abbassai lo sguardo su Mazie mentre seguivo Alec e continuavo a tenere la mano di mia figlia per guidarla verso l'ascensore. "Sì, tesoro?"

"Non voglio vivere qui. Non mi piace la città."

"Non conosci questa città, Mazie. Quando la conoscerai, spero che la amerai quanto l'amo io."

"Le città sono puzzolenti e sporche e rumorose e affollate," proseguì mia figlia, esprimendo le sue fortissime opinioni.

La mia piccina, un giorno, sarebbe diventata una donna molto forte e decisa e io l'avrei sostenuta fino in fondo. Volevo che entrambi i miei figli fossero onesti con se stessi fin dal primo giorno. Anche quando non si comportavano benissimo.

Le strinsi la mano. "Sono anche piene di bellissime luci e di attività divertenti, come lo zoo. E poi, ci sono tanti ristoranti buoni e persone amichevoli. Ci divertiremo, te lo prometto."

"Avevi promesso anche quando hai sposato la mamma," giunse dal mio, ancora una volta, estremamente premuroso figlio, ora in piedi di fronte all'ascensore.

"Premi il pulsante, Alec."

Invece di premerlo, lui incrociò le braccia e sbuffò.

Questa volta, non trattenni il sospiro. Avevamo molto lavoro da fare.

Io avevo molto lavoro da fare.

"Voglio tornare a casa dalla mamma," disse Mazie con il viso rivolto verso di me e sporgendo il labbro inferiore.

"Ci tornerete. Dopo il fine settimana. Non volete stare un po' con me?" A onor del vero, avevo paura di sentire la risposta.

In quel momento, era tutto ancora molto fresco. Sapevo che prima o poi sarebbe passata, ma fino ad allora...

"Alec, premi il pulsante, per favore."

Quando lui non lo fece, lo oltrepassai e lo feci io stesso.

Mi voltai verso Alec e notai che stava fissando dietro di me, verso il portone.

Incuriosito, mi lanciai un'occhiata alle spalle prima di voltarmi nuovamente verso di lui.

Inaspettatamente, mi si rizzarono i capelli sulla nuca.

Come se ci fosse una minaccia.

Un malintenzionato ci aveva seguiti nell'edificio senza che io me ne accorgessi? Stavano per rapinarmi? O per rapire i miei figli?

La mia mano si strinse attorno a quella di Mazie e il cuore mi batté forte in gola.

Se fossi stato costretto, avrei spinto i miei figli nell'ascensore per tenerli al sicuro in modo da potermi voltare e affrontare la minaccia.

"E sbrigati," borbottai all'ascensore, guardando il conto alla rovescia dei piani mentre l'ascensore viaggiava verso il pianterreno. Mi lanciai una nuova, rapida occhiata alle spalle e vidi l'uomo entrare dalla porta che separava l'ingresso dall'atrio principale.

Fu allora che persi il fiato e il mio cervello andò in tilt.

Non poteva essere. Doveva essere un'allucinazione.

Come aveva fatto a trovarmi?

Come poteva sapere che ero lì? A Pittsburgh? In quel palazzo?

Perché era lì?

Perché mi stava cercando?

Cosa diavolo stava succedendo?

Magari mi sbagliavo e quel tizio era solo uno che somigliava a Ronan Pak. Sebbene, infatti, somigliasse all'uomo che un tempo conoscevo, era anche diverso.

Molto diverso.

D'altra parte, erano passati dodici anni dall'ultima volta in cui l'avevo visto. Potevano essere cambiate molte cose in quel periodo.

Due dei cambiamenti più importanti per me si chiamavano Mazie e Alec.

L'uomo, che aveva un'aria sinistramente familiare, si immobilizzò dopo essere entrato nell'atrio, osservandomi con gli occhi marrone scuro. Poi vide i miei figli...

Fu allora che capii...

Il mio istinto aveva ragione.

Porca troia.

Ci fissammo a vicenda attraverso la lobby. Io paralizzato di fronte agli ascensori, lui una statua di cemento davanti alla porta.

Ora, solo sei metri ci separavano, invece di dodici anni.

Il campanello dell'ascensore suonò e le porte si aprirono.

Sali sull'ascensore, Tate. Entra. Ti stai immaginando tutto e anche se così non fosse...

Anche se così non fosse...

"Aspetta." Afferrai Alec per una spalla prima che potesse entrare nella cabina. "Stai fermo, Alec."

Quando mio figlio liberò la spalla con uno strattone, Ronan se ne accorse, ma la sua espressione rimase vuota.

Non sapevo cosa fare. Ci aveva visti per strada e ci aveva seguiti per parlarmi? E se era così, io volevo che lui mi avvicinasse e potenzialmente parlasse del passato di fronte ai miei bambini?

No.

No, non volevo che i miei figli sapessero chi era quell'uomo per me... No... chi *era stato* per me, nel mio passato.

Non volevo che loro sapessero quanto era stato importante per me.

Come il loro padre lo aveva tradito.

Non di proposito, ma perché pensavo di non avere altra scelta.

Non potevamo restare dove eravamo, in quell'assurdo stallo. Dovevo portare i miei figli di sopra, a casa mia, e dimenticare di aver visto Ronan, oppure dovevo scoprire cosa ci faceva lui lì. Nell'atrio del mio palazzo.

La prima scelta sarebbe stata la più intelligente. Nulla di buono poteva nascere dal riaprire vecchie ferite.

Naturalmente, non fu quello ciò che feci. Più che altro perché ero un professionista del fare la cosa sbagliata per poi pentirmene.

"Tieni la mano di tuo fratello e non muoverti da qui. Hai capito?"

Mazie annuì e prese la mano di un riluttante Alec. Mio figlio l'accettò, ma non senza guardarmi male prima.

"Chi è quello, papi?"

Ignorai il comportamento di Alec come se non esistesse e risposi alla domanda di mia figlia. "Solo un... vecchio amico."

Qualcosa attraversò in un lampo il volto di Ronan. Venne e andò in un istante.

Ma quello che avevo detto non era falso. Eravamo stati amici, prima... Del resto.

"Rimanete qui mentre vado a salutare. Non entrate nell'ascensore e non salite le scale, d'accordo?"

Alec non rispose, ma Mazie, con il labbro inferiore ora stretto fra i denti, fece cenno di sì.

Mi allontanai dal presente e mi recai nel passato mentre avvicinavo l'uomo che non si era mosso di un centimetro.

Una volta arrivato vicino, mi fermai e aspettai che lui dicesse qualcosa. Qualunque cosa. E tenni d'occhio le sue mani per assicurarmi che non tirasse fuori una pistola per spararmi addosso.

Quando non lo fece, mi strinsi per girargli attorno, dato che bloccava la porta, ed entrai nell'ingresso. Mi voltai verso l'atrio in modo da tener d'occhio la mia prole mentre parlavo con Ronan.

Tuttavia, ci volle ancora qualche istante perché lui si staccasse finalmente da dove era appiccicato e mi seguisse.

Ora, invece di sei metri, ci separava solo un metro e mezzo.

Lui era appena al di fuori dalla mia portata. Anche se avessi allungato il braccio e le dita.

Volevo toccarlo? Oh, sì.

Mi rendevo conto che il giorno in cui gli avevo voltato le spalle era quello in cui avevo commesso l'errore più grosso della mia vita? Sì anche quello.

C'era un modo per tornare indietro e ricominciare tutto da capo, facendo le scelte giuste? Avrei voluto che ci fosse, ma purtroppo non era possibile tornare nel passato e rifare tutto col senno di poi.

Il passato non si poteva cancellare.

Ci avevo distrutti.

Avevo rubato il suo sorriso.

Avevo rifiutato il suo amore.

Commesso tanti errori.

Ronan non era tra quelli, ma ciò che gli avevo fatto lo era.

Me n'ero pentito da quel giorno in avanti.

Il mio cuore non era mai guarito e la spaccatura si allargò un po' mentre fissavo l'uomo che un tempo amavo quando quello stesso cuore era integro.

Non sapevo cosa dire, per cui gli feci la prima domanda che mi venne in mente. "Sei l'ultima persona che mi aspettavo di incrociare... Cosa ci fai qui?"

Attesi che lui mi ripetesse la mia stessa domanda e quando non lo fece, mi resi conto che sapeva già che vivevo in quel palazzo. Mi aveva cercato di proposito o mi aveva trovato solo per caso?

La sua risposta mi atterrò. Non era quella che mi aspettavo. "Vivo qui."

"Immaginavo che fossi rimasto a Pittsburgh–"

"In questo palazzo," precisò lui, interrompendomi.

Viveva *lì*? Nello stesso palazzo in cui vivevo io? Che razza di karma era quello?

Prima che potessi trovare le parole per rispondere, lui proseguì in tono decisamente accusatorio: "Mi avevi detto che avresti lasciato a Pittsburgh dopo la laurea. O anche quella era una menzogna?"

Era abbastanza assurdo. La sua voce sembrava più profonda della mia, ora che avevamo passato i trent'anni. Era profonda e calda e più roca di quello che ricordavo.

A non essere cambiato era che mi faceva provare cose che avevo dimenticato.

D'accordo, non me le ero dimenticate. Me le ero levate di proposito dalla testa. Perché allora mi ero detto che non avrei mai più provato quei sentimenti per nessun altro.

Sfortunatamente, ci avevo visto giusto.

Ignorai la frecciata sulla menzogna. "L'ho fatto."

"Sei tornato."

Conoscevo già la risposta. Non avrei dovuto confermare, ma... "Sì, sono tornato." *E in qualche modo, sono finito a vivere nel tuo stesso palazzo, Roe. Come diavolo è successo?*

"Perché?" Quella singola parola era fredda come il ghiaccio e altrettanto tagliente. Come se lo avessi tradito di nuovo tornando nella città che avevamo condiviso.

Avrei voluto ribattere "Perché no?" La città non era roba sua. E io non gli dovevo alcuna spiegazione.

L'unica cosa che gli avessi mai dovuto era una scusa e quella gliel'avevo fornita dodici anni prima.

Il solo fatto che non l'aveva accettata all'epoca non significava che non fosse valida.

Mi dispiaceva allora. Mi dispiaceva ora. Ma non intendevo strisciare sui cocci di vetro per farlo sentire meglio.

Non ora.

Non dopo tutti quegli anni.

Soprattutto quando, un paio d'anni dopo essermi laureato, avevo bevuto troppo e avevo avuto la pessima idea di ricontattarlo. Naturalmente, lui non mi aveva mai risposto, perché dodici anni prima aveva deciso che non mi avrebbe mai perdonato.

Per quanto rimpiangessi che lui non avesse scelto diversamente, aveva tutto il diritto di agire secondo i propri sentimenti.

Allora. E anche adesso.

Tuttavia, io non gli dovevo nessuna risposta. Proprio come lui non ne doveva a me.

Guardai alle sue spalle, verso i miei figli, che sorprendentemente erano ancora dove io avevo detto loro di aspettare.

Quei due erano gli esseri umani più importanti della mia vita. Ancor più della persona che un tempo aveva goduto di quel privilegio.

Siccome loro ci stavano guardando, e forse anche ascoltando, non volevo che la conversazione degenerasse. Dovevo tagliare corto ora che sapevo che lui non mi stava seguendo per qualche motivo e che il fatto che entrambi vivevamo nello stesso palazzo era semplicemente una bizzarra coincidenza.

"Senti," esordii, passandomi le dita fra i capelli, "non voglio che ci sia disagio fra noi. Posso disdire il contratto e trovarmi un altro posto dove vivere."

In realtà, non potevo permettermi di cercare un'altra casa. Le caparre e gli affitti non erano economici. Traslocare non era economico. Anche quando non si aveva molta roba.

Il pensiero di dovermi trasferire di nuovo mi rivoltava lo stomaco. Avrebbe peggiorato le mie già precarie condizioni economiche. Ma lo avrei fatto.

Per lui.

Forse persino per la mia salute mentale.

"Lo faresti davvero?" chiese Ronan, inclinando la testa.

Non mi credeva. Glielo leggevo in faccia.

Una faccia molto più matura rispetto all'ultima volta in cui l'avevo vista. Rughe poco profonde si allargavano a formare una ragnatela dagli angoli dei suoi occhi marrone scuro. Un pizzetto circondava ora la bocca che avevo assaporato innumerevoli volte in passato. Ed era difficile non notare i tatuaggi che gli coprivano le braccia al di sotto delle maniche corte della maglietta aderente.

Non era più nemmeno così magro. Le sue spalle erano più larghe di quello che ricordavo e si era riempito dappertutto. Le cosce, il petto... Persino il viso.

Non era grasso, ma robusto. Molto muscoloso. Era palese che trascorreva molto tempo a prendersi cura del suo fisico.

Aveva un bell'aspetto.

Più che bello.

Ma ricordai a me stesso che nulla di tutto ciò aveva importanza.

Annuii. "Lo farei, Roe. Non sapevo che tu vivessi qui, o

non avrei firmato il contratto. Non voglio creare imbarazzo a nessuno di noi."

Lui si guardò alle spalle, verso i miei bambini. Cominciavano entrambi a innervosirsi: era palese dal modo in cui trascinavano i piedi e dall'impazienza sui loro volti.

Stavano per crollare. Dovevo tornare da loro prima che avessero una crisi di nervi nel bel mezzo dell'atrio. Non avevo bisogno che Ronan sapesse che ero un fallito come genitore tanto quanto come ragazzo. E come marito.

Quando tornai a rivolgere la mia attenzione al mio vecchio amante, mi resi conto che mi aveva osservato. Attentamente.

"No, non c'è bisogno che tu ti trasferisca. Siamo adulti ora. Possiamo comportarci come tali, giusto? Tanto, probabilmente non ci incroceremo quasi mai."

Certo. "Probabilmente, saremo come due navi che si incrociano nella notte," scherzai parzialmente con una risata simulata.

"Giusto. Due navi che si incrociano nella notte," ripeté sarcastico Ronan. "Una delle quali è una corazzata che fa saltare in aria la goletta quando meno se lo aspetta.

Porca miseria. "Roe..."

Il suo ampio petto si sollevò mentre lui inalava lentamente e profondamente, per poi espellere l'aria con altrettanta lentezza. "Tutto a posto. Resta. Non voglio che sradichi i tuoi figli a causa mia."

Ero tentato di dirgli che i miei figli non avevano radici lì. Non ancora. Il che significava che quello sarebbe stato il momento perfetto per trovare un altro posto dove vivere.

Ma, onestamente, ero sollevato all'idea di non dovermi trasferire di nuovo. Almeno per il momento. Anche se avessi continuato a incrociare Ronan. In seguito, se la situazione si fosse fatta bizzarra o insopportabile... Ci avrei ripensato. Per allora, magari avrei già preso qualche stipendio e avrei avuto maggiori disponibilità economiche.

Non volevo dire nulla di tutto ciò Ronan, perché mi imbarazzava essere caduto tanto in basso.

Erano affari miei. Non eravamo più amici o amanti, né condividevamo un futuro.

Non eravamo più niente l'uno per l'altro.

Assolutamente niente.

Quel pensiero mi trafisse al petto con schegge di dolore.

Mi premetti una mano sul cuore e gli occhi scuri di Ronan seguirono il gesto. "Ti senti bene?"

No. "Sì, tutto a posto. Devo tornare dai miei figli."

Lui annuì.

In quel momento, mi colpì il pensiero che anche lui era diretto verso il suo appartamento. Avremmo dovuto prendere l'ascensore insieme e io avrei dovuto presentare il mio "amico" ai miei figli.

Il passato che incontrava il mio futuro.

Non sapevo se ne fossi in grado. Non ancora.

Non oggi.

"Puoi farmi un favore?" chiesi con un sussurro. Detestavo doverglielo chiedere.

Attesi un rimbrotto per la mia richiesta, ma sorprendentemente, ciò non accadde.

"Quale?"

"Puoi aspettare a prendere l'ascensore fino a quando non ho portato i miei figli di sopra? Mi dispiace dovertelo chiedere, ma..." Che disastro sarebbe stato se avessimo vissuto allo stesso maledetto piano?

Il suo fermo, ma gentile "Vai," mi spinse ad annuire per il sollievo. Andai.

Capitolo quattro

MI ABBASSAI appena in tempo per evitare un gomito proveniente dalla mia sinistra; poi, qualche istante dopo, un pallone da spiaggia mezzo sgonfio che qualcuno aveva lanciato. La musica era così alta che dubitavo che sarei riuscito a sentire i miei professori per una settimana. Ma era necessario che fosse a un livello assordante per essere sentita al di sopra delle urla, delle esclamazioni, dei fischi, del battere di piedi e delle cantilene che invitavano la gente a trangugiare birra.

Rumore. Ecco cos'era. Un'agitazione fuori controllo composta da musica discutibile e studenti universitari ubriachi che cercavano di parlarsi sopra a vicenda.

No, non di parlare. Di gridare. Avevano già superato abbondantemente il livello di decibel a cui il parlato era udibile.

Tutti si sarebbero svegliati l'indomani con dei postumi da sbornia, o almeno un'emicrania. Garantito.

Alcuni dei festanti erano ancora vestiti, diversi erano mezzi nudi e altri ancora... non avevano un filo di tessuto addosso. Alcuni corpi nudi erano persino dipinti, come a una partita della NFL o del Football universitario. Solo che quei disegni e quelle parole avrebbero dovuto essere pixellati sulla televisione nazionale.

Sembrava un mare infinito di ragazzi smargiassi e ragazze svanite accuratamente selezionati e ben marinati. Forse non era proprio così, ma ci andavano abbastanza vicino. "Smargiassi" e "svanite," non "marinati." Quello era verissimo. Non era tanto una festa quanto il paradiso della sveltina, anche se tutti mi ignoravano.

Non era esattamente il mio ambiente, ma ero anche disgustato e sbalordito, oltre che affascinato e divertito, tutto assieme. Eppure il divertimento diminuì un poco quando il tizio in piedi accanto a me corse a vomitare in un angolo. Non in una pianta, in un vaso o in un cestino della spazzatura.

Figuriamoci.

Nel grembo di una tizia.

Mmm. Birra calda rifermentata e tacos di manzo piccanti.

Con una smorfia, mi tappai il naso e sgomitai attraverso l'ammasso di corpi nel tentativo di trovare un po' di aria fresca prima che la saliva che mi stava allagando la bocca lasciasse il posto a qualcosa di peggio.

Non volevo proprio gustare la cena della tavola calda per una seconda volta. Già non era stata granché la prima.

Mentre attraversavo la sede della confraternita, mi dissi che probabilmente non profumava molto meglio anche quando non c'era una festa. Metti un fottilione di studenti universitari insieme senza le loro madri e *bleah*... Soprattutto se erano sportivi.

Sospensori sudati, calzini umidi e tacchetti e scarpe da ginnastica puzzolenti e incrostati.

Alcuni avevano il fetish per quelle cose, ma io no.

Mentre attraversavo la folla, alla ricerca della prima uscita per trarre un respiro che non fosse tossico, una parte di me si aspettava che la polizia si presentasse in qualunque momento per sciogliere la festa e arrestare qualche mio collega per assunzione minorile di alcolici e abuso di stupefacenti.

Per non dire oltraggio al pudore.

Anche se dovevo dire che l'ultima parte era gradevole. Un'ampia varietà di culetti addentabili gironzolava per la sede stracolma. La maggior parte era un po' pallida e alcuni erano pelosetti, ma comunque commestibili.

Anche se dubitavo fortemente che chiunque fra i proprietari di quegli appetitosi posteriori avrebbe apprezzato che io affondassi i denti in una natica soda o due.

Sorridendo da un orecchio all'altro, bevvi un altro sorso della mia birra ora sgasata e tiepida. La centellinavo da un'ora, in un bicchiere di plastica rossa che era costato venti sacchi a Tate.

Venti fottuti sacchi.

Era una vera e propria rapina, dato che dubitavo che avrebbe bevuto birra per venti dollari. E l'atmosfera non compensava certo la differenza.

Anche se Tate aveva detto di non voler essere ripagato, io avevo intenzione di farlo comunque. Non importava quanto ci sarebbe voluto. Se fossi stato coraggioso e avessi fatto il richiamo dell'antitetanica, avrei frugato fra i divani della confraternita e probabilmente avrei trovato monetine a sufficienza per arrivare a venti dollari. Ma avevo paura di cos'altro avrei potuto scovare. Non volevo nemmeno *sedermi* su uno di quei divani, figuriamoci frugare sotto o fra i cuscini.

Avrei dovuto sfruttare al massimo l'investimento e andare a riempirmi–

Il bicchiere di plastica mi fu strappato via dalle dita quando un braccio si infilò in mezzo a due persone, facendomi versare la birra calda sulla mano. "Ehi!"

Dopo che mi fui scrollato il braccio di dosso, Tate comparve attaccato a esso. "Ehi."

"Scusa, pensavo che fossi uno stronzo."

"*Sono* uno stronzo," disse lui con un sorriso sghembo e biascicando notevolmente. Qualcuno doveva aver già recuperato il suo investimento. E forse anche il mio. "Ti stai divertendo?"

"Un sacco," risposi io, appiccicandomi un sorriso sulla faccia. Ero venuto alla festa per trascorrere del tempo con Tate, non per starmene appeso per le caviglie mentre trangugiavo acqua gassata, lievito e luppolo.

Tate mi guardò nel bicchiere e arricciò il naso. "Hai bisogno di una birra fresca."

"Ho bisogno di aria fresca."

"Vado a prenderti un'altra birra. Se vai in cortile," disse, accennando con il capo alla parte posteriore della sede della confraternita, "te la porto."

Ma guarda un po'. L'uomo dei miei sogni mi avrebbe *servito*.

Ci separammo e in qualche modo io riuscii a insinuarmi attraverso il mare di studenti e uscire dalla porta posteriore tenuta aperta sino al cortile altrettanto affollato.

L'intero corpo studentesco della Pitt e della Duquesne era lì quella sera? Per forza.

Trovai un fazzoletto di terra da occupare e aspettai Tate. Nel frattempo, osservai la scena e vidi che era identica all'interno.

Se non altro, non puzzava così tanto.

La musica cambiò in *OMG* di Usher e all'improvviso l'intero cortile cominciò a saltellare in un modo che mi ricordava un pogo. Un sorriso mi attraversò il volto e cominciai a muovermi un poco a ritmo di musica.

Finalmente qualcosa di decente.

Dato che mi ero lasciato trascinare dalla canzone e dal guardare la gente, sobbalzai quando un bicchiere di plastica rossa comparve di fronte al mio viso. Lo afferrai e mi voltai, vedendo Tate dietro di me. Purtroppo, non era solo.

Strinsi le dita attorno al bicchiere appena in tempo per evitare di rovesciare la birra.

Lei era bellissima. Se piaceva il tipo. Dove "il tipo" erano le donne.

A me non piaceva il tipo.

Ma potevo comunque apprezzare la sua bellezza. Proprio come potevo apprezzare gli uomini etero.

Guardo, ma non tocco.

Avevo sperato che Tate non fosse etero. Sapevo che era chiedere molto, ma il barlume di speranza a cui mi ero aggrappato era ora svanito.

Porca miseria.

"Grazie," borbottai, per poi tranguggiare quasi metà della birra nel tentativo di ingoiare il disappunto.

Non funzionò.

"Ehi, volevo presentarti Dahlia, la mia ragazza."

Dahlia si appoggiò a Tate premendogli le tette contro il braccio e passandogli le braccia attorno al collo mentre lo fissava con adorazione. E possessività, a occhio e croce.

Merda.

"Ciao, Dahlia," salutai, cercando di non fare una faccia acida.

"Ciao..."

"Roe," la informò Tate, passandole un braccio attorno alla vita e stringendola a sé.

Il nasino delicato della ragazza si arricciò. "Roe?"

"Ronan," aggiunsi subito.

"Ah, va bene. Ciao, Ronan. Tate mi ha detto che frequentate lo stesso corso di scrittura creativa."

Ooh, Tate parlava di me? "Sì."

"Il dottor Louden è un vecchio stronzo bisbetico, vero?" chiese ammiccando Dahlia. "Tate e io ci siamo conosciuti al suo corso quando eravamo al primo anno." Dahlia sorrise a Tate. "Siamo inseparabili da allora."

Ne dedussi che non era solo la tendenza di Tate ad arrivare in ritardo ad averlo costretto a ripetere il corso. Probabilmente, era stato distratto dalla bellezza dai capelli scuri che ora stava di fronte a lui, ancheggiando e sculettando al ritmo di una canzone dei Black Eyed Peas.

Tate aveva ora un braccio avvolto attorno al ventre di Dahlia, che stringeva a sé. Tutte le volte che il sedere di lei si muoveva avanti e indietro, probabilmente gli sfregava contro l'uccello. Avrei tanto, tanto, *taaaanto* voluto essere al suo posto.

Ma non lo ero e ora mi rendevo conto che non lo sarei mai stato.

Un vero peccato, ma niente di nuovo per me.

Guardai ancora per qualche momento i due che interagivano, poi mi voltai per osservare ancora una volta il cortile stracolmo. Mi ero detto che sarebbe sembrato bizzarro se avessi continuato a fissarli, soprattutto dato che faticavo a nascondere la mia meschina gelosia.

Ero venuto alla festa per trascorrere del tempo con Tate, ma come diceva il proverbio, in tre si era troppi e in quel caso il terzo incomodo ero io.

Avrei fatto meglio ad andarmene e tornare al campus e alla mia stanza. Non mi piaceva bere per dimenticare e non mi piacevano le donne, per cui mi sentivo fuori posto.

Ciò non faceva altro che cementare il fatto che dovevo

trovare la mia tribù al campus. Magari persino cercare un'associazione LGBTQ o pensare di fondarne una, se non ce n'erano.

Realisticamente, non avevo il tempo di gestire un'associazione, dato che dovevo trovarmi un lavoro. E anche presto.

Passai un dito sul bordo del mio bicchiere usa e getta da venti dollari e il mio sospiro si perse in mezzo al baccano.

Il problema del lavoro era grosso, ma mi ricordava anche che, quando lo avrei trovato, forse non avrei avuto il tempo per andare alle feste, per cui avrei fatto meglio a godermi quella a cui mi trovavo, nonostante il mio cuore si fosse crepato leggermente nello scoprire che il mio ex-fidanzato aveva una ragazza.

Diamine, che gli piacevano le ragazze.

Tate mi aveva appena friendzonato, anche se non se ne rendeva conto.

Dovevo dimenticare che il mio futuro marito non sarebbe più stato tale e divertirmi.

Bere. Ridere. Ballare. E fare conversazione senza temere che il dottor Louden ci sbattesse fuori dall'aula.

Quando mi voltai per fare esattamente quello, Dahlia stava sollevando la testa dopo aver letto qualcosa sul telefono.

"Lena sta andando a una festa a South Side. Vuoi andare?" chiese Dahlia a Tate, urlando sopra la musica, afferrandogli la mano, tenendola sollevata in aria e ballandovi in cerchio al di sotto come se lui la stesse facendo piroettare.

I begli occhi azzurri di Tate, ora un po' arrossati dato che era ubriaco marcio, spostarono lo sguardo da Dahlia a me.

Trattenni il fiato in attesa della risposta. Voleva scaricarmi lì? Sarebbe stata la ciliegina sulla torta.

"Roe è arrivato solo mezz'ora fa."

Dahlia smise di parlare, lasciò ricadere la mano di Tate e si voltò verso di lui. "E allora?"

Oops, qualcuna si era un po' incagnita.

"Allora, l'ho invitato io e non voglio abbandonarlo qui."

"C'è un sacco di gente qui a tenergli compagnia."

Wow. Altro che un po'.

"Dahlia…"

"Eddai, Tate…" piagnucolò lei, strattonandolo per la maglietta.

"Cosa c'è che non va in questa festa?"

Dahlia finse di sbadigliare mentre si dava colpetti sulla bocca aperta con la mano e levava gli occhi al cielo.

"Qualunque festa sia quella a cui vuoi andare tu, sarà uguale. Tutte queste feste sono uguali. Siamo già qui. Ho speso sessanta sacchi per la birra e–"

"Ti dispiace se ci vado io, allora?"

Tate la fissò per qualche istante, poi chiese: "Ci vediamo dopo?"

La ragazza annuì con il labbro inferiore fra i denti e un sorriso sulla faccia.

Sapevo esattamente cosa significava.

Ma il cambio di atteggiamento era miracoloso.

"D'accordo. Stai attenta."

Dahlia si alzò in punta di piedi e premette la bocca contro quella di Tate. "Vado a cercare Maggie. Credo che sia dentro. La porterò con me. In tante si è più sicure."

Poi se ne andò saltellando e facendosi strada a forza per rientrare in casa.

Il mio sguardo si spostò dal punto in cui lei era scomparsa a Tate. Strinsi le labbra per non sorridere, dato che la serata cominciava ad avere un aspetto migliore, perché ora avevo Tate tutto per me.

Beh, me e un centinaio di ubriachi o più.

Ma era già qualcosa.

Ronan (ora)

Sorrisi a Jeremy mentre la sua mano mi risaliva sotto la camicia e mi torceva un capezzolo.

Mi sembrava che si chiamasse così.

Jeremy, Justin o Jack. Forse James.

Qualcosa con la J.

In ogni caso, era possibile che quello che mi aveva detto non fosse il suo vero nome, dato che l'avevo pescato su Grindr. Era su quella app che trovavo la maggior parte delle persone con cui "uscivo."

Essendo uno sbarbino, non era normalmente il mio tipo, ma quella sera il mio tipo era chiunque potesse distrarmi da Tate e dal fatto che ora lui viveva nel mio palazzo. Anche se dimenticare il mio vecchio amante sarebbe durato solo per un poco.

Perché ero stanco.

Stanco di pensare a Tate. Aveva ripreso a invadere i miei pensieri e i miei sogni.

A volte portavo quelli con cui scopavo al William Penn Hotel invece che al mio attico, nel caso fossero appiccicosi o psicopatici assassini. E poi, avevo avuto una brutta esperienza una volta, quando mi ero svegliato la mattina e avevo scoperto che in casa mancava della roba.

All'inizio mi ero incazzato perché il tizio aveva preso un paio delle mie opere d'arte più piccole e sfilato i soldi e una carta nera AmEx dal mio portafogli. Dopo aver cancellato la carta di credito e aver chiamato la polizia per sporgere denuncia e la compagnia assicurativa per farmi risarcire delle opere d'arte rubate, mi ero detto che, se quel tizio aveva tanto bisogno dei soldi, poteva tenerseli. In un certo senso, era un modo per restituire qualcosa alla comunità gay. Solo in maniera imprevista.

Tuttavia, quella sera non ero dell'umore per andare in albergo. Ed ero abbastanza sicuro che Joe non volesse altro che una botta e via, proprio come me. Era uno dei motivi per cui lo avevo scelto.

Per cui eccomi lì, di domenica sera. Avevo incontrato Justin, Jason o John a cena da Primanti Brothers, in centro – ogni tanto mi concedevo di mangiare poco sano – e gli avevo comprato tutto quello che voleva mangiare. In seguito, eravamo tornati a piedi a casa mia, dato che la serata era perfetta e la città per lo più tranquilla.

Ora eravamo in piedi di fronte all'ascensore e stavamo aspettando che la cabina finisse di scendere fino al pianterreno. Non avevo fretta di salire, dato che nel profondo di me speravo di incrociare Tate per dimostrare che avevo voltato pagina e lo avevo dimenticato.

In verità, pensavo di averlo fatto fino a quando non lo avevo rivisto. Dopodiché, tutto ciò che avevo sepolto era riemerso in superficie.

A infastidirmi era che... di tutti gli appartamenti da affittare a Pittsburgh, lui ne aveva scelto uno nel mio palazzo. Lui aveva ancora un aspetto così dannatamente bello. E poi aveva avuto due figli, che io sapessi con Dahlia. Infine, che il cuore che credevo fosse guarito non lo era.

Il solo vedere e sentire parlare Tate aveva ficcato un cuneo nella più piccola delle spaccature che dovevano essere rimaste nel mio cuore, facendo sì che si spaccasse un'altra volta.

Mi ero pentito di non avergli detto di trovarsi un'altra casa, come lui si era offerto. Ma se lo avessi fatto, sarebbe stato come dimostrare di essere infastidito perché viveva lì. Il motivo preciso per cui avevo portato Jeremy a casa, quella sera, invece di andare altrove.

Proprio quando l'ascensore squillò e le porte cominciarono ad aprirsi, lo stesso fece il portone dell'atrio dietro di noi. Tenni aperto l'ascensore mentre voltavo la testa, sperando che non fossero i Callahan di ritorno dalla passeggiata serale con Mr. Pibbles.

Non lo erano.

Era proprio colui che avevo sperato. All'improvviso, mi pentii del mio piano, proprio come mi pentivo di aver mangiato quel sandwich con kielbasa e formaggio carico di coleslaw e patatine da Primanti.

Essere meschino non avrebbe fatto del male a Tate.

Avrebbe fatto del male a me. Di nuovo.

Ma ora non potevo *non* tenergli l'ascensore aperto. Non senza fare la figura della strega acida.

Anche se mi sentivo esattamente tale.

Sospirai e diedi un colpo di bacino a Jessie per farlo entrare nell'ascensore ad aspettare. Passai dal tenere aperta la porta al tenere premuto il pulsante sul pannello, cercando di non fissare Tate mentre la sua andatura lunga e ancora familiare divorava la proprietà immobiliare fra di noi.

Non ci riuscii.

Ero davvero tentato di chiudere gli occhi e lasciarmi trasportare ai tempi del college, quando avevamo cominciato a esplorarci a vicenda, non come amici, ma come amanti... Quando avevo fatto il passivo per lui.

Da quando mi aveva lasciato, non avevo più fatto il passivo per nessuno.

Mi scrollai quel pensiero della testa e strinsi i denti mentre lui saliva in ascensore, passando lo sguardo dei suoi vibranti occhi azzurri su Jace prima di posarlo su di me.

"Sesto piano," tuonò la sua voce di baritono.

Per poco non risposi con un ironico "Lo so," ma mi trattenni in tempo. Lui non aveva idea che io sapessi a che piano abitava.

Non mi presi la briga di premere pulsanti per piani che non fossero il suo. Non sapevo esattamente se volessi fargli sapere a che piano vivevo. Avrei potuto premere il pulsante dell'attico dopo che lui fosse sceso al suo piano.

Quando l'ascensore cominciò a muoversi con uno strattone, lanciai un'occhiata a Tate e lui incrociò il mio sguardo per un istante.

Avremmo dovuto salutarci? Oppure fingere di non essere mai stati insieme?

Aprii la bocca, non sapendo cosa dire, ma mi uscì un brusco, "Dove sono i bambini?"

Niente *ciao*, niente *come va la serata*, ma un vero e proprio interrogatorio. Ero un idiota e lui aveva tutto il diritto di non rispondere.

"Sono tornati dalla madre." Lo sguardo di Tate corse di nuovo a Jeremiah, la cui testa stava rimbalzando fra di noi come una pallina da ping pong mentre cercava di capire perché la tensione fosse così densa nell'aria.

Finsi che non ci fossero problemi e tornai a pensare ai figli di Tate. Avevo dato per scontato che la madre fosse Dahlia, ma non lo sapevo per certo. Tate poteva aver divorziato ed essersi risposato anni prima.

E non volevo nemmeno chiederglielo. Era già abbastanza brutto che avesse preferito Dahlia a me, ma se avessi scoperto che poi aveva scelto *un'altra* donna...

Non volevo pensarci.

Con un braccio stretto attorno alla vita del mio appuntamento di Grindr, le diedi una strizzatina come se ci conoscessimo da più di due ore. "Tate, lui è Jacob."

"Veramente, mi chiamo Josh."

Merda.

Feci una risata forzata e spiegai a Tate: "È un gioco. Lo chiamo con tutti i nomi che mi vengono in mente, tranne quello vero."

"No, non–"

Schiacciai rapidamente la bocca di Josh con la mia per zittirlo con un bacio. Quando finimmo e io mi staccai, Josh aveva un sorriso sporcaccione sul viso. "Mmh. Buono."

Invece di levare gli occhi al cielo, mormorai sensualmente: "Sì. E quando arriveremo di sopra, ce ne sarà ancora."

Josh mi strattonò la polo e sorrise a Tate, esclamando: "È un vero provocatore!"

Quando Tate non ricambiò il sorriso e non disse una parola, nemmeno un saluto, Josh si offese e mi guardò con gli occhi verdi strabuzzati.

Era davvero eloquente, ma ignorò anche quello.

La cabina dell'ascensore si fermò bruscamente al sesto piano e le porte si aprirono.

"Divertitevi," borbottò Tate mentre usciva di corsa.

Sussultai quando il mio accompagnatore esclamò: "Non preoccuparti, lo faremo," con fin troppo entusiasmo mentre le porte si chiudevano di nuovo. "Che tipo piacevole."

Il mio primo istinto fu quello di giustificare Tate. Ricordai a me stesso che non era mio dovere farlo.

Josh mi guardò con gli occhi stretti e inclinò la testa mentre chiedeva: "Voi due vi conoscete?"

"Siamo solo vicini di casa," borbottai, trafiggendo il pulsante dell'ultimo piano, cosa che l'uomo che mi stava appoggiato addosso non mancò di notare.

Josh lanciò un gridolino. "Sul pulsante c'è scritto AT. L'attico? Devi avere un panorama fantastico della città."

"Questo è vero."

"Non vedo l'ora di vederlo," mormorò lui, facendo scivolare un'altra volta la mano fra la mia pelle e la camicia e pizzicandomi un capezzolo più forte di quanto mi ero aspettato.

Lottai contro l'impulso di spingermelo via di dosso. Il mio intero piano di dimostrare a Tate che avevo voltato pagina si era ritorto contro di me. Non volevo più portare Josh a casa mia. Né scoparlo.

E nemmeno farmelo succhiare da lui.

Avrei potuto scoparlo con gli occhi chiusi e fingere che fosse Tate quello a cui lo stavo sbattendo dentro. Ma dopo aver finito e aver aperto gli occhi...

La realtà mi avrebbe dato una mazzata sulla testa.

Prima che potessi suggerire di concludere l'appuntamento e mandare Josh per la sua strada, arrivammo al dodicesimo piano e l'ascensore si aprì e noi uscimmo nel piccolo atrio fuori dalla porta del mio attico.

Josh uscì di corsa, girò su se stesso e strillò: "Non ci vive nessun altro a questo piano?"

"No."

"Aspetta. Il *tuo* attico è *l'unico* attico? Occupa un intero piano? Porca troia, devi essere straricco." L'uomo si fermò di fronte alla mia porta e saltellò impaziente. "Sbrigati. Apri la porta. Voglio vedere."

La mia porta aveva una serratura intelligente, per cui si aprì automaticamente quando mi avvicinai, grazie a un'applicazione sul mio telefono. Avevo anche un paio di portachiavi con chip RFID da usare nel caso perdessi il telefono.

O nel caso fossi imprudente e un tizio trovato su Grindr me lo rubasse.

"Whoa, la porta si è aperta da sola o sbaglio?"

Josh sembrava un tipo che si lasciava impressionare facilmente. Ma d'altra parte, se non aveva mentito nel suo profilo, aveva solo vent'anni. E in ogni caso, era più giovane di quelli con cui normalmente "uscivo".

Annuii e allungai la mano per aprire la porta e farlo entrare. Non appena lui varcò la soglia, corse immediatamente alla parete di finestre che si estendeva per tutto il lato meridionale di casa mia.

Quando avevo fatto disegnare l'attico, lo avevo voluto il più aperto possibile. Meno pareti a restringere il mio campo visivo, meglio era.

Volevo spazio aperto in abbondanza e non sentirmi rinchiuso. Avevo avuto esattamente quello che volevo e fortunatamente avevo dovuto accettare solo qualche trave di sostegno. L'unica zona del piano superiore a essere chiusa era quella in cui si trovavano i bagni e le camere da letto. E naturalmente in fondo al corridoio, dove avevo costruito il mio vasto ufficio domestico. Ma anche le viste dalle grandi finestre di quelle stanze erano spettacolari.

Ovunque andassi in casa mia, potevo vedere dall'alto Pittsburgh e oltre.

Tuttavia, non ero entusiasta del mio ufficio quanto lo era lui del mio attico. Mentre Josh girovagava per osservare tutto con la bocca spalancata con un barlume negli occhi, capii che era sbagliato per me. Anche per l'avventura di una notte.

Invece di dodici anni, sembrava che fossero due decenni a separarci. Ma il problema non era solo la differenza di età.

Con la sua corporatura snella, le spalle strette e il volto da bambino, Josh era l'opposto di Tate. Probabilmente quello era il motivo per cui avevo selezionato la sua foto nell'applicazione. Perché avrei dovuto scegliere una persona che mi ricordava l'uomo che stavo cercando di dimenticare?

Per nessun motivo.

Ma ora mi ritrovavo in casa qualcuno che non volevo davvero.

Proprio come con il mio piano di incrociare Tate, avevo

combinato un casino portando a casa un appuntamento di Grindr.

Io lo sapevo. Josh no.

Avevo due opzioni: stringere i denti e tirare dritto o prendere atto dell'errore e contenere i danni. Ma potevo almeno alleviare il colpo.

Mi chiesi tuttavia se ciò fosse possibile quando Josh si strappò la camicia di dosso e la buttò su una sedia prima di correre da me. "Camera?"

"Perché non beviamo qualcosa prima?" *Prima che tu ti sfili i pantaloncini e cominci a girare nudo per il corridoio.* "Cosa ti piace?"

"Che cos'hai? Diamine, probabilmente hai tutto."

La serratura non era l'unica cosa "intelligente." Tutto ciò che nel mio attico poteva essere impostato per l'attivazione vocale o almeno controllato da un telecomando, lo era. Conseguenza dell'essere cresciuto in una famiglia di lavoratori che non poteva permettersi un sistema di sicurezza, figuriamoci la tecnologia moderna.

"Alfred, apri il bar," dissi rivolto al mio sistema domotico.

Le sopracciglia di Josh spiccarono un balzo. "Alfred? Come il maggiordomo di Batman?"

"Proprio così," mormorai mentre mi dirigevo verso il bar ora esposto che era scivolato fuori dalla parete fra la cucina chiusa e la sala da pranzo.

"Prepara anche da bere?" chiese ridendo Josh mentre mi seguiva.

"Quella sì che sarebbe un'idea," dissi, appiccicandomi un sorriso sulla faccia e cercando di tirarmi fuori dall'istupidimento che mi aveva provocato la vista di Tate.

Josh mi urtò la spalla mentre ce ne stavamo fianco a fianco a guardare la mia vasta selezione di liquori. "Oppure potresti semplicemente pagare qualcuno che viva qui e ti serva."

Rimasi di stucco.

Pagavo una persona che veniva a pulire una volta alla settimana. E mi facevo consegnare i pasti dal personale di uno chef di un ristorante molto popolare del centro quando non avevo voglia di cucinare per me. Ma avere qualcuno che conviveva a tempo pieno con me?

No.

E anche se avessi optato per quello, non sarebbe stato un tizio a caso conosciuto su Grindr. Era come chiedere di farmi ammazzare nel sonno. O farmi ripulire l'attico mentre non ero in casa.

"Cosa vuoi?"

Josh mi strinse la natica. "A parte te?"

"Da bere," precisai.

I suoi occhi verdi passarono in rassegna la mia selezione. "Mmm. Vodka soda?"

Molto originale, pensai sarcastico, per poi suggerire: "Perché non ti accomodi sul divano?" quando lui cominciò ad allungare ancora di più le mani.

Il senso di colpa cominciava a divorarmi perché gli stavo facendo perdere tempo tenendolo lì. Ma non volevo essere scortese o buttarlo fuori come cibo avariato.

Quando lui si recò di nuovo alla fila di finestre, esalai un respiro silenzioso e presi la bottiglia di Belvedere. Dopo aver preparato un vodka soda con ghiaccio, lo portai dove Josh se ne stava con entrambe le mani, e anche la fronte, premute contro il vetro mentre guardava il mondo che scorreva di sotto.

I segni sulle finestre mi avrebbero normalmente dato fastidio, ma lasciai correre. Per fortuna, la mia governante veniva a pulire di lunedì. Che era anche l'unico giorno della

settimana in cui mi rendevo irreperibile, di solito andando-
mene nell'ufficio "ufficiale" che mantenevo alla Pak Property
Management.

"Josh."

Lui si raddrizzò e io gli porsi la bevanda. Dato che avevo
le mani vuote, lui aggrottò la fronte. "Tu non bevi?"

Scossi la testa. "No, ma tu goditelo."

"Ma è con te che voglio godere. E vedo alcuni dei tuoi
tatuaggi. Mi piacerebbe un mucchio esplorarli."

Mi sedetti sul divano e guardai la mia pessima decisione
girovagare per la zona aperta, sorseggiando la bevanda, dando
un'occhiata alle opere d'arte che avevo acquistato per soste-
nere gli artisti LGBTQ+ locali e persino sfogliando un paio
dei libri che tenevo sul tavolino da caffè di marmo.

Alla fine, lui si lasciò cadere accanto a me e mi agganciò
un braccio nudo al collo, premendo il petto nudo e glabro
contro il mio braccio. "Ehi, ma vuoi fare sesso o..."

O...

O cosa? "Cosa" era la risposta. Dovevo solo trovare un
modo semplice per dargli la notizia.

Capitolo cinque

Ronan (ora)

CON UNA MANO che stringeva un bicchiere e l'altra la mia bottiglia di scotch The Macallan vecchio quasi quanto Josh, salii la mia scala a chiocciola privata. La sera, il tetto diventava il mio rifugio personale, quando volevo godermi la serata senza essere disturbato.

La porta usata dagli altri residenti del palazzo si bloccava automaticamente dopo le dieci di sera, dato che quella era l'ora in cui la piscina sul tetto chiudeva ufficialmente.

Siccome nessuno degli appartamenti aveva un balcone quando io avevo acquistato l'edificio e continuava a non averne, avevo fatto trasformare il tetto in una piccola oasi di cui permettevo l'utilizzo anche ai miei inquilini.

Un abitante di vecchia data aveva persino iniziato a coltivare un orto nell'angolo più lontano della piscina. Diversi altri vicini aiutavano ora a mantenerlo e ne condividevano i frutti.

Ma come per il mio attico, avevo costruito quello spazio

con me stesso in mente e mi piaceva trascorrere del tempo lassù tanto quanto in casa. Naturalmente, lassù il panorama non era ostruito, a differenza che a casa mia. Avevo persino creato un corrimano di plexiglas attorno al perimetro del tetto, in modo da non ostacolare la vista.

Pittsburgh poteva anche non essere New York, Chicago o L.A., ma era casa mia. Ed era perfetta per me.

Preferivo le persone genuine, calorose, e il ritmo più tranquillo di quella città. Le opportunità di investimenti immobiliari erano altrettanto abbondanti e più accessibili che altrove. Dubitavo che il mio portafoglio sarebbe cresciuto altrettanto in fretta e diventato altrettanto grande se avessi fatto la stessa cosa in una delle aree metropolitane più estese.

Salii sul tetto del mio accesso privato e mi fermai quanto bastava per riempirmi i polmoni della calda aria di giugno.

Quando esalai il fiato, immaginai che tutta la tensione che trattenevo dentro di me lo seguisse. Che galleggiasse verso il cielo notturno senza nuvole decorato da innumerevoli stelle mentre la leggera e rilassante melodia dei suoni della città raggiungeva le mie orecchie dodici piani al di sopra del suolo.

C'era voluto un po' per convincere Josh ad andarsene, ma alla fine aveva capito e se n'era andato, dicendomi che se avessi mai avuto bisogno di un coinquilino, potevo scrivergli su Grindr. Dato che non lo avrei mai fatto, mi ero limitato a rivolgergli un sorriso, un "grazie" e un sincero "mi dispiace."

Prima di salire sull'ascensore, Josh aveva chiesto: "È per lui, vero?"

Avrei voluto fingere che si sbagliasse, ma non c'ero riuscito. Invece, non avevo detto nulla e le porte si erano chiuse e Josh era sparito.

È per lui, vero?

Era così ovvio?

Certo che sì. Il problema era che non sapevo cosa farci.

Pensavo di essermi levato Tate dalla testa. Ma se era davvero così, allora vederlo, sapere che viveva nel mio palazzo, non avrebbe dovuto farmi l'effetto che mi faceva. Per cui, palesemente, mi ero sbagliato.

Forse, se non lo avessi amato così tanto quando mi aveva spezzato il cuore, la situazione sarebbe stata diversa.

Ma non lo era. Non potevo cambiare il passato, ma dovevo imparare ad affrontare il futuro. Perché fino a quando Tate non avesse lasciato River View Heights, non avrei avuto altra scelta.

Distratto dai miei pensieri, mi diressi verso la mia pergola preferita sul tetto e mi stesi su una sedia a sdraio, mi tolsi le scarpe con un calcio e mi misi comodo. Aprii il The Macallan, me ne versai due dita circa, posai la bottiglia per terra accanto alla sedia e mi misi comodo a fissare il cielo.

Mentre bevevo un sorso del mio scotch preferito, uno sciabordio leggero attirò la mia attenzione. Quando una testa emerse dalla superficie dell'acqua illuminata della piscina, ritrassi di scatto la mia in preda allo stupore.

Era così assorto da non aver notato che qualcuno stava nuotando?

Dal punto in cui mi trovavo, era difficile vedere chi fosse. Ma di chiunque si trattasse, non avrebbe dovuto essere in piscina così tardi. Doveva essere uscito sul tetto prima che scattasse la serratura automatica. A meno che il timer non fosse rotto. In tal caso, avrei dovuto farlo riparare.

In quanto proprietario di numerose proprietà immobiliari, avevo imparato a pensare in termini di "responsabilità legale." Feste in piscina a tarda notte, soprattutto se venivano consumati alcolici. Una persona che nuotava da sola e annegava. Serrature non funzionanti e un bambino che annegava.

Qualcuno che saltava giù dal tetto. Luci non funzionanti. Sicurezza.

Scivoloni. Cadute. Incendi. Cortocircuiti.

Erano preoccupazioni infinite e costanti. Di norma, lasciavo che a quelle cose pensasse la mia squadra di amministratori, ma io vivevo lì. Se vedevo un problema, lo risolvevo rapidamente. O almeno ci provavo.

Una persona che nuotava dopo l'orario di chiusura *poteva* essere un problema. Un problema che avrei potuto risolvere facilmente da solo, ma prima avrei lasciato che quella persona finisse la nuotata. Non era più sola, dato che c'ero io, e nel caso avesse avuto bisogno di aiuto, avrei potuto tuffarmi.

Sì, il palazzo aveva delle regole, ma io non ero un dittatore.

Quando la testa svanì di nuovo sotto la superficie, mi sollevai leggermente per guardare la sagoma scura che scivolava senza sforzo attraverso l'acqua azzurra illuminata verso l'estremità opposta della piscina. Invece di fare delle vasche normali in superficie, con lo stile a farfalla o libero, l'uomo – mi sembrava un uomo – rimase sott'acqua.

Per rafforzare i polmoni? Non ne avevo idea.

La testa riemerse all'estremità opposta della piscina, quindi svanì ancora una volta mentre la persona si dirigeva verso l'estremità più vicina a me. Il punto in cui ero seduto non mi permetteva di distinguere chi fosse fino a quando la persona non avrebbe finito o io non mi fossi avvicinato al bordo, perché le uniche luci usate sul tetto a quell'ora della notte erano le lucine sospese. Erano appese alle sei pergole e ai tettucci ritraibili che avevo fatto installare attorno alla piscina per dare a quella zona all'aperto un'atmosfera simile a quella di un resort. Erano anche avvolte attorno alla sommità del corrimano del tetto.

Era stato necessario restaurare completamente la

vecchia piscina, per cui avevo installato uno scaldabagno per prolungare la stagione in cui era possibile nuotare. La presenza tanto dell'acqua calda quanto di luci sommerse, assieme alla lunghezza della piscina profonda un metro e venti, la rendevano un'attrazione popolare che attirava gli affittuari.

Gli inquilini che di solito la usavano per esercitarsi nuotavano di prima mattina o a tarda sera. I residenti che se ne servivano per divertirsi o per rinfrescarsi nell'umido calore estivo tendevano a nuotare di pomeriggio.

Bevvi un altro lungo sorso e lo scotch diciottenne mi scivolò lungo la gola. Ma non fu il The Macallan a scaldarmi le viscere.

Fu l'uomo che emerse dall'acqua e salì gli ampi gradini subacquei all'estremità della piscina.

Era bagnato. Liscio. Mentre l'acqua gli scorreva via della pelle, si lasciava alle spalle una lucentezza grazie alle piccole luci bianche appese.

Tate era allampanato al college, ma in forma.

Non era più allampanato. Lo studente di cui mi ero innamorato era ora un uomo. Sebbene si fosse irrobustito, il suo grasso corporeo era praticamente inesistente. I muscoli guizzanti erano visibili sotto uno strato di pelle troppo sottile mentre si recava a una sdraio dove aveva buttato l'asciugamano.

A quanto pareva, mi ero perso anche quel palese indizio del fatto che non ero solo.

Ero distratto allora. Ero distratto anche adesso.

Il costume da bagno umido di Tate era appicciato alle sue cosce snelle, lunghe e muscolose, e abbracciava un'altra parte di lui che conoscevo fin troppo bene.

Ci eravamo allenati insieme per due anni. Correndo. Sollevando pesi. Ci eravamo alimentati l'uno dell'energia nell'altro, spingendoci a lavorare più sodo, a spingere e migliorarci. Fisicamente e mentalmente.

Al momento della laurea mi ero già irrobustito, ma non come adesso. Nel corso degli anni, avevo profuso grandi sforzi nel mio fisico quanto nella mia salute in generale. Ma la mia esteriorità era un progetto senza fine e io ero perfettamente consapevole che la mia interiorità aveva bisogno di ancora più lavoro.

Appena uscito dall'università, non potevo permettermi uno psicologo. E quando avevo potuto farlo, avevo commesso l'errore di credere di aver superato Tate.

L'oggetto della mia attenzione si avvolse il grande asciugamano attorno alle spalle, usando un angolo per pulirsi gli occhi e asciugarsi il viso. Osservai affascinato mentre scrollava la testa come un cane per liberare i capelli scuri dall'acqua in eccesso.

Una volta finito, Tate si fermò, quindi si voltò proprio verso di me.

Trovai singolare che non fosse sorpreso di vedermi. Probabilmente si era accorto subito quando ero uscito sul tetto. A differenza del sottoscritto, perso nei suoi pensieri, che non aveva notato i segni della presenza di un'altra persona.

Ma vederlo quasi nudo per poco non mi divorò.

Lottai contro il magnetismo del passato stringendo ancora più forte il bicchiere e affondando le dita dell'altra mano nello spesso cuscino del sedile.

Mi costrinsi a restare dov'ero e a far sì che fosse lui a venire da me. Mi rifiutavo di andare da lui, non importava quanto lo volessi.

Non lo avrei fatto.

Se lui mi avesse ignorato e se ne fosse andato senza dire una parola, mi sarebbe andato bene anche quello. Anzi, era ciò che preferivo. Meno ci parlavamo, meno ci incrociavamo, meglio era. Davo per scontato che lui fosse d'accordo.

Ancora una volta, scoprii di avere torto, dato che Tate venne a mettersi accanto a me e si asciugò con calma, tenendo lo sguardo fisso su di me per tutto il tempo. Dopo essersi strizzato con gesti lenti e metodici il costume da bagno – probabilmente di proposito – si sedette sul bordo della sdraio accanto a me, rivolto nella mia direzione.

Fingendo di ignorarlo, bevvi un altro lungo sorso del mio scotch, spegnendo la mia improvvisa sete in un modo per me meno deleterio, e fissai la piscina ora immobile.

Non sopportavo che, innanzitutto, Tate avesse ancora un aspetto così bello, malgrado fosse troppo magro per la sua corporatura robusta, e poi che lo desiderassi ancora dopo tutti quegli anni, nonostante quello che aveva fatto.

Era una malattia con una sola cura. Una cura che non potevo permettermi.

"Che fine ha fatto quel tipo? Aveva il coprifuoco?"

Svuotai quello che restava del mio bicchiere in un singolo sorso, presi la bottiglia e lo riempii di nuovo. Questa volta, ne versai tre dita.

Quella bottiglia mi era costata cinquecento dollari e io stavo bevendo l'oro liquido come se fosse acqua.

Lanciai un'occhiata al motivo. "Colpa tua." Probabilmente non avrei dovuto ammetterlo, ma in quel momento, non me ne fregava più un cazzo.

Avevo finito i cazzi di cui fregarmi.

Perché? Perché il destino era proprio stronzo.

Ingoiai un altro sorso di scotch costosissimo.

"Bevi sempre così tanto?" Lo sguardo di Tate corse dal mio bicchiere al mio viso.

"Che lo faccia o meno non sono affari tuoi, Tate."

Lui annuì, le labbra strette. Ma naturalmente, non aveva finito. "Josh sembrava... carino. Un po' giovane, forse."

Succhiai i denti, trattenendo qualunque risposta fossi tentato di dare.

"State insieme da molto?"

Voltai la testa e lo fissai. Se non intendeva capire che non volevo la sua compagnia, forse avrei dovuto andarmene io. "Di nuovo, non sono affari tuoi."

Il mio sguardo fu attratto dal suo petto e dalle gocce d'acqua che aveva mancato quando si era asciugato. Ero tentatissimo di berle dalla sua pelle.

Strinsi i denti.

"Non sapevi nemmeno come si chiamava," proseguì Tate come se non avessi parlato.

Inarcai un sopracciglio. "Arriva al punto." Il mio sguardo si abbassò sul pendente nero circolare appeso fra i pettorali di Tate a una lunga catena nera. Non ricordavo che avesse mai indossato gioielli di nessun tipo al college.

Tate sollevò una spalla nuda in una mezza scrollata. Avevo baciato e assaporato quella spalla molte, troppe volte. E ci avevo anche appoggiato la testa. In un gesto di conforto, di fatica, nel seguito sudato di un intrico di membra e lenzuola umide.

"Volevi che io pensassi che tra voi due ci fosse una relazione."

"Io non ho relazioni," lo interruppi, per poi sussultare. Continuavo a mostrare le mie carte.

Sì, avrei dovuto posare lo scotch e allontanarmi da Tate finché potevo. La sua presenza, la sua vicinanza, stavano risvegliando in me delle sensazioni che volevo evitare.

"Mai?"

"Una sola volta. Non è andata bene. In seguito, ho deciso che le aspettative sociali sulle relazioni non fanno per me."

La dura verità era che non avevo mai voluto nessuno quanto Tate. Non prima. Non dopo. Era come se lui si fosse infilato sotto la mia pelle e, dopo essersi incastrato lì, io non fossi più riuscito a togliermelo di dosso.

Era una maledizione con cui avevo lottato dalla prima volta in cui ci eravamo messi insieme. La prima volta in cui avevamo fatto il passo successivo, diventando intimi. Unendoci in una coppia che, in realtà, non lo era.

Una coppia solo a porte chiuse, dato che all'esterno eravamo solo amici.

"Roe..."

Lo odiavo per i ruoli che avevamo dovuto interpretare e per i segreti che eravamo stati costretti a tenere.

Odiavo me stesso per esserci stato, nella speranza che le cose cambiassero.

Peccato che non fossero cambiate nella direzione in cui avevo sperato.

"No," dissi in tono brusco per interrompere qualunque cazzata stesse per uscirgli di bocca. Non volevo sentirla.

Non volevo ascoltare nessuna delle sue scuse. Ne avevo già abbastanza per una vita.

"Senti–"

"No. Non provarci, T. Cazzo." Serrai le palpebre quando quel soprannome mi sfuggì con grande facilità, come se gli ultimi dodici anni non fossero mai successi, e sussurrai: "Lascia perdere."

Mi tolse il bicchiere dalle dita e aprii con riluttanza gli occhi. Lui si portò la mia bevanda alle labbra e attese fino a quando io non guardai. Quando lo feci, seppur con ritrosia, lui bevve il resto del mio scotch prima di posare il bicchiere vuoto sul pavimento accanto ai suoi piedi nudi.

Nessuno disse nulla mentre i nostri sguardi si sostenevano attraverso il metro e venti che ci separava.

Nessuno disse un bel niente, quando c'era così tanto da dire. Anche se non poteva essere detto. Non avrebbe cambiato le cose. L'unica conseguenza sarebbe stata che il passato, il futuro e la delusione avrebbero fatto ancora più male.

Ma quello che lui stava cercando di fare al momento – fissandomi negli occhi, bevendo il mio scotch, restando quando avrebbe dovuto andarsene – era sottrarmi il controllo. Non lo avrei permesso.

Invece, avvertii un assurdo bisogno di rubare il suo e affermare la mia supremazia. Di mostrargli di chi era il dominio in cui era entrato.

Mio.

I suoi indimenticabili occhi azzurri seguirono ogni mio movimento quando mi alzai e chiusi la breve distanza che ci separava, pur sapendo che ogni passo avrebbe potuto essere la mia rovina. Lo feci comunque, convincendomi che ora io avevo il potere e lui no.

Quel mantra si ripeté nella mia testa per ricordarmi chi e cosa ero adesso, in contrasto con chi e cosa ero allora.

Mi fermai poco oltre le sue ginocchia allargate, abbassando lo sguardo su di lui. Aveva il viso inclinato verso l'alto e lo sguardo intenso. A ogni secondo che passava, i suoi occhi si colmavano sempre più di confusione. Fino a quando, finalmente, il suo sguardo calò dal mio viso fino alla mia vita mentre io allungavo lentamente e con ponderatezza le mani verso la cintura che indossavo, per poi slacciarla.

Il tintinnio della fibbia metallica colmò lo spazio fra di noi. Una musica familiare per le nostre orecchie mentre entrambi rivivevamo tutti quei momenti in cui ci eravamo strappati i vestiti di dosso con frenesia, non più in grado di tenere le mani a posto, non più in grado di resistere alla tentazione di toccarci.

Una volta chiusa la porta, tutto volava fuori dalla finestra.

Il controllo. I desideri. Le ansie.

Tutto.

Fino a quando non restavamo solo noi due. A toccarci, baciarci, succhiarci e scopare. Le bocche e le dita disperate.

I nostri sussurri, i gemiti, i grugniti e le nostre grida che ci avvolgevano in un bozzolo.

A quel tempo, io lo conoscevo semplicemente tramite il suo tocco, il suo profumo.

Allora, sapevo quando mi era vicino senza vederlo.

In quei giorni, capivo che mi voleva non appena gli si mozzava il fiato.

Proprio come capii cosa significava il rumore di gola che gli sfuggì in quel momento.

Con lentezza tormentosa, abbassai la cerniera, per poi allungare una mano e sfiorare con un dito i cortissimi peli ruvidi lungo la sua mascella tesa prima di trascinare il polpastrello del pollice sopra il suo labbro inferiore. Schiuse la bocca e il suo fiato caldo mi accarezzò le dita.

Tate non riuscì a nascondere il brivido che lo attraversò e io dubitavo che ci avesse provato. Quella reazione mi spinse a continuare a trascinare le dita su per la sua guancia, lungo la tempia e tra i suoi capelli ancora umidi.

Accarezzai una ciocca liscia fra i polpastrelli di pollice e indice. Ricordavo quella sensazione. Nei due anni in cui eravamo stati amanti, gli avevo toccato i capelli un'infinità di volte.

Ci avevo sfregato il naso un milione di volte.

Quella sera ci passai le dita attraverso – una volta, due, tre – mentre seguivo con lo sguardo il sentiero della mia mano invece di incrociare quello di Tate.

Non potevo. Non adesso.

Non ancora.

Presto.

Perché sapevo già cosa avrei visto nei suoi occhi.

Lo sapevo perché se lui non lo avesse voluto, avrebbe potuto alzarsi e andarsene. Se lui non lo avesse voluto, il suo membro non sarebbe stato così dannatamente duro, tendendo il suo costume bagnato.

Se lui non lo avesse voluto, il suo corpo non avrebbe vibrato come stava facendo.

Se lui non lo avesse voluto, il suo respiro non sarebbe stato così affannoso.

Ma la vera domanda era: *io* lo volevo?

Volevo cedere alle mie voglie e alle mie necessità e, di conseguenza, spezzarmi un'ultima volta in due?

Ricordai a me stesso che dovevo tenere alta la guardia. Non potevo permettergli di rompermi, questa volta.

Chiusi le dita, gli strinsi i capelli ed esercitai un po' di pressione sul suo cuoio capelluto tirando leggermente. "È colpa tua se il mio appuntamento si è interrotto. È colpa tua se non ho avuto quello che volevo o quello di cui avevo bisogno, questa sera." La dilatazione delle sue pupille. L'accelerarsi del suo respiro.

Le punte durissime dei suoi capezzoli.

Ulteriore prova di quanto voleva che lo toccassi.

E tutto quanto... Ciascuna delle sue reazioni mi fece venire l'acquolina in bocca, accelerò il battito del mio cuore e fece flettere la mia erezione.

Mantenni la presa sui suoi capelli con una mano e infilai l'altra nei boxer, tirando fuori il membro e abbassando le mutande quanto bastava per infilarmele sotto i testicoli.

Non ebbi bisogno di vedere quanto liquido seminale si era accumulato sull'estremità e stava per gocciolare e cadere.

Lo sapevo perché Tate mi stava fissando il membro che mi pulsava in mano.

Non appena lui si leccò le labbra e riportò lo sguardo su di me con una domanda silenziosa sul viso, capii che voleva prenderlo in bocca. Pulirne la punta con la lingua. Assaporare il fluido salato che conosceva fin troppo bene.

Immaginai la sua bocca calda e umida che mi avvolgeva mentre cominciavo a toccarmi, senza spazzare via il liquido come avrei fatto normalmente, ma lasciando che penzolasse. Che stuzzicasse. Che tentasse.

Ma non glielo avrei dato. Non gli avrei concesso quella soddisfazione.

"In ginocchio." Lo strattonai per i capelli e feci un passo indietro, trascinandolo con me.

Le sue ginocchia nude colpirono il pavimento con forza, ma non me ne curai.

Il dolore si sarebbe mescolato al piacere.

Il suo dolore. Il mio piacere.

Dodici anni dopo, la situazione stava per ribaltarsi.

"Roe," sussurrò lui, fissandomi. La gola che si muoveva, lo sguardo cupo, le palpebre pesanti. Un rossore che gli sbocciava nel petto e gli risaliva il collo teso.

"No." Gli strattonai di nuovo i capelli. "Tieni gli occhi aperti e fissi su di me. Voglio che tu guardi."

Non avevamo nemmeno cominciato e già volevo venire. Vedere Tate in ginocchio, vulnerabile e voglioso. Nella speranza che gli dessi quello che voleva.

Quello, da solo, era per me più inebriante di tutti i partner che avevo avuto da allora.

Perché nessuno di loro era paragonabile a lui. Nemmeno uno.

E io odiavo Tate per quello.

Odiavo che lui fosse ancora la mia debolezza.

Odiavo che non ci sarebbe voluto molto per lui per rivoltare la situazione e assumere il controllo, esigendo che fossi invece io a mettermi in ginocchio. Perché lui prendesse il controllo.

Strinsi la radice del mio membro abbastanza forte per farlo diventare viola, facendo sì che si gonfiasse e che le vene sporgessero per via dell'interruzione del flusso sanguigno.

Ma, *porca miseria*, non potevo venire. Non ancora.

Dovevo trattenermi. Anche se era molto, troppo difficile.

Stringendo e accarezzando al tempo stesso, mi misi al lavoro per estrarre altro sperma dalla punta.

Quando lui sollevò la mano, il mio brusco "No!" gliela fece ricadere lungo il fianco.

La rabbia che avevo covato a lungo nei suoi confronti si era riaccesa quando lo avevo visto nell'atrio. Ma ora era rafforzata da ogni movimento del mio pugno, fino a quando non fu un incendio fuori controllo dentro di me. Che mi ustionava.

Ribaltai la posizione della mano e mantenni un ritmo costante, dalla radice alla punta, assicurandomi di non far cadere il lungo filamento di liquido che pendeva precario dalla punta.

La sua mano scattò e questa volta io lasciai andare il membro e strinsi gli occhi, scuotendo leggermente la testa.

Lui chiuse le mani a pugno. Molto probabilmente per trattenersi dal farlo di nuovo.

Se non gli piaceva quello che stava succedendo, Tate avrebbe potuto alzarsi e andarsene in qualunque momento. Non lo fece.

Rimase dov'era, in ginocchio. A guardare. Con le labbra leggermente schiuse e il respiro affannoso. Le uniche occasioni in cui il suo sguardo abbandonava il mio erano quando lo abbassava per guardarmi che mi segavo l'uccello o il filo di perle che ondeggiava come un pendolo.

Quando si leccò di nuovo le labbra, per poco non fui perduto.

La pressione stava crescendo; i miei muscoli si contrassero. Bloccai le ginocchia e ordinai ai miei piedi di restare dove si trovavano.

Se avessi tenuto la mano sul membro, non lo avrei toccato.

Se fossi rimasto dov'ero, non lo avrei scopato.

Se mi fossi limitato a sbraitare ordini, non gli avrei detto che effetto mi faceva ancora dopo tutti quegli anni.

Non ce l'avevo così duro da molto tempo e la cosa mi spaventava.

L'università era ieri. Il momento in cui lui mi aveva lasciato era solo pochi minuti prima.

Un varco temporale fra quel tempo e oggi.

Ma era oggi e non ieri.

Era Tate quello in ginocchio, non io.

Ciononostante, ero io a sforzarmi, non lui.

E ciò mi faceva incazzare ulteriormente.

Mi masturbai con più intensità, ora più per punire me stesso che altro. "Apri la bocca e tira fuori la lingua. Voglio coprirla di sperma."

Tate rabbrividì e barcollò. Quando allungò le mani per ristabilire l'equilibrio e le sue dita affondarono dolorosamente nelle mie cosce, io non spinsi via le sue mani, non gli dissi di no questa volta. Invece, lasciai che mi toccasse. Lasciai che si aggrappasse per dimostrare che aveva bisogno di me.

Anche solo per restare dritto.

Lui aprì la bocca, protese la lingua e posò uno sguardo appassionato sul mio membro mentre aspettava.

La pressione nel mio basso ventre e la contrazione delle mie palle mi disse che mancava poco.

Pochissimo.

E poi eccomi lì, il membro che mi pulsava fra le dita mentre continuavo a circondarlo con il pugno, stringendo e tirando, strattonando e tendendo, estraendo il mio seme verso la superficie.

Ma invece di venirgli sulla lingua o in bocca, invece di dargli quello che voleva, schizzai su tutto il suo viso, facendolo ritrarre per la sorpresa.

Ma era troppo tardi.

Dense strisce bianche gli colavano dal mento, gli attraversavano le guance e il naso, gli dipingevano le labbra e qualche goccia era atterrata persino sulla sua fronte aggrottata.

Era una vista che non avrei mai dimenticato. Tate in ginocchio con la faccia coperta di sperma, coperta di *me*.

"Fuori la lingua." La mia voce era gracchiante e roca nonostante avessi trattenuto parole, gemiti o grugniti. Persino un ultimo verso quando ero venuto. Avevo tenuto tutto imbottigliato dentro, dato che non ero disposto a condividere nulla di tutto ciò con lui.

Lo shock mi colmò quando lui sporse obbedientemente la lingua e me la lasciò usare come straccio per pulire la punta gocciolante.

Era una cosa meravigliosa e mi fece venire voglia di strappargli di dosso il costume, mettergli a nudo il culo, piegarlo a novanta sullo schienale della sdraio e ficcargli l'uccello dentro fino a quando l'intera città non avrebbe sentito le sue grida e lo sbattere delle nostre pelli l'una contro l'altra.

Volevo impartirgli una lezione molto più grande di quella che avevo appena ricevuto.

Non ero più la sua cagna.

Non sarei mai più stato la sua cagna.

Feci un passo indietro, mi rimisi a posto i boxer e i jeans mentre tenevo i nostri sguardi incrociati e mi riallacciavo con calma i pantaloni, per poi stringere la cintura. Raddrizzare la camicia.

Quando ebbi finito, attesi ancora qualche istante, sfidandolo a fermarmi. Sfidandolo a lamentarsi o a pronunciare una singola parola. Poi tornai verso il mio ingresso privato.

Allontanarmi da lui in quel momento fu una delle cose più difficili che io avessi mai fatto. Perché quando ci eravamo separati dodici anni prima, non ero stato io ad andarmene.

Questa notte, sì.

La voce di Tate suonava forzata quando esclamò: "Era una punizione."

Sì, lo era.

Senza degnare di uno sguardo l'uomo ancora in ginocchio, lasciai che la porta d'acciaio si chiudesse e si bloccasse alle mie spalle.

Capitolo sei

MI ASPETTAVO che lui sbattesse la porta, ma accadde l'esatto contrario. Anche se il *click* leggero alle mie spalle fu come una fucilata.

Mi lacerò, mi attraversò e mi lasciò con un enorme buco sanguinante nel corpo.

Mi stavo dissanguando. Stavo morendo un po' dentro.

Aprii gli occhi, mi sollevai su gambe tremanti e individuai l'asciugamano. Seduto sul bordo della sdraio più vicina, mi pulii il viso. Non fu una cosa gentile. Sfregai il più fortemente possibile.

Assaggiai con la punta della lingua il residuo salato rimasto.

Assaporando quello che mi era mancato, quello che bramavo da più di un decennio.

Mi chinai e presi il bicchiere da terra, poi allungai la mano quanto bastava per afferrare, con una certa fatica, anche la bottiglia.

Quando lessi l'etichetta, riconobbi il nome. Non era roba da poco, ma di prima qualità, e una persona normale non spendeva quel genere di soldi in una marca del genere per sé.

E se lo faceva, non la lasciava di certo in giro.

Decisi che non c'era bisogno del bicchiere, per cui lo rimisi per terra accanto alla sedia, stappai la bottiglia e bevvi un lungo sorso per scacciare il sapore di Ronan.

Quando mi riportai la bottiglia alle labbra e la inclinai una seconda volta, lo scotch mi scivolò lungo la gola e mi si accumulò nello stomaco. Respirai attraverso il bruciore, non essendo abituato a bere superalcolici lisci in quel modo.

Dopo essermi accomodato di nuovo sulla sdraio, allungai le gambe e fissai un cielo notturno segnato solo dall'inquinamento luminoso. Stringendo fortemente il collo della bottiglia, me la misi in equilibrio in grembo mentre passavo in rassegna ciò che era appena accaduto fra Ronan e me.

In ultima analisi, ero stato io a permettere che accadesse.

Certo, avevo *voluto* che accadesse.

Ora mi pentivo del mio momento di debolezza.

Della mia vulnerabilità.

La verità evidente mi soffocava, rendendomi difficile respirare.

Mi ero innamorato di Ronan già quando andavamo all'università.

E, *porca miseria*, non avevo mai smesso di amarlo.

Ronan (allora)

Un altro fine settimana. Un'altra festa.

Non capivo esattamente perché Tate continuasse a chiedermi di andare con lui, ma sapevo perché continuavo ad accettare i suoi inviti.

Era una stupidaggine, perché ero al corrente che fosse etero. Sapevo che aveva una ragazza da più di un anno.

Ma fra di noi era nata un'amicizia spigliata. Dentro e fuori dall'aula.

Ridevamo, scherzavamo, ci prendevamo in giro e ci facevamo i dispetti. Condividevamo costantemente storie buffe o stupide della nostra infanzia.

Anche se quello fosse stato tutto ciò che avrei mai avuto con lui, mi sarei accontentato. Avrei ricordato quel periodo per sempre, perché...

Perché lui mi piaceva.

Non era una descrizione abbastanza forte, ma non sapevo in che altro modo esprimermi. Era più che una semplice attrazione estetica. Che comunque c'era e non era poca.

Ero... Ossessionato? Forse. Ma non in maniera inquietante.

Infoiato? Certo.

Speranzoso che non fosse etero? Assolutamente.

Tate non era solo bello e bollente, era anche intelligente. In principio, avevo pensato che fosse un po' distratto e disorganizzato, ma poi avevo scoperto che era solo il tipo che si lasciava travolgere dalle novità. Come l'inizio di un nuovo semestre, che era la situazione in cui lo avevo conosciuto.

Ma ora che l'anno scolastico era iniziato da più di un mese, Tate aveva messo i piedi per terra, si era organizzato ed era decisamente più concentrato.

Avevo deciso di scatenarmi quella sera, perché per una volta l'indomani non avrei avuto il turno mattutino al Power Center, il centro ricreativo dell'università. La paga era uno schifo, ma il centro si trovava al campus e potevo andare e venire comodamente dal lavoro a piedi. Meglio ancora, potevo allenarmi prima o dopo il mio turno.

Dovevo ammettere che avevo cominciato il primo anno con un fisico piuttosto gracile. Ed ero anche abbastanza goffo. Sebbene fossi ancora nella fase dello sviluppo e stessi crescendo fisicamente e mentalmente, volevo accelerare il processo.

Mentre lavoravo al centro ricreativo, prestavo attenzione quando arrivavano gli atleti e svolgevano i loro allenamenti. Avevo cominciato a imitarli e alla fine avevo trovato il coraggio di cominciare a parlare con loro e di far loro qualche domanda, nella speranza che non pensassero che ci stessi provando. Quando potevo, davo loro una mano, assistendoli mentre lavoravano con i pesi. Continuavo a osservare le loro tecniche, facendo altre domande e chiedendo consigli su come migliorare la mia forma fisica o su cosa avrei dovuto lavorare.

La maggior parte di loro era contenta di condividere la propria conoscenza, perché amava l'attenzione. Era gratificante per loro che ammirassi apertamente il loro fisico e dicessi che avrei voluto essere proprio così.

Solo, una versione molto muscolosa, molto euroasiatica e molto gay. Anche se l'ultima parte la tenevo per me.

Non nascondevo la mia sessualità, ma non la pubblicizzavo nemmeno. Né indossavo vestiti che potessero "etichettarmi" come gay. Ma se qualcuno me lo avesse chiesto, io non avrei avuto nulla da nascondere e non sarei stato disposto a mentire.

Per fortuna, nessuno me lo chiedeva e tutti davano per scontato che fossi etero. Probabilmente, se avessero saputo come stavano le cose, non sarebbero stati così pronti a darmi una mano. Potevo sbagliarmi e speravo che fosse così, ma non ero disposto a correre il rischio di perdere una preziosa fonte di informazioni.

Solo uno dei tizi che si allenavano ossessivamente era una testa di cazzo fatta e finita. A occhio e croce, era uno che si faceva di steroidi, grosso com'era. Io volevo accumulare massa rapidamente, ma senza barare. Il duro lavoro e la dedizione non mi dispiacevano. E di certo non volevo finire per avere l'aspetto o il comportamento di un coglione come quello stronzo.

Non appena avevo trovato il lavoro, ne avevo accennato a Tate un giorno durante la lezione che avevamo in comune. Quando lui non era occupato a fare qualunque cosa facesse da solo, veniva a trovarmi per aiutarmi a passare il tempo o per allenarsi con me.

Alla fine, avevamo preso l'abitudine di allenarci insieme, assistendoci a vicenda e incoraggiandoci. Avevamo trasformato i nostri obiettivi in sfide. Facevamo delle piccole gare fra di noi per mantenere le cose interessanti e divertenti.

Un giorno, avevo sfidato Tate a seguire una lezione di spinning ed eravamo quasi morti. In seguito, non mi ero più sentito il sedere per un'ora. Avrei giurato di aver perso litri di sudore e di essere uscito dalla porta con le gambe curve.

Tate avrebbe voluto strangolarmi per aver suggerito la lezione di spinning, ma non aveva la forza di farlo. Considerato che lui veniva quasi sempre in bicicletta all'università, pensavo che lo spinning sarebbe stato più facile per lui. Lui aveva pensato la stessa cosa.

Ci eravamo sbagliati tutti e due.

Avevamo finito con l'uscire barcollando dall'edificio e attraversare il sovrappassaggio del Power Center fino a trovare una zolla erbosa sotto un albero, dove eravamo collassati entrambi. Non ci eravamo mossi per due ore.

Due maledette ore.

Avevamo trascorso il tempo sdraiati sulla schiena, parlando di tutto e di niente. Non avrei mai dimenticato quelle due ore.

Perché era tutto il tempo che c'era voluto perché io mi innamorasse di Tate.

Un amore che non potevo confessargli, dato che non volevo spaventarlo o essere respinto. Avevo finito per fare la cosa migliore per la nostra amicizia e tenermi tutto dentro.

Non varcammo mai più la soglia della sala da spinning. Invece, cominciammo a correre come esercizio aerobico. Attraverso il campus e lungo le strade cittadine, oppure, quando il tempo faceva schifo e non potevamo correre all'aperto, sul tracciato al coperto.

Come la nostra amicizia, le nostre corse trovarono un ritmo rilassato. Il nostro passo era simile. E anche i nostri obiettivi erano simili, dato che volevamo bilanciare il cardio con il mettere su massa.

A volte rallentavamo il passo e parlavamo per tutto il tempo. Altre volte, ci ficcavamo le cuffie nelle orecchie e ascoltavamo la stessa canzone mentre ci davamo dentro. Se la canzone era particolarmente orecchiabile, Tate mi superava, si voltava verso di me e correva all'indietro, mimava il gesto di suonare la batteria o cantava orribilmente a pieni polmoni.

Io aspettavo sempre che lui cadesse malissimo, ma miracolosamente riusciva a restare in piedi.

E mi faceva sorridere o ridere, o pisciare quasi addosso.

Quella sera non faceva eccezione mentre entrambi guadavamo la folla in una casa di Carson, sull'altra riva del Monongahela River. Non avevo idea di chi avesse organizzato la festa o di chi fosse il padrone di casa, ma ero talmente brillo che non me ne importava.

Se non altro, ora che avevo un lavoro, potevo pagare per il mio bicchiere di plastica invece di farmi offrire tutto da Tate.

Dopo la quarta birra, avevo perso il conto di quelle che avevamo trangugiato. Una cosa era certa: avevamo entrambi bevuto a sufficienza da ripagarci e la serata non era ancora finita. Non avremmo potuto andarcene nemmeno volendo: dovevamo aspettare il coinquilino di Tate, dato che era lui a guidare. E l'ultima volta che avevo visto Jack, lui stava salendo le scale assieme a una ragazza ed entrambi sorridevano in un modo che lasciava trasparire le loro intenzioni.

Guardarli salire al primo piano aveva inoltre reso molto chiaro che ero single e non avrei ottenuto in tempi brevi quello che Jack stava ottenendo ora.

Lanciai un'occhiata a Tate, al momento immerso in una conversazione profonda, ma biascicata, con un tizio che studiava a sua volta giornalismo e comunicazione. Stando a Tate, avevano qualche corso in comune.

Non volendo interrompere il loro *snewfest*, come chiamavo le occasioni in cui Tate parlava di qualunque cosa avesse a che vedere con il giornalismo, mi trovai uno spazio vuoto su un muro vicino e ci premetti la schiena contro, mentre sorseggiavo birra e osservavo il mio migliore amico.

Il suo viso si illuminava e lui si animava tantissimo quando parlava di giornalismo. Diceva che ce l'aveva nel sangue e, dopo averlo sentito parlare ininterrottamente dell'argomento, ero d'accordo. Lui non aveva ancora deciso se stare dietro la telecamera o davanti. Io votavo per davanti.

Il viso super attraente di Tate Allan Harris e il suo corpo altrettanto bollente avrebbe dovuto essere condivisi col mondo intero. Il modo in cui le sue labbra si muovevano, quei vibranti occhi azzurri che ti trafiggevano il cuore, il sorriso contagioso, la voce sciropposa come il miele, quella mascella scolpita. Per non parlare dei denti perfettamente dritti, merito dell'apparecchio che lui aveva odiato portare da ragazzo.

Senza dimenticare quelle spalle larghe...

Sì, non ero molto obiettivo. Ma notavo come le ragazze voltavano la testa quando lui entrava in una stanza o semplicemente passava loro accanto. La cosa buffa era che Tate non si accorgeva nemmeno che loro lo fissavano e probabilmente speravano che i suoi vestiti sarebbero magicamente spariti.

Ah, no. Mi sa che l'ultima parte ero io.

Ma dato che ci allenavamo spesso insieme, avevo visto quasi ogni centimetro di lui nello spogliatoio. Cercavo di non sbirciare in maniera troppo palese, ma non riuscivo a trattenermi.

Tuttavia, quello che facevo di quegli scorci quando ero da solo era, diciamo, un po' osceno. In senso buono.

Avrei dovuto smettere di fantasticare su Tate e cercare di trovare qualcuno che fosse interessato agli uomini in maniera più che amichevole. Non facevo sesso dall'estate prima di partire per l'università. Non contando tutto il sesso che facevo col mio partner a cinque dita. A onor del vero, quello non potevo contarlo comunque, dato che lo facevo così spesso da aver perso il conto.

Ero arrivato al punto di essere in grado di segarmi sotto le coperte senza svegliare il mio coinquilino. Sfortunatamente, il mio coinquilino Dominic non aveva ancora perfezionato quella capacità e io lo sentivo che si menava l'uccello a velocità smodata nei momenti più bizzarri.

Non avevo ancora detto a Dom che ero gay, ma se lo avessi fatto, ero sicuro che il bombardamento di seghe sarebbe cessato in fretta. Sorrisi.

Poi il mio cuore sparò una raffica quando Tate voltò la testa verso di me e mi rivolse un cenno del mento. Non appena io ricambiai, lui spalancò gli occhi e sollevò le sopracciglia nel tacito messaggio di "tirami fuori da qui."

Mi spinsi via dal muro e andai a salvarlo dalla morte per

noia. Non poteva certo comparire davanti a una telecamera da cadavere.

Mi intrufolai accanto a lui, gli piantai una mano in fondo alla schiena e rivolsi un cenno del capo al tizio che farfugliava un fiume di parole. Con un sopracciglio inarcato, chiesi: "Posso prenderlo un attimo?"

E per "prenderlo" intendevo che mi sarebbe piaciuto far scivolare la mano dalla schiena di Tate fino al sedere e strizzare. Evitai, dato che Tate molto probabilmente avrebbe pensato che scherzassi invece di apprezzare la pesca perfetta che si portava dietro nei jeans.

"Oh, certo, certo. Tanto, devo andare a cambiare l'acqua al pesce," rispose il biondo, sistemandosi gli occhiali e lanciandomi un sorriso sghembo. Era ubriaco fradicio.

Anche Tate era quasi completamente marcio. Potevo solo sperare che il suo coinquilino non stesse bevendo altrettanto e fosse in grado di riportarci a casa. Mi era capitato di dormire sul divano del loro appartamento un paio di volte, dopo che avevamo fatto troppo festa. Ma speravo di riuscire a tornare al campus, quella sera, dato che quel divano faceva schifo e solo una doccia bollente riusciva a farmi sentire pulito dopo averci dormito.

Ma d'altra parte, il loro intero appartamento era uno schifo, dato che ci vivevano tre studenti universitari. Veniva pulito una volta ogni tanto, quando Dahlia andava a trovare Tate e, non riuscendo più a sopportare la sporcizia, puliva spinta dalla pura frustrazione.

Non appena il biondo si fu allontanato, svanendo dietro un muro di corpi, Tate mi rivolse un sorriso molto ubriaco ma anche molto sexy mentre si massaggiava l'orecchio destro. "Grazie. Stava per cascarmi l'orecchio."

"Devo darti una notizia: anche a te piace parlare. Credo che sia un requisito per una laurea in giornalismo."

"Non lo è, ma è un buon esercizio. Ho bisogno di un'altra birra e di un po' di aria fresca."

Dubitavo che avesse bisogno di altra birra, ma d'altra parte, visto che nessuno di noi guidava, non avevamo un limite quella sera. "Prima la birra o prima l'aria?"

"Devo pisciare."

Levai gli occhi al cielo. "Puoi pisciare fuori nei cespugli mentre succhi aria fresca."

"Buona idea. Sei sveglissimo, Rooooou-nan."

"Un vero genio." Lo presi sottobraccio e lui mi seguì. "Ho trovato un buon cespuglio lungo il confine con la casa del vicino. Possiamo usarli entrambi."

"Buona idea. Sei sveglissimo, Roooooou-nan."

Perché stava strascicando il mio nome completo? E perché si stava ripetendo? "Forse non hai bisogno di un'altra birra. Meglio andare a cercare Jack e tornarcene a casa."

"No."

"Tate, ci sono feste tutto il fine settimana, tutti i fine settimana. Questa non è mica l'ultima festa universitaria a cui parteciperai. E abbiamo entrambi bevuto abbastanza da aver recuperato i nostri soldi."

"Non dare fastidio a Jack. Probabilmente, sta scopando."

Quello era scontato, dato che lo avevo visto salire le scale, ma dubitavo che Jack avesse bisogno di più di dieci minuti. A essere generosi.

In qualche modo, riuscimmo a farci strada attraverso la calca di studenti universitari ubriachi e a uscire senza che nessuno ci schiacciasse i piedi o ci picchiasse. Continuavo a stringere il braccio di Tate per non perderlo lungo la strada e lo usai per guidarlo attraverso il cortile, ingombro di bottiglie di birra, bicchieri di plastica rossa e chissà cos'altro — non volevo guardare troppo da vicino — fino allo stretto varco che separava le due case. Era un punto perfetto per svuotare la vescica, dato che c'era buio e i cespugli abbondavano.

"Roe!" gridò Tate, anche se era proprio accanto a me.

"Shhh!" lo zittii. "Meglio evitare che il vicino ci veda annaffiare i cespugli."

"Mi sa che il vicino è alla festa con gli altri."

Era probabile. In caso contrario, la polizia ci avrebbe fatti sgomberare ore prima. Ma non lo sapevo per certo.

Mi fermai a metà strada fra il cortile anteriore e quello posteriore e usai il braccio di Tate come perno per farlo voltare verso i cespugli. Indicai col dito. "Punta e spara, amico. Basta che non ti pisci sulle scarpe buone."

Tate abbassò lo sguardo. "Sono scarpe da ginnastica."

"Basta che non ti pisci sulle scarpe da ginnastica," mi corressi, mentre già abbassavo la cerniera e cercavo l'uccello. Dopo averlo tirato fuori e aver preso la mira, ma prima di dire alla mia vescica di scatenarsi, lanciai un'occhiata a Tate. Mi stava fissando nell'oscurità, ma senza accennare a voler pisciare.

"Tate, hai bisogno di una mano?" Non ero contrario all'idea, ma lui avrebbe potuto esserlo.

Scosse la testa e persino al buio vidi una folta ciocca di capelli scuri ricadergli sulla fronte. Lottai contro la tentazione di scostargliela dal viso e mi concentrai invece sullo svuotare la vescica.

Lanciai qualche occhiata a Tate per assicurarmi che stesse facendo quello che doveva fare. Si era messo in azione e stava finalmente innaffiando i fiori. Per un breve istante, fui geloso della sua mano.

Mi scrollai il pisello e lo rimisi dentro, badando con immensa cautela a evitare che si impigliasse nella cerniera. Vi garantisco che è un errore che si commette una volta sola.

Dopo aver riposto al sicuro l'attrezzatura, mi voltai e vidi che Tate ondeggiava avanti e indietro sui piedi; continuava a pisciare, ma con la testa inclinata all'indietro.

Avrebbe perso l'equilibrio, fradicio com'era.

Emise un lungo, basso grugnito, probabilmente di sollievo, quindi scrollò selvaggiamente il membro. Feci un passo indietro per evitare potenziali schizzi.

"Fatta tutta?" chiesi quando lui lasciò solo andare il suo piccolo pitone invece di rimetterlo a posto.

Tate abbassò lo sguardo come se avesse dimenticato quello che stava facendo, annuì e finalmente riuscì a tirar su la lampo senza fare danni.

Mi avvicinai di un passo. "Sei sicuro di non voler andare? Se non troviamo Jack, possiamo chiamare un taxi o qualcosa di simile."

Io non avevo i soldi per un taxi, ma ero sicuro che Tate li avesse. Nelle ultime settimane avevo scoperto che, a differenza del sottoscritto, che faceva affidamento su sussidi, borse di studio e prestiti studenteschi oltre al proprio lavoraccio schifoso, Tate aveva dei genitori abbastanza ricchi da finanziare la sua istruzione. Gli firmavano semplicemente un assegno per pagare la retta. E non era manco postdatato.

Inoltre, pagavano tutti i mesi l'affitto del suo appartamento e gli davano i soldi per mangiare o qualunque cosa di cui lui avesse bisogno.

In quella famiglia, il denaro non mancava. Il padre di Tate era una specie di banchiere che guadagnava un sacco di soldi e, quando Tate mi aveva fatto vedere una foto di casa loro, all'inizio avevo pensato che fosse un piccolo resort.

Non lo era.

Il fatto era che, se lui non avesse menzionato distrattamente la cosa, non avrei mai immaginato che provenisse da una famiglia benestante. Non era uno smargiasso. Non si vantava del suo status. E non lo usava come arma, come tendevano a fare alcuni altri studenti ricchi. Non indossava vestiti costosi, orologi o qualunque altra cosa potesse farlo risaltare. Andava in bicicletta e non aveva una macchina.

Era il ragazzo ricco più umile che io conoscessi.

L'unico motivo per cui c'ero arrivato erano alcune semplici conversazioni quotidiane. Figuratevi che avevo dovuto essere io a convincerlo a mostrarmi le foto della sua casa e dei suoi genitori.

Tate era la copia sputata di suo padre. Sua sorella aveva preso dalla madre. Ma il ritratto di famiglia incorniciato che mi aveva fatto vedere aveva picchiato forte sulla consapevolezza che lui e io appartenevamo due mondi diversi. Lui stava ai piani alti. Io ero un semplice plebeo.

Beh, forse non così semplice. Ma non ero uno di quei gay "sfavillanti" che si davano delle arie. Ero un tipo piuttosto alla mano.

"No, non voglio andare. Mi serve più birra."

Ah, giusto, stavo cercando di convincerlo ad andarcene.

Quando Tate si voltò verso di me, inciampò nei suoi stessi piedi e cominciò a cadere all'indietro, agitando all'impazzata le braccia mentre cercava di mantenere l'equilibrio.

D'istinto, la mia mano scattò in avanti e io gli afferrai la maglietta in tempo per evitargli una caduta. Ma lui compensò all'eccesso e cadde invece in avanti, facendo sbattere i nostri corpi l'uno contro l'altro.

Io non lo lasciai andare, ma accentuai la presa sulla sua camicia e lo tenni fermo mentre entrambi ci riprendevamo e ansimavamo per l'improvvisa scarica di adrenalina.

La sua derivava dall'aver perso l'equilibrio ed essere quasi caduto.

La mia dal fatto che ero premuto contro di lui.

Ora eravamo abbastanza vicini da permettermi di cogliere il profumo delicato del suo sapone, dopobarba o quello che era. Abbastanza vicini perché io venissi ustionato dal suo calore e far sì che certe parti di noi si toccassero.

Senza pensare e mentre gli stringevo la maglietta con la mano destra, gli afferrai il viso con la sinistra e schiantai le labbra contro le sue.

Lui non mi respinse, non indietreggiò. Non si mosse.

Non aprì la bocca e anch'io tenni chiusa la mia.

Eravamo premuti l'uno contro l'altro dal bacino al petto e bocca contro bocca.

Ero sconvolto quanto lui. Baciarlo era stato istintivo per me e volevo farlo da tanto. Ma...

Rimanemmo entrambi immobili. Connessi, ma anche no.

Senza muoverci. Senza baciarci davvero. Senza nemmeno respirare.

Eravamo congelati.

Per un attimo, quello non fu un bacio.

Erano solo due paia di labbra che si toccavano.

Non era nulla.

Nulla.

Nulla.

Poi, come se qualcuno avesse premuto un interruttore, diventò qualcosa.

Qualcosa che non mi aspettavo per niente.

La luce si accese e divenne più intensa mentre le sue labbra cominciavano muoversi contro le mie.

Prudentemente e goffamente.

In verità, mi aspettavo che quel movimento fosse una richiesta per me di lasciarlo andare.

Una protesta.

Un'imprecazione.

Perché, di nuovo, quello non poteva essere un bacio.

Come mi capitava fin troppo spesso, mi sbagliavo.

Lui mi stava *davvero* baciando.

Tate stava baciando *me*.

Per istinto o per voglia? Non ero sicuro.

Cazzo, poteva darsi che fosse più ubriaco di quanto io mi ero reso conto e pensasse che io fossi un'altra persona, perché...

Non poteva volerlo.

Era un momento di debolezza per me. Un momento di confusione per lui.

Ciononostante, io sapevo chi ero. Sapevo chi era lui. Fin troppo bene.

Tate se ne sarebbe pentito da sobrio. Lo sapevo.

Per quel motivo, avrei dovuto farla finita lì. Sarebbe stato meglio. Per lui e per la nostra amicizia.

Per colpa della mia debolezza, lo lasciai continuare. Lasciai che quella cosa succedesse comunque. Pur sapendo che era sbagliatissima, la volevo.

Ne avevo bisogno.

Mentre le sue labbra si muovevano con titubanza contro le mie, le parti si invertirono.

Io lo presi e mi presi anche la sua bocca.

Era roba mia. Ora apparteneva a me.

Le nostre bocche si aprirono e le nostre lingue si scontrarono.

Non so chi fu a gemere. Poteva essere stato lui oppure io. O anche tutti e due mentre io approfondivo il bacio e le nostre lingue continuavano a intrecciarsi, non per spingere fuori la mia, ma per giocare.

Spinsi via la lingua di Tate perché volevo esplorare completamente la sua bocca. Assaporare ogni angolo e imprimermelo nei ricordi, dato che sapevo che quella sarebbe stata l'unica volta in cui ciò sarebbe accaduto.

E quella avrebbe potuto essere l'ultima occasione in cui saremmo stati insieme come amici.

Cazzo, speravo di no.

Speravo tanto, tantissimo di no, anche se era sbagliato baciarlo. Non solo perché Tate era etero, ma perché aveva una ragazza.

Era tutto sbagliato, eppure non riuscivo a fermarmi. E lui non mi costrinse a farlo. Ogni rumore che gli risaliva dal profondo della gola, ogni movimento delle sue labbra, mi incoraggiavano a proseguire.

Il suo membro, duro e grosso, che premeva contro il mio, mi diceva che quella cosa non lo disgustava. Che non era contrariato dal nostro bacio. O dai nostri corpi che si toccavano mentre le sue mani mi stringevano i fianchi, mi tenevano fermo, mi attiravano persino più vicino e non mi respingevano.

Se lui avesse cominciato a sfregare il membro contro il mio, sarebbe stata la fine per me. Desideravo Tate dal momento in cui lo avevo visto arrivare a lezione in ritardo. E fantasticavo su di lui da allora.

Peggio ancora, la mia voglia si era trasformata in amore lungo il cammino.

Di conseguenza, sarebbe bastata qualche carezza della sua erezione contro la mia perché io venissi nei pantaloni.

Ma lui era ubriaco e ciò significava che non prendeva decisioni intelligenti. Prendeva decisioni di cui da sobrio si sarebbe pentito.

Dato che io ero l'unico in grado di rispondere delle proprie azioni, dovevo comportarmi in maniera intelligente.

Non importava quanto lo volessi.

Quando conclusi con riluttanza il bacio e, lentamente e mestamente, mi staccai, mi aspettavo che Tate mi spingesse via e mi desse un pugno. Facendo un passo indietro per lasciare spazio a entrambi, tenni lo sguardo incollato al suo volto per leggere la sua reazione e prepararmi al momento in cui la realtà avrebbe fatto presa.

Porca miseria, al momento in cui ci avrebbe colpiti entrambi come un secchio di acqua ghiacciata. Lui perché aveva appena baciato un uomo. Io perché ciò avrebbe rovinato il bacio più bollente e desiderato della mia vita.

Naturalmente, avevo ragione. Non sul fatto che lui mi avrebbe colpito, ma sul fatto che la consapevolezza di ciò che era appena accaduto lo avrebbe sopraffatto. I suoi occhi erano sbarrati e persino fra le ombre riuscivo a vedere che erano pieni di stupore mescolato a confusione.

Ma la cosa assurda era che non erano pieni di disgusto.

Stavo aspettando che quel sentimento calasse sul suo viso di un biancore spettrale mentre lui si portava le dita alla bocca.

Io continuai a restare dov'ero, completamente paralizzato.

Avevo bisogno di più da lui. Avevo bisogno di *qualcosa.* Anche rabbia o repulsione.

Il cuore mi martellava nelle orecchie mentre rimanevamo fra le ombre, in una bolla isolata circondata dal rumore distante della festa ancora in corso.

Nessuno in vista.

Tranne noi due.

Merda. Non potevo aspettare. Dovevo sistemare le cose prima che fra di noi finisse male. "Mi dispiace. Non... Mi dispiace. Ho sbagliato. Non avrei dovuto. Mi sono..." *Merda, merda, merda.* "Mi sono lasciato trasportare. Ho perso la testa. Non–"

"Zitto," brontolò lui. "Stai... zitto."

Esitai per un momento, ma non potevo lasciar perdere. Non prima che lui mi perdonasse. "Non voglio che quello che ho fatto rovini la nostra amicizia. Ti prego, non lasciare che il mio stupido errore lo faccia. Sei troppo importante per me, Tate. Sei il mio migliore amico. Sei..." *Tutto per me.*

Ma non posso dirtelo, anche se lo vorrei tanto.

"A te... piacciono gli uomini?" L'ultima parola uscì dalla bocca di Tate in tono più acuto del normale.

Siccome aveva bevuto pesantemente, forse avrebbe dimenticato tutto il mattino dopo. Dopodiché, magari avremmo potuto andare avanti come se nulla fosse successo. "Mi piacciono molte persone."

"Intendo... in *quel* senso." Tate gesticolò con la mano nello spazio fra di noi.

"Pensavo che lo sapessi. Voglio dire, io sono allo scoperto. Sono dichiarato. Non te l'ho mai nascosto."

"Ma non mi hai mai nemmeno detto nulla."

Tipo un avvertimento? "Certo che no. Chi si presenta e subito dopo annuncia le sue preferenze sessuali? Tu lo fai?"

Perché io avrei dovuto avvertire la gente che ero gay quando gli etero non dovevano annunciare la loro sessualità? Non c'era il rischio che qualcuno si contagiasse e diventasse queer contro la sua volontà. Non era mica un virus.

Non avevo alcun obbligo morale di informare la gente che preferivo gli uomini alle donne. Erano affari miei.

Almeno fino a quel momento, per quanto riguardava Tate.

"No. Voglio dire... Mi sa che hai ragione." Tate si grattò l'orecchio e aggrottò la fronte. "Perché un uomo gay dovrebbe presentarsi in modo diverso da un uomo etero?"

Inclinai la testa nel classico cenno di *grazie al cazzo*. Tate non sembrava arrabbiato, ma sorpreso sì, e forse anche un po' offeso che non gli avessi detto che ero gay. Ma lo era perché era omofobo o perché pensava che non mi fossi fidato abbastanza di lui? Dubitavo della prima opzione, per fortuna. Non lo avevo mai sentito dire nulla di offensivo nei confronti della comunità LGBTQ.

Avremmo potuto approfondire il tutto più tardi, da sobri, non mentre eravamo fradici di birra e nel buio fra due case di Carson.

"Di nuovo... Mi dispiace. È tutta colpa della birra," mentii. "So che sei etero e che io non ti interesso da quel punto di vista. Davvero, non lasciare che... Non voglio che questa cosa rovini la nostra amicizia. Possiamo dimenticare che sia successa?"

Ancora una volta, Tate si premette leggermente le dita contro la bocca. "Non sono sicuro di potermela dimenticare."

"Allora puoi perdonarmi per averti baciato senza consenso? Avrei dovuto chiedertelo. Ho sbagliato. Mi sono lasciato trascinare..."

D'accordo, basta con le scuse. O lui le accettava o non lo faceva. Continuare a ripeterle non sarebbe servito a nulla.

I nostri telefoni vibrarono nello stesso momento, distraendo la nostra attenzione l'uno dall'altro. Tate tirò fuori il suo dalla tasca posteriore, mentre io tirai fuori il mio e diedi un'occhiata al messaggio che era comparso sullo schermo.

Era di Jack, che annunciava di essere pronto ad andare. *Meno male, cazzo.*

Gli risposi subito per dirgli che ci saremmo trovati alla sua auto, parcheggiata nell'isolato accanto, dato che avevo visto con la coda dell'occhio che Tate faticava a digitare.

"Ci troviamo all'auto di Jack," annunciai.

Tate sollevò lo sguardo dal telefono e annuì. "Va bene."

"Ce la fai a camminare così lontano?"

"È un isolato."

"Ma tu sei quasi caduto solo a girarti."

"Allora mi aggrapperò a te se dovessi aver bisogno di aiuto."

All'improvviso, mi travolse un senso di sollievo per il fatto che lui non mi stava urlando contro né maledicendo. Che non mi stava dicendo di trovarmi un altro passaggio. Si sarebbe appoggiato a me, se necessario.

"Andiamo," dissi. "Sono qui, se hai bisogno di me."

Tate mi fissò ancora per qualche istante, annuì leggermente e cominciò a dirigersi verso l'ingresso della proprietà.

Vidi che barcollava un poco, per cui corsi al suo fianco.

Per poco non incespicai io stesso quando lui mi agganciò un braccio attorno al collo.

Strinsi le labbra per non sorridere come un imbecille e camminammo in quel modo fino all'auto di Jack.

Capitolo sette

Tate (allora)

QUANDO ARRIVAMMO ALLA MACCHINA, mandai un paio di messaggi a Jack, ma lui non rispose mai. Ronan e io aspettammo per un po', ma il mio coinquilino non si fece vivo. Probabilmente, aveva bevuto troppo.

"Torniamo indietro a cercarlo?"

Ronan scosse la testa. "Potremmo dividerci un taxi."

Forse, sarebbe stata la scelta più intelligente. Magari Jack era raggomitolato da qualche parte in un angolo e stava smaltendo la sbornia. Aveva un sacco di altri amici alla festa che avrebbero potuto dargli un passaggio, se ne aveva bisogno.

Aspettammo un'altra mezz'ora al buio che arrivasse il taxi. Ma non avevo intenzione di dividere la tariffa con Ronan. Avrei pagato io, dato che lo avevo invitato. Mi sentivo responsabile di riportarlo al campus sano e salvo.

O almeno, quello fu ciò che mi dissi con il cervello annebbiato.

Mentre aspettavamo, non parlammo molto. Soprattutto

perché mi girava la testa per colpa della birra e di quello che era successo nello spazio stretto fra le due case. Le nostre spalle si toccavano mentre stavano appoggiati all'auto di Jack e la cosa era sorprendentemente rilassante, oltre a darci un sostegno.

Non ero arrabbiato per il bacio, ma ero davvero confuso. Quella faccenda con Ron e... Onestamente, non ci capivo nulla.

E non stavo pensando solo al bacio.

Lo conoscevo solo da poche settimane. Andavamo a lezione insieme. Andavamo alle feste insieme. Ci allenavamo e studiavamo persino insieme.

Fra di noi era nata un'amicizia spigliata perché, semplicemente, ci intendevamo.

Quando non ero con Dahlia – che era spesso impegnata con le lezioni, il lavoro, le amiche o una delle sue numerose attività sociali – volevo trascorrere ogni momento di veglia con Ronan. Non avevo mai provato nulla del genere nei confronti di nessuno dei miei amici. Nemmeno con Todd, il mio migliore amico dai tempi dell'asilo quando ero in Virginia.

Sebbene mi piacesse passare del tempo con la mia ragazza da più di un anno, cominciavo a preferire invece la compagnia di Ronan. La cosa mi ricordava una dipendenza, dato che quella strana attrazione che lui esercitava su di me diventava più forte ogni giorno.

Ogni giorno in cui lui si lasciava cadere sulla sedia accanto alla mia in classe.

Ogni giorno in cui lui cercava di distrarmi di proposito dalla lezione del dottor Louden.

Ogni giorno in cui lui faceva del suo meglio per farci scoprire e cacciare dall'aula entrambi.

Il rapporto con Ron era diventato un gioco.

Un gioco che mi confondeva e che non capivo del tutto.

Provavo sentimenti che non avevo mai provato prima e non sapevo cosa fare.

Ma una cosa la sapevo...

Quell'esperienza mi piaceva.

Anche se era sbagliata. Completamente.

Doveva essere sbagliata, perché io non ero gay. Non ero nemmeno bisessuale. Di conseguenza, non poteva trattarsi di un'attrazione sessuale. E poi, avevo una ragazza che amavo.

Ma quell'attrazione inspiegabile non cessava mai.

Non vedevo l'ora che avessimo lezione insieme.

Non vedevo l'ora di incontrarlo per studiare.

Non vedevo l'ora di prendere un caffè con lui dopo le elezioni.

O di andare a correre insieme. Di trovarci in palestra.

Avevamo trovato un ritmo naturale. Quella che all'inizio pensavo fosse solo un'amicizia.

Ma ora...

Quel bacio...

Quel bacio.

Dopo quel bacio, cominciavo a preoccuparmi che la mia ossessione per Ronan potesse peggiorare.

Il mio intenso desiderio di stare con lui era già da prima così appiccicoso che non riuscivo a liberarmi.

Non da Ronan.

Non dai miei pensieri di lui.

E nemmeno dalle mie inaspettate fantasie su di lui.

Non gliene avevo parlato perché non ero sicuro che fosse il caso di ammetterlo. Parte del motivo era che, onestamente, non sapevo che lui fosse gay. Non aveva condiviso con me quella parte di sé, anche se pensavamo che fossimo intimi.

La prima volta che avevo sognato lui, me, noi insieme, mi aveva stupito.

Sconvolto.

Persino spaventato.

Mi ero alzato di scatto nel letto, la fronte imperlata di sudore. Ansimavo perché non riuscivo a prendere fiato. Il mio cuore batteva all'impazzata tanto per l'entusiasmo quanto per la paura. Una reazione molto simile a un incubo o a un attacco di panico.

Ma la differenza fra quel sogno e il tipico incubo era che mi aveva colpito diversamente e...

Quando mi ero svegliato, ce l'avevo duro come la roccia. Tutto perché, in quel sogno, avevo toccato, baciato e scopato Ronan.

Quella sera, avevo fatto voltare Dahlia, svegliandola con baci e carezze dello stesso tipo. Le avevo detto quanto la volevo. Quanto l'amavo.

Tutto a causa del sogno che avevo fatto su di *lui*.

Avevo dovuto ricordare ripetutamente a me stesso che era tutto lì. Un sogno assurdo. Niente di più.

Dovevo dimostrare a me stesso che non ero attratto dagli uomini.

E forse non lo ero. Non davvero, non come gli uomini gay erano attratti gli uni dagli altri.

Magari, per qualche strana ragione, mi sentivo così solo nei confronti di Ronan.

Come poteva un tizio – uno che avevo conosciuto in aula la prima settimana del semestre – farmi mettere in dubbio tutto?

Il mio intero essere.

La mia dannata sessualità.

La relazione con la ragazza che era stata al mio fianco durante l'ultimo anno.

Non aveva senso.

Nulla di tutto ciò aveva senso.

Per cui, avevo dato per scontato che fosse per forza sbagliato.

Tutto quanto.

Che il mio cervello fosse rotto o qualcosa di simile.

Che *io* fossi rotto.

Non ero riuscito a trovare nessun'altra spiegazione.

In ogni caso, dovevo sistemare le cose. Dimostrare che il sogno non era stato altro che un momento di bizzarria.

Nel tentativo di farlo, mi ero infilato fra le morbide cosce di Dahlia, così diverse rispetto a quelle di Ronan. Avevo baciato le sue morbide labbra. Così differenti da quelle di Ronan.

Avevo fatto lentamente l'amore con lei, sbattendo la porta in faccia ai pensieri di Ronan che avevo nella testa.

Quando ero finalmente venuto dentro Dahlia, avevo sperato di trovare sollievo. O risposte. O la conferma del fatto che ero attratto solo dalle donne.

Non avevo trovato nulla. Nessuna risposta. Nessun sollievo.

Peggio ancora, ero più confuso che mai. Perché non mi ero sentito nemmeno soddisfatto.

Mi sentivo...

Vuoto.

E mi cagavo addosso per quello.

Avevo bisogno di risposte e non ne avevo. E non sapevo nemmeno dove trovarle. A chi rivolgermi.

Forse avevo bisogno di uno psicologo. Ma i miei genitori avrebbero voluto sapere cosa non andava, perché avevo bisogno di terapia, e io non avrei potuto spiegarglielo. Non potevo spiegarlo nemmeno a me stesso.

Dopo essere saliti sul taxi, quando l'autista ci chiese l'indirizzo, io lanciai un'occhiata a Ronan, seduto accanto a me sul sedile posteriore buio. "Il mio appartamento è più vicino, se vuoi fermarti a dormire stanotte."

Stanotte. Stamattina, piuttosto: erano quasi le due.

"Sei sicuro che vada bene?" chiese lui, stupito.

Aveva già trascorso un paio di notti sul divano del nostro appartamento. Perché il bacio di quella sera avrebbe dovuto cambiare la situazione? O creare disagio?

E poi, se volevo essere onesto con me stesso...

No, non ero pronto a essere onesto con me stesso. Meglio lasciar correre.

Ci vollero meno di dieci minuti per arrivare al mio condominio, dato che il traffico era praticamente inesistente a quell'ora del mattino.

Ero tornato leggermente sobrio mentre aspettavo Jack e poi il taxi, ma barcollai comunque un po' mentre salivo le scale che portavano all'appartamento al secondo piano, per cui Ronan mi tenne stretto mentre salivamo a fatica i gradini.

Una volta entrati, individuai immediatamente un problema.

C'era già qualcuno addormentato sul divano. Doveva essere uno degli amici di Thom. Non c'era da stupirsi che anche loro avessero fatto festa, quella sera. E Thom doveva aver avuto la mia stessa idea e aver invitato il suo amico a dormire sul divano.

Ero piuttosto sicuro che le similitudini finissero lì. Dubitavo che Thom avesse baciato il suo amico come avevo fatto io.

"Scusa," sussurrai mentre fissavamo lo sconosciuto privo di conoscenza sul vecchio divano consumato che avevamo trovato a un mercatino delle pulci. "Non ne avevo idea."

"Posso tornare al mio dormitorio."

"No, resta. Non posso permettere che tu torni a piedi a quest'ora della notte, Roe. Troveremo una soluzione."

"Vuoi che dorma sul pavimento?"

Non sembrava particolarmente entusiasta all'idea. Il letto di Jack era vuoto, ma non potevo sapere quando lui sarebbe tornato a casa. Per non parlare del fatto che probabilmente non sarebbe stato contento di trovare qualcuno che ci dormiva dentro. E poi, chissà quando era stata l'ultima volta in cui aveva lavato o cambiato le lenzuola.

Se le aveva mai lavate o cambiate.

Feci una smorfia.

Il fatto che Dahlia era venuta a trovarmi e si era fermata qualche sera mi aveva spronato a mettermi in pari con i lavori di casa, assicurandomi che i vestiti sporchi raggiungessero la cesta e che le mie lenzuola e i miei asciugamani fossero almeno vagamente puliti.

Altrimenti, mi avrebbe rimproverato. Non che gliene facessi una colpa.

Accennai con il capo al corridoio. "Il mio letto è matrimoniale, ed è grande abbastanza per tutti e due."

Con la fronte aggrottata, Ronan mi fissò con i suoi profondi occhi castani. "Vuoi che io dorma nel tuo letto. Con te? Non ti dà fastidio dopo...

Il bacio?

"Divideremo il letto, nient'altro," gli assicurai.

Le rughe sulla sua fronte si spianarono, ma lui continuò a fissarmi come se mi fosse cresciuta una seconda testa.

"So tenere le mani a posto, se ci riesci anche tu," aggiunsi con un sorriso sghembo.

Lui mi rivolse un sorriso scherzoso. "Il consenso prima di tutto, Tate."

Era il motivo per cui si era scusato più volte per il bacio di prima, anche se io non gli avevo detto di fermarsi e non mi ero staccato. Avevo dato il consenso con la mia reazione. Lo avrei respinto se non avessi voluto.

La confusione mi attraversò ancora una volta, perché... Perché lo avevo voluto? Non aveva senso.

"E non dobbiamo stare stretti stretti," aggiunse Ronan, con il suo caratteristico sorriso sulla faccia. Quello grande, che gli illuminava il viso e mi attirava sempre.

"E se io volessi che stessimo stretti stretti?" chiesi in tono provocatorio mentre accennavo nuovamente al corridoio e mi dirigevo in quella direzione.

"Sono un esperto."

"Hai delle referenze?" sussurrai, cercando di tenere basso il volume della voce mentre passavamo davanti alla stanza di Thom.

Sebbene la porta fosse chiusa, da dietro sentivo rumore di segheria. Quando avevamo cominciato a condividere l'appartamento, il suo russare devastante mi aveva tenuto sveglio la notte. Ora che ci ero abituato, era una specie di rumore di fondo e io mi chiedevo come avrei fatto a dormire senza.

"Posso offrirti una prova gratuita, se vuoi valutare."

Soffocai una risata e scossi la testa mentre aprivo la porta della mia camera. Invitai Roe a entrare con un ampio gesto.

Io rimasi in corridoio mentre lui entrava nel mio dominio personale e all'improvviso ebbi un flashback della prima sera in cui avevo invitato Dahlia tanto nella mia stanza quanto nel mio letto.

Il sesso quella sera era stato esplosivo, dato che era la nostra prima volta insieme, e io non l'avevo lasciata uscire dal letto per tutto il fine settimana, tranne che per delle piccole pause.

Una domanda mi rodeva in fondo alla mente. Sarebbe stato lo stesso se Ronan e io avessimo fatto sesso?

Un momento. Potevo fare sesso con un uomo?

Nel sogno lo avevo fatto.

Ma sarei stato in grado di metterlo in pratica nella realtà, da sveglio? Di farlo davvero?

Non potevo dirlo per certo e quella sera non era il momento per scoprirlo. Non quando ero ubriaco fradicio e incapace di prendere decisioni assennate.

Seguii Ronan nella stanza e chiusi la porta alle nostre spalle, guardandolo mentre non esitava a sedersi sul bordo del letto per togliersi le scarpe e i calzini. Una volta che se ne fu liberato, si alzò e, senza nemmeno guardarmi, si spogliò fino ad avere addosso solo i boxer. Piegò con cura i vestiti, mettendoli in una pila sopra il mio cassettone mentre io facevo del mio meglio per tenere lo sguardo al di sopra della sua cintola. *Non* volevo assolutamente essere sorpreso mentre gli guardavo il pacco. Lo avevo già visto qualche volta nello spogliatoio del Power Center, prima o dopo gli allenamenti.

Ma questa volta sarebbe stato diverso. Avrei preso in considerazione quella possibilità. E mi sarei chiesto se fossi davvero attratto da un altro uomo. Sempre che ciò fosse possibile. Per me, almeno.

Ora che sapevo che Ronan era gay, temevo che ciò avrebbe cambiato l'intera dinamica del nostro rapporto.

Non perché lui era gay – quello non mi dava minimamente fastidio – ma per il significato che quella scoperta avrebbe avuto per me, oltre che per i pensieri che avevo avuto su di lui e che avevano suscitato troppe domande.

"Che lato vuoi?" Ronan non stava guardando me, ma il letto.

Mi ci volle qualche istante per capire la domanda. Ma d'altra parte, il mio cervello era ancora un po' rallentato. "Il... ehm... il lato destro." Era il lato che prendevo sempre quando Dahlia dormiva con me.

Cazzo!

"No, il sinistro. Lasciami il lato sinistro."

Ronan voltò la testa verso di me, la fronte nuovamente aggrottata. "D'accordo. Io vado a cambiare l'acqua al pesce e poi prendo il lato destro."

Avevo quella che era considerata la camera da letto principale dell'appartamento, dato che era l'unica con un bagno privato. Per quel motivo, pagavo una percentuale dell'affitto più alta rispetto ai miei coinquilini. O meglio, i miei genitori la pagavano, dato che coprivano generosamente le mie spese mentre io lavoravo alla mia laurea.

Una volta che la porta del bagno si fu chiusa alle spalle di Ronan, io mi staccai da dove ero appiccicato, vicino alla porta, e mi affrettai a togliermi le scarpe e i vestiti, per poi infilarmi velocemente sotto le lenzuola sul lato sinistro.

Feci una smorfia quando mi resi conto che avrei dovuto prendere delle bottiglie d'acqua per entrambi, dato che ne avremmo avuto bisogno. E come Ronan, avrei dovuto svuotare la vescica, che si era riempita in fretta da quando avevo pisciato nei cespugli a Carson. Ma non volevo che lui notasse che ce l'avevo mezzo duro per averlo visto spogliarsi davanti a me.

Non era mai successo. Nemmeno negli spogliatoi. Nemmeno quando facevamo la doccia in palestra dopo aver corso.

Mai.

L'unica cosa che era cambiata fra di noi, fra quel tempo e ora, era quel maledetto bacio. Davvero un singolo bacio poteva scatenare un effetto domino e cambiare tutto?

Non appena Ronan uscì dal bagno, si infilò sotto le lenzuola sul lato destro del letto e la stanza divenne completamente nera quando lui spense la luce sul comodino accanto.

Fissai il soffitto, cercando disperatamente di non toccare la mia mezza erezione. Cercando ancora più disperatamente di non toccare Ronan. Il suo calore trasformò lo spazio fra di noi in un forno e io ascoltai il suo respiro lento e costante.

Tenendosi sul bordo destro del letto mentre io mi tenevo sul sinistro, Ronan fece in modo che nessuna parte di noi si toccasse.

Io ne ero grato, perché la mia resistenza era debole quella sera e, mentre mi fidavo completamente dell'uomo sdraiato accanto a me, non mi fidavo di me stesso.

Capii subito quando lui si addormentò: il suo respiro si trasformò in un russare molto leggero. Era quasi rilassante e io cominciai a contare ogni respiro come se fossero pecore.

Alla fine, le mie palpebre si fecero pesanti e io persi il conto.

Poco dopo, persi anche la consapevolezza di tutto il resto.

Tate (allora)

AVEVO LE PALPEBRE APPICCICATE. La bocca asciutta come un deserto.

Le tempie mi pulsavano al ritmo del battito del cuore. Un lento *thump, thump, thump*.

Gemetti, tenendo gli occhi chiusi dato che non riuscivo a ricordare se avessi tirato le tende prima di crollare a letto la notte scorsa – o più probabilmente quel mattino – dopo essere tornato da...

Mi accigliai.

Da...

Dalla festa a cui Jack aveva voluto noi andassimo con lui.

Noi.

Non Dahlia e io.

Ma Ronan e io.

Quel "noi."

Ciò significava che non poteva essere lei ad abbracciarmi né a farmi sentire così tanto caldo. E poi, Dahlia aveva sempre freddo. Proprio per quel motivo, le sue mani e i suoi piedi erano di solito infilati dove io non volevo.

Ma non erano dita di mani o piedi gelide quelle infilate nella fessura del mio sedere. Lentamente, divenni consapevole anche del fatto che la persona a letto con me non era Dahlia. A meno che non fosse riuscita a nascondere con estrema perizia il fatto di avere l'uccello.

Aprii gli occhi cisposi quanto bastava per vedere il lenzuolo sopra abbassato fino al mio bacino e un braccio muscoloso avvolto attorno alla mia vita.

Un braccio più peloso di quello di Dahlia.

Una pelle più scura di quella della mia ragazza.

E decisamente non c'era la minima morbidezza femminile.

Quello che mi premeva contro il sedere era grosso, duro e molto, molto caldo. Il petto schiacciato contro la mia schiena era molto sodo e piatto.

Ogni muscolo del mio corpo si tramutò in pietra mentre passavo in rassegna ciò che ricordavo della serata.

La maggior parte era una chiazza confusa. Fino a quel singolo, importante momento... Poi tutto si confondeva di nuovo... Come diavolo eravamo finiti a letto insieme?

Se fosse successo qualcosa – sonno a parte – me ne sarei ricordato, giusto?

Avrai sentito gli effetti di... se noi... in quale modo, giusto?

Senza muovermi, mi ispezionai mentalmente da capo a piedi, orifizio compreso, in cerca di qualunque segno che Ronan e io avessimo fatto qualcosa di più di quel singolo, inaspettato bacio nell'oscurità.

La realtà mi travolse come un'onda oceanica in mezzo a un uragano.

Avevo baciato un uomo la sera prima.

Avevo baciato *Ronan*.

Ora lui faceva il "cucchiaione" con il braccio che mi stringeva strettamente a lui, il naso premuto contro la mia nuca e il suo alito caldo che mi sfiorava la spalla nuda.

Trattenni il respiro quando il letto si spostò leggermente così come Ronan alle mie spalle. Il suo movimento fece sì che la sua erezione scivolasse leggera fra le mie natiche; eravamo separati solo dalle mutande.

Per fortuna, le avevamo ancora addosso entrambi.

Dovevo uscire da quel letto e ristabilire i confini.

Eravamo solo amici.

Amici e compagni di corso, tutto lì.

Ma lui era un amico che io non volevo perdere. Non volevo che la situazione si facessi imbarazzante o disagiata fra di noi. Era già abbastanza grave che ci fossimo baciati, ma ora quello?

Quello...

Ommerda... Quello...

Cosa stava facendo Ronan? Si rendeva conto che ora stava affondando contro di me? Come se il suo membro fosse un wurstel e le mie natiche il panino?

Dovevo fermarlo. Alzarmi dal letto. Allontanarmi da...

La tentazione.

Cosa mi era preso?

Muoviti, Tate. Muoviti!

Cominciai a muovermi, ma non per alzarmi dal letto. Invece, ondeggiai timidamente contro di lui. Non molto, ma a quanto pareva, abbastanza da incoraggiarlo a proseguire.

Lo stava facendo nel sonno o era sveglio e lucido?

L'altra sera mi aveva spiegato quanto era importante per lui il consenso.

Avrei dovuto svegliarlo, fargli capire cosa stava facendo. Probabilmente, stava sognando di fare sesso con un uomo, come era successo a me.

"Roe," sussurrai, ancora una volta sopraffatto. Non da quello che stava facendo lui, ma dalla mia reazione.

Volevo che si fermasse.

E volevo che non lo facesse.

"Roe," sussurrai di nuovo.

"Mmh?" giunse un suono soffocato dalla mia nuca, dove premevano ora le labbra di Ronan. Lui mi piantò una mano sul ventre, allargando le dita e tenendomi fermo mentre continuava a muoversi delicatamente contro di me. "Dimmi di fermarmi, Tate," gemette.

Aprii la bocca per fare esattamente quello, ma ne uscì solo un'esalazione di aria.

Porca troia. Non volevo che lui si fermasse. Volevo che andasse avanti, che facesse di più, che facesse un altro passo. Che mi spingesse oltre i miei confini. Che mi permettesse di sperimentare con lui qualcosa che non avevo mai sperimentato prima.

Ero al sicuro con lui.

Lui non mi avrebbe giudicato.

Ed ero certo che si sarebbe fermato se glielo avessi detto, se la situazione si fosse spinta troppo oltre. Se io non fossi stato pronto.

"Non ci riesco." Lo avevo detto davvero? Gli avevo detto davvero di continuare?

Chiusi gli occhi, premetti la schiena contro il suo petto e il sedere contro il suo uccello, seguendo il ritmo dei suoi affondi che nel frattempo si erano fatti più intensi, più veloci.

Avevo l'uccello così duro che mi provocava disagio. Avevo

bisogno che lui mi toccasse. Avevo bisogno di sollievo. Ma la sua mano era ancora appiccicata al mio ventre.

La sua voce bassa mi riempì l'orecchio. "Non ci riesci perché non vuoi che io mi fermi?"

Doveva essere uno dei miei sogni, giusto?

Stavo sognando e a momenti mi sarei svegliato. E quando lo avrei fatto, mi sarei semplicemente fatto una sega e poi avrei dimenticato tutto. Avrei potuto portarmi quel sogno nella tomba, come il precedente. E qualunque altro sogno futuro.

Ma se stavo solo sognando, che male avrebbe fatto permettergli di fare quello che voleva di me? Godermi la sua attenzione e il suo tocco?

Non era necessario che qualcuno sapesse.

Con la mano sopra la sua, la spinsi più in basso, sotto il mio ombelico, fino a quando le sue dita non mi sfiorarono l'elastico dei boxer.

Il mio membro si fletté per il bisogno che lui ci passasse la mano attorno e pompasse proprio come stava pompando con l'uccello contro il mio sedere.

Era un sogno. Solo un sogno.

Lascia che succeda e vedi come ti senti. Quando ti sveglierai, ti renderai conto che non sei gay, bi o quello che è, perché sei etero. Ti piacciono le donne. Ami Dahlia.

I sogni esistono per fare tutte quelle cose che non faresti mai da sveglio.

È questo il bello. Nessuna aspettativa, nessun imbarazzo, nessun dubbio.

Goditi la fantasia. Una cosa che non lasceresti mai succedere nella realtà.

Spinsi la mano di Roe ancora più in basso, sotto l'elastico, finché le sue dita non sfiorarono la punta del mio membro.

Gemetti.

Quando le sue dita calde e forti si avvolsero attorno alla mia asta, il mio bacino schizzò in avanti.

"Lo prendo come una risposta affermativa," mormorò Ronan contro il mio collo, dove le sue labbra mi accarezzavano avanti e indietro, facendomi venire la pelle d'oca dappertutto.

Anche se me lo stava stringendo con forza, io mantenni la presa sulla sua mano. Temevo che, se avesse cominciato a masturbarmi, sarei venuto subito. Mi diede qualche istante per abituarmi alla sua presa forte, così diversa da quella di Dahlia

Tanto dissimile, ma anche... molto meglio. Forse stavo solo desiderando che lo fosse, sperando che lo fosse, per non sentirmi in colpa perché mi piaceva il tocco di un uomo? Perché lo volevo disperatamente.

Con prudenza, tolsi la mano dalla sua, lasciandolo libero.

"Ti piace che io ti tocchi, Tate?"

Annuii, incapace di formulare parole. Mi era venuta l'assurda idea che, se avessi parlato ad alta voce, mi sarei svegliato e tutto sarebbe svanito.

"Vuoi che faccia di più?"

Annuii di nuovo.

Le sue dita strinsero più forte per un istante, poi allentarono la presa quanto bastava per cominciare a muoversi. Lentamente e costantemente. Dalla radice alla punta. Proprio come stava facendo lui con il suo membro nell'incavo del mio sedere. Solo non in modo altrettanto scorrevole, dato che il doppio strato di tessuto che ci separava creava attrito.

Per un attimo, desiderai che non fosse così. Volevo stare pelle contro pelle con lui.

Volevo che entrambi fossimo nudi. Che le sue labbra premessero contro le mie. Che le sue mani mi esplorassero dappertutto.

Non sapevo perché.

Non sapevo perché volevo quelle cose.

Quello non ero io.

Non ero così.

Non sapevo chi fossi, in quel momento. Non ero più Tate Harris, perché quel Tate non avrebbe mai voluto una cosa del genere.

Una persona che non conoscevo lo voleva. Voleva Ronan.

Ebbi un tuffo al cuore quando lui usò l'altra mano per afferrarmi i capelli e voltarmi la testa verso di lui quanto bastava per impadronirsi della mia bocca.

Dandomi le sue labbra.

Dandomi la sua lingua.

Rubandomi il fiato.

Rubandomi l'anima.

Il pugno fra i miei capelli mi tenne dove mi voleva lui, mentre l'altra sua mano continuava a pomparmi l'uccello.

Il mio bacino, ora, ondeggiava in avanti per scopare la sua mano e all'indietro per sentire la sua erezione che mi scivolava contro il sedere.

Avanti e indietro.

Dentro e fuori.

La mia testa fu strattonata ancora di più, tendendomi il collo. Ronan usò la presa sui miei capelli per farmi rotolare mentre continuava a baciarmi. Mentre continuava a esplorare la mia bocca come aveva fatto l'altra sera.

Le nostre lingue si assaporarono e si intrecciarono furiosamente mentre lui continuava a strattonare e spostarsi al tempo stesso, fino a quando non fui steso supino, il peso di Ronan che mi bloccava e le nostre erezioni perfettamente allineate.

Mi trattenni dal protestare quando lui lasciò andare il

mio membro, anche se la presa su di esso fu sostituita in fretta dalla pressione del suo.

Le dita di Roe affondarono nei capelli sopra le mie orecchie da entrambi i lati della testa, tenendomi fermo in modo che lui approfondisse il bacio.

Non ero mai stato baciato in maniera così completa, assoluta. I baci delle donne mi sembrarono spaventosamente titubanti, ora che sapevo come baciava un uomo.

O almeno, l'uomo che al momento si trovava nel mio letto.

Non era migliore o peggiore, era... diverso.

Buono.

Soddisfacente.

Inebriante.

Non riuscivo a saziarmi. Più intenso diventava il bacio, più in fretta il bacino di Ronan puntava contro di me, strappandomi un gemito.

Ronan, cosa mi stai facendo?

Cos'è questa cosa?

Perché mi piace? Perché lo voglio? Aiutami a capire, ti prego.

Ti prego. Perché io non capisco. Non ci capisco niente.

Più lui affondava contro di me, più io affondavo in risposta, il cotone dei boxer che mi sfregava ruvido contro la pelle sensibile del membro e mi spingeva ancora più in fretta verso il baratro.

Quando il suo bacino si mosse a singhiozzo, Ronan mosse il viso contro il mio collo ed esalò un gemito lungo il basso mentre pompava con una lentezza spaventosa contro di me un'ultima volta e la sua schiena si inarcava. Qualche istante dopo, tremò e si immobilizzò.

Attraverso i due strati di indumenti intimi, sentii il suo

membro pulsare contro il mio mentre finiva di spruzzare una calda umidità fra di noi.

Venni quasi io stesso al pensiero che Roe si fosse appena segato addosso a me, usando i nostri membri premuti l'uno contro l'altro per farlo.

E per riguardava il bacio, avrei voluto provare disgusto, perché, ancora una volta, quello non ero io. Non mi piacevano quelle cose. Non mi piacevano gli uomini.

Non mi piacevano.

Era una combinazione. Un sogno.

Nulla a che vedere con la realtà.

Il cuore mi batteva forte nella gola, mentre rimanevamo dove eravamo, entrambi immobili, l'unico rumore nella stanza il nostro respiro rapido e affannoso. Fu allora che mi resi conto che stavo trattenendo Ronan, affondandogli le dita nei fianchi.

Come se qualcuno gli avesse premuto il pulsante di accensione, all'improvviso Roe si mosse. Ma non mi si tolse di dosso, non saltò giù dal letto; invece, scese scivolando lungo il mio corpo, pelle calda contro pelle, baciandomi il petto e il ventre durante il percorso. Quando raggiunse la sommità dei miei boxer, proseguì, trascinando con sé il cotone umido – per via della sua eiaculazione e del liquido seminale che mi era gocciolato – esponendo il mio membro pulsante all'aria e anche a lui.

Ma vi rimase esposto solo per un istante, perché lui lo inghiottì subito fino quasi alla radice. Per non gemere, mi ficcai il pugno fra i denti.

Buttai la testa all'indietro e presi bruscamente fiato quando lui cominciò a succhiare.

Era come se Roe fosse un uomo affamato e il mio uccello fosse il primo cibo in cui era incappato.

Succhiò e leccò, assaporò e vi passò la punta della lingua.

La sua saliva e il mio liquido seminale fecero da lubrificante mentre mi pompava più e più volte con le dita.

I miei occhi ruotarono e il bacino mi si sollevò ogni volta che lui mi divorava. Non sapevo come facesse a non strozzarsi, prendendomelo così a fondo. Dahlia si strozzava subito.

Mi strappai quel pensiero dalla testa e lo buttai via.

Quello non era Dahlia.

Era Ronan. Quello. Era. *Roe.*

Che passava la lingua lungo il bordo spesso. Che la faceva scivolare attorno alla punta per leccare lo sperma. Che mi baciava la cucitura dello scroto e poi...

Più in basso.

Succhiando il punto in cui il mio perineo si congiungeva allo scroto e poi risalendo per prendermi le palle nella bocca calda e umida.

"Cazzo," mormorai, afferrando il lenzuolo sotto di me. "Cazzo. Cazzo, Roe. *Caaaazzo.*"

Stavo perdendo la testa. Vedevo le stelle dietro le palpebre chiuse.

Le aprii e inclinai la testa per osservare quello che temevo di vedere.

La testa scura di Ronan che faceva su e giù sul mio uccello, succhiandomelo con esperienza.

Portandomi fino al confine della coscienza.

Portandomi fino al confine della follia.

Portandomi fino al confine...

Al confine.

Al...

Il mio bacino scattò verso l'alto e dato che lui mi teneva lo scroto, il brusco strattone mi ancorò a terra, impedendomi di galleggiare via. Qualcosa si strinse nel mio inguine. Una pressione crebbe nelle mie palle.

E poi... Come un geyser, eruttai.

Afferrati i capelli di Ronan con entrambe le mani, ero parzialmente consapevole che molto probabilmente gli stavo facendo del male tirando, ficcandogli l'uccello in fondo alla gola...

Ma io...

Io...

Ero *finito*.

Un grido fuoriuscì da me quando gli venni in gola. La pressione era svanita, la contrazione era sfumata.

Lui non cercò di liberarsi o di staccarsi. Ingoiò ogni goccia di ciò che gli diedi. Le sue dita si strinsero attorno al mio membro per mungerlo mentre io continuavo a venire. Roe si assicurò di tirarmi fuori fino all'ultima goccia con la bocca e con la mano.

Quando infine crollai sul letto, non restava un singolo osso del mio corpo. Si erano tutti liquefatti. Non restava una sola cellula del mio cervello. Non me ne fregava più niente che fosse stato un uomo, il mio amico, a farmi il pompino migliore, a darmi l'orgasmo più intenso che avessi mai avuto in vita mia.

Un singolo pensiero si intrufolò nel mio cervello annebbiato e stanco...

Forse non me ne fregava niente ora, ma non sarebbe durata. Non quando la fantasia sarebbe stata travolta dalla realtà. Non quando io mi sarei finalmente concesso di riconoscere il fatto che Ronan *era* un uomo e che io avevo avuto un rapporto intimo con lui.

Con la testa sul cuscino, continuai a fissare una piccola crepa sul soffitto di camera mia.

Mi ci concentrai mentre aspettavo che i pensieri e la sanità mentale facessero ritorno.

Non guardai Ronan nel momento in lui mi liberò dalla sua bocca, allentò la presa e finalmente mi lasciò andare.

Quando rotolò via dalle mie gambe, e si mise seduto accanto a me sul letto, con la coda dell'occhio lo guardai passarsi una mano sulla bocca.

Stava aspettando.

Che io dicessi qualcosa?

Che reagissi con disgusto? Vergogna? Imbarazzo?

Che dessi di matto perché il mio più caro amico me lo aveva appena succhiato? O perché temevo che Dahlia lo scoprisse? Perché temevo che *chiunque* lo scoprisse?

Lui era preoccupato quanto me di rovinare la nostra amicizia? Di rovinare la mia relazione con Dahlia?

O temeva che io mi arrabbiassi con lui? *Porca miseria*, con me stesso?

O tutto quanto?

Cercai di inghiottire il groppo che mi si era conficcato in gola mentre il sangue abbandonava lentamente la mia erezione.

Niente, se non il nostro respiro, riempiva la stanza mentre il letto si spostava e lui scendeva dal materasso.

Pensavo che avrebbe affrontato l'argomento di quello che era appena successo, ma invece disse: "Puoi prestarmi delle mutande? Devo pulirmi e..."

Potevo solo immaginare il disastro che c'era nei suoi boxer. Rimettersi i jeans e tornare al campus in quelle condizioni sarebbe stato terribile.

Senza guardarlo, risposi: "Nel cassettone. Primo cassetto."

Lo ascoltai muoversi per la mia stanza, prendere i vestiti, tirando fuori un paio di mutande pulite dal mio cassetto e poi chiudersi in bagno.

L'acqua scorse. Lo sciacquone fu tirato.

Mentre lui era lì dentro, io mi costrinsi a sedermi.

Avevo bisogno di alzarmi. Non potevo trascorrere la giornata a letto, sebbene fossi esausto. Emotivamente e fisicamente.

Dovevo comportarmi come se fosse un giorno come gli altri, per quanto non volessi farlo.

Arrivai a sedermi sul bordo del materasso prima di lasciar ricadere la testa fra le mani e conficcarmi dolorosamente i gomiti nelle cosce per sostenerla. Mi sentivo la testa pesante, che pulsava. Forse per via della sbornia, ma più probabilmente per quello che avevamo appena fatto.

E perché mi era piaciuto.

Mi era piaciuto *un sacco*, cazzo.

Nulla di tutto ciò aveva senso.

Non appena la porta del bagno si aprì, un "Tate" mormorato raggiunse le mie orecchie.

Scossi leggermente la testa. Non potevo guardarlo. Non ancora.

Non volevo fargli del male con la mia reazione. Essa non dipendeva da lui, ma solo da me.

Quella cosa andava oltre il bacio.

La mattinata non poteva essere attribuita a un errore dovuto all'alcol, perché ora ero sobrio. Non avevo la minima scusa, senonché, proprio come il bacio dell'altra sera, avevo *voluto* che succedesse.

In fin dei conti, non volevo che quello che avevamo fatto rovinasse la nostra amicizia. Ronan era troppo importante per me perché io lo perdessi per essermi concesso una cosa di troppo.

Forse era quella la risposta di cui avevo bisogno. Ma come procedere da quel punto in poi?

Era meglio dimenticare tutto. Andare avanti come se non fosse mai successo.

Sì, era un buon piano. L'unico piano.

"Non parleremo mai più di questa cosa." Avevo la voce

gracchiante e roca. E, sebbene facessi del mio meglio per nasconderlo, essa tremava leggermente.

Per quelli che dovettero essere almeno due minuti, non ottenni risposta.

Ma mi sentivo addosso lo sguardo di Ronan. Che cercava. Che si faceva domande. Magari che sperava persino a sua volta che la nostra amicizia non fosse rovinata.

"Sì, va bene." Quelle due semplici parole erano avvolte in una cortina di delusione.

Dopo qualche secondo ancora, sentii finalmente i passi di Ronan dirigersi verso la porta. Seguì un'altra esitazione, ma io non riuscivo proprio a guardarlo.

"Esco da solo."

Aprii la bocca per fermarlo, ma le mie parole si disintegrarono prima ancora di essere formulate.

Quando la porta si chiuse alle sue spalle, il *click* leggero sembrò quasi un tuono.

Capitolo otto

Ronan (ora)

ERO CRESCIUTO IN RISTRETTEZZE.

Non sarei mai andato all'università se non mi fossi guadagnato borse di studio e finanziamenti e se non avessi lavorato sodo.

Mio padre si era fatto il culo per mantenere la sua famiglia, per mettere del cibo in tavola e per darci un tetto sopra la testa. Soprattutto perché era un immigrato della Corea del Sud. Era venuto negli Stati Uniti in cerca di una vita migliore e ci aveva dato dentro per far sì che a me e a mio fratello non mancasse nulla.

Era il genere d'uomo che non si arrendeva mai prima di ottenere quello per cui si era impegnato.

Compresa mia madre. Aveva visto, era venuto e aveva conquistato. L'aveva fatta innamorare perdutamente di lui e in cambio, lei lo aveva aiutato a padroneggiare la lingua. Insieme, avevano creato una casa e una famiglia.

Ma alla fine, mio padre si era letteralmente ammazzato di lavoro.

Un infarto lo aveva ucciso a soli quarantuno anni, durante un doppio turno alla fabbrica dove aveva lavorato fino a diventare una fotografia incorniciata in quadro.

Sebbene la sua vita fosse stata breve, io non sarei arrivato dov'ero se non avessi imparato da lui. Non avrei lasciato che il suo obiettivo di vivere il sogno americano restasse irrealizzato. Mio fratello e io volevamo renderlo orgoglioso, anche se lui non c'era più.

E volevamo rendere orgogliosa anche nostra madre. Fra tutti e due, le avevamo comprato una casa nuovissima in una comunità di persone anziane in un clima molto più caldo di quello della Pennsylvania e l'avevamo tirata fuori dalla casa minuscola in cui eravamo cresciuti. Declan e io continuavamo ad assicurarci che non le mancasse nulla.

Mio fratello le aveva dato dei nipotini. Io no. Mio fratello si era assicurato che il nome della famiglia proseguisse. Io no.

Mio padre era morto senza sapere che io ero gay. Mia madre lo aveva scoperto solo dopo che avevo finito le superiori. Era successo per errore. Mi era sfuggito. Per fortuna, lei mi aveva sostenuto. E lo stesso avevano fatto mio fratello e la sua famiglia.

E continuavano a farlo.

Li amavo e sentivo la loro mancanza. Avevo pensato spesso a trasferirmi più vicino a loro, che vivevano in South Carolina.

Anche dopo l'università, avevo lavorato dannatamente sodo per arrivare dove mi trovavo ora. Avevo fatto sacrifici, risparmiato, messo da parte. Avevo studiato con grande attenzione gli investitori di successo. Avevo imparato, imitato, messo in pratica.

Grazie a tutto ciò, non ero più povero. Avevo costruito un

impero di grande successo, in rapida crescita, e circondarmi di persone capaci e degni di fiducia mi aveva aiutato a farlo.

Ma quella era la mia vita lavorativa.

Nella vita privata, ero solo.

Il denaro non poteva comprarmi l'amore o la compagnia.

Beh, la seconda sì, ma ciò era perlopiù illegale.

E comunque, preferivo una persona disposta a trascorrere del tempo con me per scelta, non che fosse obbligata a farlo perché la pagavo in denaro o in doni.

Quella scelta significava che io mi trovavo di fronte alla distesa di finestre con una bottiglia di Penn Pilsner che mi penzolava fra due dita mentre guardavo una città stracolma di persone. Nessuna delle quali mi apparteneva.

Quella sera era più dura del solito. La solitudine mi divorava. Di solito, non lasciavo che ciò mi turbasse, ma in quel momento faticavo a mettere da parte il vuoto. A dire il vero, non stava succedendo solo quella sera: era cominciato nel momento in cui avevo visto Tate che controllava la posta all'ingresso. Il fatto che lui viveva qualche piano sotto di me non aiutava.

Perché ora ce l'avevo costantemente in testa.

Avevo bisogno di fare qualcosa per il vuoto che avevo dentro. Riempirlo con l'alcol fino ad addormentarmi non era una soluzione accettabile.

Mi portai la bottiglia alle labbra e la sinuosa pale lager mi scivolò con facilità lungo la gola. Andò ad aggiungersi alla bottiglia che avevo bevuto in precedenza mentre mangiavo manzo *bibimpap* avanzato preso da un ristorante da asporto locale.

Il mio piatto coreano preferito pesava ora come un mattone nelle profondità del mio stomaco.

Dovevo trovare qualcosa, o qualcuno, per distrarmi dalla vicinanza di Tate. Dalla sua accessibilità.

Mi lasciai cadere sul divano componibile che dava sulla vista notturna della città, misi in equilibrio la birra sulla coscia e presi il telefono dal tavolino di marmo nero di fronte a me. Sospirando di disgusto per la mia autocommiserazione, appoggiai i piedi nudi sul tavolo e incrociai le caviglie, poi fissai il telefono per qualche istante.

Dopo averlo sbloccato, lo osservai per qualche attimo ancora, chiedendomi se stessi commettendo o meno un errore e sapendo già benissimo che lo stavo facendo.

Ma ovviamente, aprii comunque la app e cominciai a passare in rassegna Grindr e la vasta selezione di uomini disponibili.

Scartai subito lo sbarbino che mi ero portato a casa l'altra sera e continuai a cercare con insoddisfazione crescente.

Nessuno attirava il mio sguardo, quella sera.

Continuai a sfogliare pagine e pagine di foto profilo, uomini disponibili tutti nelle vicinanze, trovando una ragione o l'altra per ignorarli. Alcune delle ragioni erano valide, altre no. Alcuni profili avevano foto che mostravano le facce, altri no.

Continuai a sfogliare senza pensare a esplorare le varie foto, incapace di trovarne una che mi facesse fermare. Le mie dita si muovevano in una ripetizione costante.

Scorri. Scorri. Scorri.

Esitai.

Ma che...

Scorsi all'indietro, pensando che dovevo essermelo immaginato.

Non era così.

Fissai la foto, quindi strizzai gli occhi e abbassai la testa per osservarla ancora da più vicino. Controllai se quell'uomo era nei paraggi. La app diceva che distava solo una trentina di metri.

Così vicino che avrei quasi potuto allungarmi e toccarlo.

Il cuore mi batté forte, cercando di aprirsi una via di fuga. Appoggiai la birra sul pavimento accanto al divano e mi premetti una mano sul petto per scongiurare il pericolo. La tenni lì mentre cliccavo sul profilo e consultavo rapidamente la biografia per verificare che fosse corretta. Purtroppo, non c'erano informazioni sufficienti per darmi conferma.

Ma... *sapevo.*

Anche senza vedere la faccia, avevo riconosciuto il corpo. Ne conoscevo ogni dannato centimetro. Non lo avrei mai dimenticato, anche se erano trascorsi dodici anni e nel frattempo lui era maturato.

Contribuiva anche il fatto che lo avevo rivisto di recente quando lui era uscito dalla piscina. E quando si era inginocchiato ai miei piedi.

Il nome scritto sul profilo era Harris. Non c'era da stupirsi, dato che sulla app per incontri occasionali io usavo Ron invece di Roe o Ronan, per tenere segreta la mia vera identità.

Decisi di scrivere all'uomo, ma di tagliare corto e andare dritto al punto. Se mi sbagliavo e quello non era lui, la persona avrebbe dovuto chiedermi l'indirizzo. Se non mi sbagliavo... Lui avrebbe saputo esattamente dove volevo incontrarlo.

Le mie dita tremarono leggermente mentre digitavo. Dopo aver fatto, rilessi il messaggio. Una volta. Due. Poi, prima di cambiare idea, lo inviai.

Tetto. Porta si chiude automaticamente alle dieci. Sali prima. Alle dieci, mettiti in ginocchio. Ti voglio in attesa e voglioso. Altrimenti, non venire.

Il mio cuore continuò a martellare mentre aspettavo una risposta. Sarebbe potuta arrivare in qualche minuto. Sarebbe potuta arrivare dopo qualche ora. Qualche giorno. O mai.

Non sapevo nemmeno se lui fosse attivo sulla app. In realtà, mi ero stupito di trovarlo lì. Si era iscritto subito dopo aver lasciato Dahlia oda più tempo?

Ero sicuro di conoscere già la risposta. Quella non era la prima avventura di Tate su una app per incontri occasionali gay.

Il pensiero mi fece arrabbiare più di quanto avrebbe dovuto.

No, non era soltanto rabbia.

Il motivo per cui tremavo non era il nervosismo, era la furia.

Lui mi aveva lasciato per Dahlia. Poi aveva tradito sua moglie con altri uomini.

Speravo di avere torto.

Era dannatamente sicuro di non averne.

Lanciai un'occhiata all'orologio del telefono. Non erano nemmeno le nove. Mancava ancora più di un'ora. Anche se lui non mi avesse risposto via messaggio, sarei salito comunque dopo le dieci per assicurarmi che non fosse lì ad aspettare.

Forse avrei dovuto lasciarlo aspettare e non presentarmi proprio.

In ogni caso, se fossi salito e lui non si fosse presentato o se non fossi salito assolutamente e lo avessi lasciato a bocca asciutta, la app offriva migliaia di altri uomini nella zona di Pittsburgh fra cui scegliere.

Ne avevo incontrati a dozzine io stesso. Probabilmente, ne avrei incontrati ancora a dozzine.

Con un ringhio, lanciai il telefono sul divano accanto a me e presi la birra da terra, trangugiandone metà in un sorso mentre aspettavo che il mio telefono cinguettasse.

Non lo fece.

Rimase silenzioso. Buio.

E io rimasi solo.

<hr>

Ronan (ora)

Ogni passo che facevo lungo la scala a chiocciola di metallo era come fare un passo indietro nel tempo. Fino a quel primo bacio nel buio a Carson. Per poi accelerare fino al mattino successivo nel letto di Tate.

Quella mattina lo avevo lasciato che era ancora super confuso e io lo capivo benissimo. Lui era etero. O pensava di esserlo. Avrebbe potuto liquidare quello che avevamo fatto come una sperimentazione.

O come un errore totale.

In ogni caso, quando ero uscito dal suo appartamento, mi ero detto che la nostra amicizia era stata massacrata. Le azioni di una notte – e di una mattina – l'avevano di fatto distrutta.

All'epoca, me l'ero presa con me stesso per non aver avuto la forza di lottare contro l'impulso a toccarlo. Ma lo avevo fatto nel sonno, inconsapevole di aver abbracciato l'uomo che consideravo il mio migliore amico.

Non aveva contribuito che lui non mi avesse respinto, non mi avesse detto di fermarmi o, porca miseria, non mi avesse nemmeno dato un pugno. Invece, tutto ciò che aveva fatto mi aveva incoraggiato a proseguire dopo che mi ero svegliato e mi ero reso conto di cosa stava accadendo.

Anche se lui non mi aveva fermato, avrei potuto fermarmi da solo.

Tuttavia, quel mattino, per un breve istante, avevo provato un briciolo di speranza. Speranza che lui provasse gli stessi sentimenti per me.

In ogni caso, avremmo dovuto parlarne e, all'epoca, non

sapevo se sarebbe accaduto, dato che non lo avevo visto per giorni. Era inusuale. Di solito ci vedevamo tutti i giorni, o almeno ci parlavamo tramite messaggio e occasionalmente al telefono.

Con riluttanza, ma anche in maniera comprensibile, gli avevo lasciato lo spazio di cui aveva bisogno. Tuttavia, temevo che, se non si fosse presentato a lezione di scrittura creativa il primo martedì dopo la festa, sarebbe tornato di nuovo sulla lista nera del dottor Louden.

Soprattutto quando ero arrivato e lui non si vedeva da nessuna parte.

Proprio quando il professore era sembrato sul punto di cominciare la lezione, Tate era entrato di corsa con quel suo dannato zaino stracolmo. Facendo una smorfia, aveva farfugliato "Scusi" al dottor Louden, poi aveva abbassato la testa e aveva salito di corsa i gradini.

Mi ero aspettato che si sedesse il più lontano possibile dal sottoscritto ed ero rimasto ammutolito quando si era lasciato cadere accanto a me, un po' senza fiato. Dopo aver abbassato il tavolino, aveva frugato nello zaino che aveva posato ai suoi piedi e aveva cominciato a tirare fuori le cose di cui avrebbe avuto bisogno per la lezione.

Non mi degnò nemmeno di uno sguardo. Né mi rivolse cenni di nessun tipo.

Non disse nulla. Come se fossi invisibile.

Per cui, nemmeno io dissi nulla.

Il dottor Louden fu l'unico a parlare per i settantacinque minuti successivi.

Ma dopo che la lancetta lunga dell'orologio analogico rotondo sulla parete sopra la testa del dottor Louden ebbe ticchettato dieci volte, percepii il momento in cui Tate, finalmente, si placò. Il suo respiro era tornato alla normalità, le ginocchia si erano allargate, le spalle si erano abbassate e lui si era passato entrambi i palmi sulle cosce avvolte dal Denim.

Il suo rilassarsi aiutò anche me a farlo. Ero semplicemente sollevato che lui non mi detestasse.

Che non lo avessi disgustato.

Quella minuscola briciola di speranza tornò.

Dopo altri due movimenti della lancetta lunga dell'orologio, qualcosa sfiorò la mia mano sinistra, che tenevo premuta contro la coscia.

Accadde di nuovo. Un tocco delicatissimo.

Poi ancora.

E non fu tanto sottile. Il mignolo di Tate si agganciò con il mio sotto la scrivania, dove nessuno poteva vederlo.

Respirai un po' più facilmente, i miei pensieri si schiarirono e io strinsi le labbra per non sorridere come un dannato imbecille e attirare l'attenzione.

Rimanemmo così per il resto della lezione.

Connessi.

Non ci stavamo tenendo per mano, ma ci eravamo abbastanza vicini.

E come Tate era divenuto un'abitudine, così fu per quel piccolo gesto. Continuò fino alla fine del semestre, quando non smettemmo di avere un corso in comune.

Anche se in seguito mi mancò quel piccolo segreto. Era un segreto che non mi dispiaceva tenere, a differenza di tutti gli altri che sarebbero venuti in seguito.

Quello di cui non mi ero reso conto quella prima volta e nemmeno nelle settimane rimaste del corso di scrittura creativa era che la congiunzione dei nostri mignoli non era solo l'inizio, ma che ci avrebbe condotti anche alla fine.

Ora, di fronte alla porta in cima ai gradini, mi tirai fuori dal passato e sollevai la testa. Con le dita chiuse attorno alla maniglia, irrigidii la schiena assieme alla determinazione e aprii la porta.

Una volta uscito, esitai per un istante, passando lo sguardo sul tetto per assicurarmi che non ci fosse nessun altro. Dopo aver avuto conferma, il mio sguardo si posò sull'uomo in attesa.

Tate era in ginocchio come gli avevo chiesto, ma non dove si trovava l'altra sera. Questa volta, era in ginocchio sotto una delle pergole coperte di tessuto. Le lucine bianche illuminavano delicatamente la sua pelle nuda. Non era completamente svestito, ma indossava un costume da bagno e dal mio punto di osservazione sembrava che avesse i capelli bagnati. Doveva essersi fatto una nuotata.

Ma ad attirare la mia attenzione non fu soltanto che fosse rivolto verso la mia porta privata, ma anche che aveva la testa abbassata.

In sottomissione?

Non avevamo mai avuto abitudini del genere. All'epoca, eravamo molto basilari. Due ragazzi che si divertivano a esplorarsi e a impararsi a vicenda.

Oppure stava chinando il capo per chiedere perdono?

In tal caso, non ero pronto a perdonarlo. Non ero sicuro che lo sarei mai stato.

Il tetto era silenzioso. L'unico rumore che mi raggiungeva le orecchie era il ronzio del sistema di filtraggio della piscina e il rumore lontano e attutito della strada.

Oltre a quello del mio cuore che batteva all'impazzata.

"Perché non c'è mai nessuno quassù?" sussurrò Tate mentre mi avvicinavo con calma.

Non avevo progettato di parlare, ma pur essendo furioso, glielo avrei concesso. "La piscina chiude dopo le dieci. Questo significa che qui non dovrebbe esserci nessuno. È per questo che salgo a quest'ora e ti ho detto di venire qui prima che la porta si chiudesse."

Mi misi di fronte a lui e fissai la sommità della sua testa scura ancora per qualche istante prima di passargli delicatamente le dita sulla fronte e lungo un lato del viso.

Un tocco delicatissimo. Una semplice carezza.

Gli infilai le dita sotto il mento e gli sollevai il volto con uno strattone brusco.

Un forte promemoria.

Lui non resistette. Invece, alzò lo sguardo degli occhi azzurri sui miei.

Vidi quello che c'era in essi e quasi feci un passo indietro.

Sottomissione completa.

In quel momento, avrei potuto fargli tutto quello che volevo e lui me lo avrebbe permesso.

Quello non era il Tate che ricordavo. Non era il Tate di cui mi ero innamorato.

"Da quant'è che aspetti?"

Le sue narici si dilatarono leggermente. "Dodici anni."

Il fiato mi si mozzò e il cuore mancò un battito. "Perché sei qui, Tate? Nel mio palazzo? Nella mia vita?"

"Te l'ho detto: non sapevo che tu vivessi qui."

"Ti saresti trasferito comunque qui se lo avessi saputo?"

"Non lo so."

"Hai preso una decisione sbagliata," conclusi.

"Trasferendomi qui?"

"Anche, ma non è quella la peggiore."

Lo sguardo di Tate si abbassò sui miei piedi. "Mi rendo conto di aver commesso molti errori in vita mia, Ronan. Ma vorrei correggerne il più possibile."

"Non sono sicuro che si possa," mormorai.

Non stava solo parlando di aver lasciato me o di aver

sposato Dahlia. Un errore era palesemente degenerato in tanti altri.

Come succede con le menzogne. Ne dici una e poi devi dirne un'altra. Un'altra ancora. Fino a quando non dimentichi qual era la verità o qual era la menzogna originale.

Tate aveva commesso un errore, poi un altro, fino a perdere completamente il controllo. E non aveva avuto modo di sistemare le cose fino a quando tutto, nella sua vita, non era imploso.

La nostra relazione.

Il suo matrimonio.

Forse persino la sua carriera. Non glielo avevo chiesto e fino a quel momento, non ero stato sicuro nemmeno che me ne importasse qualcosa.

Era meglio così. Non volevo ripetere quell'errore. Affezionarmi a qualcuno che avrebbe potuto facilmente distruggermi.

Gli avevo dato tutto. E lui mi aveva voltato le spalle e mi aveva lasciato con niente.

Trattenni le domande che avevo riguardo alla sua presenza su Grindr. Non ero sicuro di volerlo sapere. E anche se lo avessi voluto, le risposte avrebbero potuto farmi infuriare ancora di più.

In quel momento, su quel tetto, avevo intenzione di concentrarmi solo sul presente. Su quello che avevo di fronte. Sulla persona in ginocchio in vogliosa attesa.

Gli stringevo ancora con forza il mento barbuto. "Cosa aspetti?"

"Aspettavo te."

"Sono qui. Cosa aspetti ora?"

Qualcosa che non riuscii a identificare si insinuò nel suo sguardo. "Che tu..."

Inclinai la testa. "Che io cosa?"

"Quello che vuoi, Roe. Se vuoi continuare a punirmi per quello che ti ho fatto, lo accetterò. Se vuoi voltare pagina e darmi invece piacere, accetterò anche quello. Di nuovo, so di aver commesso molti errori e sono disposto a pagare." Scosse leggermente la testa, non abbastanza per infrangere la mia presa. "Ho *già* pagato. E sto continuando a pagare. E se questo riparerà ciò che è rotto fra di noi..." Tate fece una pausa e il suo petto si sollevò lentamente mentre lui si riempiva i polmoni. "Allora sono disposto a fare qualunque cosa."

Gli lasciai andare il mento e lo fissai. "Qualunque cosa," ripetei mormorando.

Il suo viso si inclinò leggermente verso l'alto e ora nei suoi occhi c'era un ardore che mancava da quella prima volta in cui lo avevo visto all'ingresso. "Qualunque cosa."

Avrei voluto urlargli in faccia: *"Perché? Perché adesso? Solo perché ti sei trasferito per caso nel palazzo che possiedo? Staresti facendo uno sforzo per sistemare le cose se non lo avessi fatto?"*

Ingoiai tutta la rabbia e lasciai che mi sobbollisse nello stomaco. Perché conoscevo la risposta. Sentirla da Tate avrebbe solo alimentato quel fuoco e io avevo intenzione di impedirgli di avere la possibilità di riparare quello che aveva rotto.

Avrei voluto che lo facesse. Davvero. Ma non ero pronto. Non ancora.

Soprattutto dopo averlo trovato sulla app.

"Questa sera sei semplicemente una scopata di Grindr. Niente di più."

Lui chiuse gli occhi e si leccò le labbra. "Giusto. Niente di più."

Gli passai il pollice sul labbro inferiore e il suo fiato caldo mi accarezzò le dita. "Lascia che ti dica una cosa che è cambiata da quando eravamo ragazzini. Una volta facevo il passivo per te. Non lo faccio più per nessuno." Gli infilai la punta del pollice in bocca e gliela allargai. "E non mi metto più in ginocchio per nessuno." Abbassai ancora di più la testa e sussurrai: "Nemmeno per te."

"Ho capito."

Scossi la testa. "No. Credo di no. Ma capirai."

"Non potrò mai scusarmi abbastanza–"

Lo interruppi. "Non voglio sentire le tue scuse, *Harris*. Non voglio sentirti parlare in generale. C'è un motivo per cui sei in ginocchio e non è per implorare perdono."

Lui annuì. "Capisco."

"Ottimo. Allora sai cosa fare." Gli tolsi il pollice dalla bocca e aspettai.

Il suo costume era teso e io sapevo quanto ce l'aveva duro.

Mi stavo trattenendo dal fare quello che avrei voluto fare davvero: tirarlo in piedi, baciarlo a lungo e con passione e portarlo di sotto nel mio letto per riscoprirci di nuovo.

Per ricominciare da capo e fare le cose per bene, questa volta.

Ma ero ancora troppo incazzato per concedermelo o per concederlo a lui. Ero troppo amareggiato per concedergli la minima delicatezza o margine.

In quel momento, dovevo prendere i miei centimetri di carne prima di essere disposto a ricambiare. Prima di lasciarlo entrare nella mia vita anche solo con un dito.

Poteva darsi che lui non lo volesse nemmeno, ma dovevo riparare il mio cuore dietro mura d'acciaio, in caso contrario. Questa volta, dovevo proteggere me stesso, dato che erano già stati provocati troppi danni.

C'era il rischio che non sopravvivessi più.

"Sto aspettando, *Harris*," dissi, senza fargli la minima concessione.

Lui si leccò nuovamente le labbra mentre fissava il rigonfiamento nei miei jeans, poi si riprese e abbassò la cerniera.

Sentii il sangue scorrere con furia mentre pregustavo la sua bocca avvolta attorno al mio uccello.

Ai tempi, io glielo succhiavo più spesso di quanto lui lo succhiava a me. Gli ci era voluto un po', ma alla fine era diventato bravissimo. E gli piaceva, tanto dare quanto ricevere. Ma era un tipo intuitivo e aveva capito subito cosa funzionava e cosa no. Quello che preferiva e quello che mi faceva venire subito. E avevo imparato lo stesso riguardo a lui.

Inoltre, gli avevo insegnato cosa mi faceva impazzire. Come manipolare la prostata per rendere i miei orgasmi più intensi. La lezione migliore era stata la sera in cui glielo avevo fatto io per la prima volta. Aveva imparato quanto era sconvolgente.

E sebbene quella fosse stata la prima volta, decisamente non era stata l'ultima.

Non gli avrei chiesto di farlo, quella sera, ma avrei scoperto se lui lo avrebbe fatto di sua spontanea iniziativa. Tirando a indovinare, se era stato con altri uomini negli ultimi dodici anni, non aveva dimenticato quella tecnica e forse aveva fatto parecchia pratica.

La furia riemerse ancora una volta dalle profondità della mia mente al solo pensiero di Tate con altri uomini dopo che aveva voltato le spalle a *noi*.

Lo avevo avuto per quasi due anni. Lo avevo sognato per altri dodici.

Massaggio prostatico o meno, se volevo essere onesto con me stesso, quella sera non ci sarebbe voluto molto di più di lui che me lo prendeva in bocca perché io gliela riempissi di sperma.

Volevo una cosa veloce e sporca. Niente coccole. Niente connessione. Perché più tempo trascorrevo con lui, più aumentavano le probabilità che le mura che avevo sollevato avrebbero cominciato a sbriciolarsi, e se lo avessero fatto, ciò avrebbe potuto aprire la porta al fatto che io lo perdonarsi.

Cosa che palesemente lui voleva.

E, di nuovo, cosa che io non ero pronto a dargli.

Forse un giorno, ma non quel giorno.

Trattenni un gemito quando lui me lo prese in mano, masturbandomi delicatamente, spalmando la goccia setosa di liquido sulla punta con il pollice.

Non lo guardai; invece, fissai un punto di vuoto nello spazio. Qualunque cosa pur di creare di nuovo una connessione con lui; ma quando la sua bocca calda e umida avvolse la punta, il mio sguardo ricadde su di lui contro la mia volontà.

L'ennesimo errore in un lungo elenco.

Tate non aveva gli occhi chiusi e non si stava concentrando su quello che stava facendo. Stava guardando me.

Ciò mi spinse a stringere le labbra e bloccare le ginocchia. Non gli avrei dato la minima soddisfazione. Nemmeno reagendo a lui che me lo succhiava nel profondo della bocca. O che passava la lingua attorno alla punta. O che mi succhiava lo scroto, premendo sul perineo o tirandomi delicatamente le palle.

La vista del mio membro scivoloso che scivolava dentro e fuori dalla sua bocca. Le succhiate. Il cerchio delle sue dita che stringeva la base...

Era ancora bravo. Meglio di quanto ricordassi.

Quell'ultima scoperta fu tutto ciò di cui avevo bisogno per ritrovare la rabbia e avvolgermela attorno come un mantello protettivo.

Ciò mi impedì di sciogliermi mentre ero in piedi sopra di lui e lui era in ginocchio ai miei piedi.

La soddisfazione nel guardarlo con una partecipazione minima era sbagliata.

Ma così come era successo quando gli ero venuto in faccia l'altra sera, averlo in ginocchio rappresentava un gioco di potere del quale non sapevo di avere bisogno. Mi manteneva in forze; conservava quelle pareti bloccate.

Mi teneva al sicuro.

Mi impediva di sbriciolarmi e di rammollirmi. Di perdonarlo troppo facilmente.

Persino di sperare che potesse esserci un futuro per noi.

In quel momento, non ce n'era.

E non ero sicuro che saremmo mai arrivati a quel punto.

Ricordai a me stesso che quella serata non era incentrata sul perdono. Non era basata sul futuro.

Lui era solo una scopata di Grindr.

Tutto. Lì.

Dovevo prendere ciò che volevo da lui e lasciarmi il resto alle spalle.

Le mie palpebre si fecero pesanti quando lui me lo ingoiò così in fondo da soffocare leggermente. E poi lo fece ancora.

E ancora.

Sebbene Tate stesse facendo tutto giusto, nel profondo della mia testa continuavo a pensare che fosse tutto sbagliato.

In quel momento, dovevo dimenticare il passato. Dimenticare che ci fosse mai stato un *noi*.

E ricordare solo il motivo per cui gli avevo inviato quel messaggio.

Rimani in superficie, Ronan. Non scavare troppo a fondo. Potresti precipitare in quell'abisso e non riuscire più a risalire.

Sei già uscito a mani nude da quel buco una volta; non lasciarti intrappolare di nuovo.

Tate arrestò la pressione contro il punto del mio perineo

dove, dalla parte opposta, si trovava la mia prostata, e si infilò la mano nel costume.

Cominciò a pompare con il pugno sulla propria erezione.

Gli afferrai subito una manciata di capelli, strattonai e sbraitai: "No! Questa sera non c'è niente per te."

I suoi occhi si spostarono immediatamente dal mio membro alla mia faccia. I nostri sguardi si sostennero mentre lui si lasciava lentamente andare e sistemava il costume.

Era sempre stato bravo a obbedire. A quanto pareva, quella cosa non era cambiata.

Più mi succhiava, leccava, stuzzicava, più difficile era trattenermi dal chiudere gli occhi, lasciar ricadere la testa all'indietro e lasciarmi godere dell'esperienza. Perdermi semplicemente in quello che lui stava facendo con la bocca e con le mani.

Mi rifiutai di lasciargli vedere quanto lo volevo.

Continuando a stringergli i capelli con la mano destra, accentuai la presa con le dita, lasciandogli sentire lo strattone. Ciò non lo rallentò; anzi, lui si impegnò di più per portarmi al traguardo.

Mi massaggiò delicatamente le palle, me ingoiò l'uccello completamente e strinse due dita ad anello attorno alla mia radice pulsante. Per via della strettezza, le mie vene risaltavano e il membro aveva assunto un leggero colorito violaceo.

Intrecciai le dita della mano sinistra nei suoi capelli. Usando entrambe le mani, gli strinsi i capelli così forte che lui non poté più muoversi. Invece, mossi il bacino, prendendo il controllo del ritmo. Costringendo Tate ad afferrare ciò che io ero disposto a dargli.

Lo tenni fermo e affondai più forte, più in fretta, fino in fondo alla sua gola. Non mi importava se gli avrei lasciato dei lividi o se lui non riusciva a respirare. Non importava se stava soffocando sul mio uccello.

Non me ne fregava un cazzo.

Lo punii. Per il passato. Per il presente.

Per tutto il tempo che era trascorso.

Fingendo che la sua bocca fosse il suo culo, lo sbattei fino a quando il suo viso non arrossì, per poi diventare violaceo.

Ma lui non mi toccò per dirmi di fermarmi. Non cercò di staccarsi. Non si ribellò assolutamente.

Non mi diede il minimo segno che dovessi rallentare o fermarmi.

Prese ogni centimetro che io gli davo.

Vidi le cose per quello che erano. Tate stava cercando di mostrarmi di essere disposto a fare qualunque cosa perché io lo perdonassi.

Dovevo fermarmi. Dovevo concedergli una pausa. Ma non potevo. Andai avanti. Per un attimo, affondai nella mia rabbia, divorato dalla voglia, dalla necessità.

E, in ultima analisi, dal mio amore per l'uomo in ginocchio ai miei piedi.

Dal mio odio per quello stesso uomo.

Adoravo tutto di lui.

E odiavo tutto di lui.

Odiavo quello che mi aveva fatto, quello che aveva fatto a se stesso... quello che aveva fatto a noi.

E l'odio era un'emozione forte quanto l'amore. Non ci voleva molto per spostare l'equilibrio da una parte o dall'altra.

E non mi ci volle molto per venire.

Strinsi i denti per soffocare un gemito mentre gli affondavo l'uccello fino in fondo alla gola e lo tenevo lì, pompandovi sperma. Costringendolo a inghiottire ogni singola goccia fino a svuotarmi del tutto.

Fu nel momento in cui Tate barcollò e cominciò a strabuzzare gli occhi che finalmente mi ritrassi e lasciai andare le dita.

E finalmente presi in considerazione di perdonarlo.

Ma invece, fortificai quelle mura attorno al mio cuore e mi liberai, lasciandogli andare i capelli, permettendogli di succhiare aria.

Il suo volto tornò al colorito normale e io osservai un filo di sperma sospeso fra la punta del mio membro e le sue labbra.

Ansimando, lui lo leccò via, per poi pulirsi la bocca con il dorso della mano.

Mi voltai mentre mi sistemavo i boxer e allacciavo i jeans. Prima che l'impulso di cadere in ginocchio e consolarlo diventasse troppo forte. Troppo allettante.

Troppo rischioso.

Senza degnarlo di un'altra occhiata, lo lasciai lì in ginocchio e mi incamminai verso la mia porta di accesso personale al tetto.

"Lasci sempre insoddisfatti quelli che conosci su Grindr?" chiamò lui, la voce roca per l'abuso a cui avevo sottoposto la sua gola.

Le sue parole rabbiose mi fermarono, ma non feci lo sforzo di voltarmi. Non avrei dovuto rispondere, ma in un momento di debolezza, lo feci. "No. Solo tu."

Continuai verso la fuga.

"Ronan!" gridò lui.

Presi fiato bruscamente, ma mi fermai di nuovo, questa volta a pochi centimetri dall'uscita.

"So che ci ho messo troppo, ma volevo che tu sapessi... È importante che tu sappia che alla fine ho capito..."

Aspettai, anche se non avrei dovuto. Ma non intendevo chiedergli cosa avesse capito, perché non ero sicuro di essere in grado di affrontare quello che stava per dire.

La sua voce era greve e punteggiata di un'agonia che mi

artigliò le viscere quando confessò: "Non erano gli uomini ciò che bramavo. Eri solo tu. Sei sempre stato tu."

Mossi violentemente la mascella. Le mie dita si strinsero in pugni serrati. L'alternativa sarebbe stata sgretolarmi i denti. Oppure, *vacca troia,* tornare indietro e prendere Tate a pugni.

Ci volle tutto quello che avevo per assicurarmi che il tremito non fosse evidente nella mia risposta. "Peccato che tu non lo abbia capito dodici anni fa."

Non sapevo se lui avesse sentito e non mi importava se non lo aveva fatto. Il messaggio era stato lanciato forte e chiaro. L'unica cosa che ero disposto a dargli a quel punto gli ricopriva già la gola e lo stomaco.

Aprii la porta con uno strattone e me la sbattei alle spalle, ma prima di scendere mi assicurai che il mio ingresso privato fosse bloccato, in modo che lui non potesse seguirmi.

Perché se lo avesse fatto...

Se lo avesse fatto, avrei faticato a trovare la forza di respingerlo.

Capitolo nove

Ronan (allora)

UN VIOLENTO bussare alla porta della mia stanza mi fece alzare di scatto dalla scrivania e correre ad aprire. La porta non era normalmente chiusa a chiave, soprattutto quando Dominic era fuori, ma il mio coinquilino era a tornato a casa nel fine settimana per non so quale raduno di famiglia.

Mentre studiavo, tendevo a chiudere a chiave per assicurarmi che nessuno mi disturbasse. Dovevo mantenere una media alta per ottenere la borsa di studio. Fare festa era grandioso, lavorare era grandioso, trascorrere del tempo con Tate era grandioso, ma avevo bisogno di avere voti più che grandiosi. Dovevano essere perfetti.

Una buona istruzione e una laurea, con un po' di fortuna, mi avrebbero fornito fondamenta solide per il resto della vita. Se anche non avessi avuto successo, non volevo che ciò accadesse perché non ci avevo provato o perché mi ero impigrito. Per cui, facevo tutti i compiti, mi impegnavo per guadagnare crediti extra ove possibile e studiavo. Molto.

A volte, Tate mi dava una mano. Ma, tirando a indovinare, non lo faceva perché ne sapesse più di me, ma perché voleva trascorrere del tempo in mia compagnia.

Almeno, quello era ciò in cui speravo e che mi permettevo di credere.

Non avevamo in programma di studiare insieme quella sera, per cui non avevo idea di chi ci fosse dall'altra parte della porta. Non appena la aprii, mi si mozzò il fiato. Era *davvero* Tate, con lo zaino divoratore di ogni cosa appeso a una spalla. Alcune ciocche dei suoi capelli scuri gli erano ricaduti sulla fronte, i suoi occhi azzurri erano lucidi e le guance arrossate.

Ma d'altra parte, era una calda giornata d'autunno e probabilmente lui era venuto a piedi dal suo appartamento, oppure in bici.

"Cosa ci fai qui?" chiesi.

"Dom non c'è questo fine settimana, giusto?" Tate mi diede una spinta con la spalla per spostarmi in modo da oltrepassare la soglia. Non appena lo feci, lui chiuse la porta e la bloccò di nuovo.

"Sì. È andato a casa. Tornerà lunedì mattina."

Tate si voltò verso di me e sorrise.

"Cosa c'è?" La mia domanda era velata di sospetto e io lo guardai con gli occhi stretti.

Tate mi superò e mise lo zaino sul letto di Dom, lo aprì e tirò fuori un portatile.

Sembrava nuovo di zecca. Tate ne possedeva già uno di ultima generazione, che di sicuro non aveva necessità di rimpiazzare.

"L'altro lo hai rotto?"

"No," rispose lui mentre lo spingeva verso di me. "Non è mio."

Aggrottai la fronte. "Lo hai rubato? Di chi è?"

"Tuo."

Il mio cipiglio si accentuò e io fissai l'Apple MacBook ancora fra le mani di Tate. Il mio petto si colmò di terrore. "Non posso permettermelo."

"Io sì."

Quel portatile costava un occhio della testa. Era per quello che non ne avevo uno. Non potevo permettermi nemmeno un portatile nuovo con Windows, figuriamoci un Apple. Era per quello che usavo ancora il mio vecchio dinosauro e pregavo le divinità dell'informatica che esso funzionasse ancora tutte le volte che lo aprivo. "Non posso ripagarti."

Lui si strinse nelle spalle. "Va bene."

Cosa? Tate comprava portatili nuovi come se niente fosse? "Tate..."

Lui mi ficcò il portatile contro la pancia, costringendomi a prenderlo. Non appena lo feci, Tate mollò la presa e io mi ritrovai a tenere fra le mani qualcosa che avevo sempre desiderato.

Glielo tesi e scossi la testa. "Non posso accettarlo."

"Non è niente. Non fare complimenti."

Altro che niente. "Sì che li faccio."

"Roe..."

"Tate, è assurdo. Non posso accettare."

"Sì che puoi. Avrai bisogno di un buon computer per i prossimi quattro anni. E poi, volevo farti un regalo."

"Costa troppo." E anche se così non fosse stato, non potevo permettere che lui mi comprasse un cavolo di portatile. Come se fosse il mio *sugar daddy* o qualcosa di simile. Amavo Tate perché era Tate, non perché era ricco di famiglia. Di quello non mi importava nulla.

"Ma no."

"Per te, forse..."

Tate fece spallucce ancora una volta, continuando a fingere che non fosse niente. "L'ho preso con lo sconto per studenti. Volevo che tu lo avessi perché ci tengo che tu vada bene a scuola. Non voglio che niente ti ostacoli. Compreso quel vecchio fermacarte che usi. Non durerà ancora a lungo." Mi tolse il MacBook dalle mani e lo posò sulla mia scrivania. Quando si voltò, il suo bel viso era segnato da una smorfia. "Cosa ne dici di ringraziarmi invece di litigare?"

"Ma–"

"Niente ma. Non intendo parlarne ancora. Non è per questo che sono venuto qui."

Aggrottai la fronte. "Allora perché sei venuto qui?"

Tate tornò allo zaino e ci frugò dentro fino a trovare quello che stava cercando. Non sapevo come facesse a trovare le cose in quel dannato arnese.

Ma non mi aspettavo che tirasse fuori quello che tirò fuori.

Quando si voltò nuovamente verso di me, stringeva in mano il collo di una bottiglia chiusa di Jim Beam e sorrideva.

Agli studenti residenti non era permesso tenere alcolici nei dormitori e l'università era molto fiscale al riguardo. Se ci avessero beccati, avrei rischiato di perdere la stanza.

Forse persino la borsa di studio.

Dato che andavamo a feste praticamente tutti i fine settimana, non avevamo motivo di bere in stanza. E poi, Tate aveva un appartamento suo, fuori dal campus. Non aveva senso. "Perché l'hai portata qui?"

Lui si leccò le labbra, molto probabilmente perché era nervoso. Quando cominciò ad agitarsi, io compresi lentamente perché aveva portato l'alcol. Non sapevo esattamente cosa pensare, per cui avevo bisogno di sentirglielo dire. Non intendevo dare nulla per scontato.

Tenerci per il mignolo in aula era ben diverso dal fare

sesso anale. O anche sesso orale. O *frottage*, quello che avevamo fatto il fine settimana scorso sfregando i nostri membri insieme e provocando quell'esplosione sporca nelle mie mutande.

E poi, non eravamo nemmeno sicuri se lui fosse gay, bi o... quello che era. L'etichetta non è importante. Non avevamo parlato di quello che era successo il fine settimana precedente, come io avrei voluto di fare. Gli stavo solo lasciando spazio e tempo, perché stavo cercando di evitare che lui desse di matto.

Pensavo che agganciare i mignoli in classe – per quanto piccolo come gesto – fosse un buon inizio e che, se lui voleva costruire qualunque cosa ci fosse fra di noi a partire da quello, potevamo farlo.

Ma ora Tate aveva deciso di fare un salto nel vuoto per vedere se fare sesso con altri uomini fosse per lui?

Cos'ero, una cavia? Non ero completamente contrario all'idea che lui facesse quello che voleva con me, ma comunque...

Voleva davvero andare oltre il godimento reciproco, quella sera?

"Voglio..." Tate prese fiato, poi fece uscire il resto. "Voglio esplorare questa cosa." Gesticolò fra di noi. "Ho portato questo come rinforzo." Il mio sguardo ricadde sulla bottiglia di Jim Beam che aveva in mano quando la sollevò.

"Avresti fatto meglio a portare lubrificante e preservativi," ribattei sarcastico, incerto sulla situazione.

"Beh, pensavo che ce li avessi tu. Ma ho portato anche quelli, per prudenza. Tuttavia," disse, sollevando di nuovo la bottiglia, "prima ho bisogno di questo."

Aveva bisogno di coraggio liquido per stare con me? Non era molto rassicurante.

E poi, voleva davvero *scopare*? Oppure voleva solo

giocare come avevamo fatto il fine settimana scorso nel suo letto? Era uscito di testa per quella cosa, che non era niente di intrusivo.

Il sesso anale era decisamente intrusivo. *Molto* intrusivo.

Peggio ancora, non mi aspettavo minimamente quella cosa, per cui non mi ero preparato come avrei fatto normalmente. Non mi dispiaceva fare il passivo per la prima volta di Tate e, naturalmente, sarebbe stato più facile che se lui...

Mi diedi uno scossone mentale. No, era troppo. Non riuscivo a prendere atto del fatto che lui volesse fare il passo successivo, che volesse *esplorare*, come aveva detto.

Ero entusiasta, ma al tempo stesso preoccupato.

Per quanto io lo amassi, non volevo perderlo, anche se ciò significava restare solo amici. Ma ciò non sarebbe potuto accadere se avessimo continuato a fare sesso, anche se non fossimo arrivati all'*atto* vero e proprio. Il sesso non richiedeva la penetrazione per essere soddisfacente o per essere considerato tale.

Segarci, succhiarci l'uccello a vicenda, praticare il *frottage*, fare *docking*... l'elenco di ciò che potevamo fare era infinito.

Tate mise la bottiglia sulla mia scrivania e poi tornò al letto di Dom e tirò fuori due bicchieri di plastica dallo zaino. Il fatto di essere stati ficcati nello zaino aveva praticamente appiattito i piccoli bicchieri incerati, per cui lui li rimodellò. Mentre lo faceva, fu difficile ignorare il tremito delle sue dita.

Era completamente elettrizzato.

Dato che sapevo che non si drogava, la causa doveva essere il nervosismo. Anche io ero nervoso alla mia prima volta. Era stata un'esperienza imbarazzante, sporca, e un fiasco quasi totale, ma allora io non ero l'unico a non sapere quello che stavo facendo.

Inoltre, ciò non mi aveva impedito di riprovare più e più

volte e di trovare altri più esperti di me per insegnarmi trucchi e metodi per rendere l'esperienza migliore e più soddisfacente. Inoltre, avevo fatto parecchia "ricerca" per conto mio.

Fissai Tate mentre portava i due bicchieri deformati alla scrivania, apriva la bottiglia e li riempiva quasi fino all'orlo con il liquore color ambra.

Quando lui si voltò con il bicchiere in mano, il mio sguardo cadde sul whiskey prima di sollevarsi ancora una volta fino al suo viso. Quando io non presi il bicchiere che lui mi aveva offerto, Tate svuotò l'altro in un singolo sorso. Poi bevve quello che avrebbe dovuto essere per me.

Si voltò, riempì i bicchieri di nuovo e ancora una volta me ne offrì uno.

Questa volta, accettai con riluttanza. "Mi stupisce che tu non stia bevendo direttamente dalla bottiglia."

"È ancora presto."

"Tate... Se hai bisogno di alcol per—"

"Ho solo bisogno di rilassarmi un po'. Tutto qui. Mi sento come se stessi per sbroccare."

"Ne hai anche l'aspetto."

Tate si passò una mano fra i capelli, levandoseli dalla fronte. Naturalmente, come al solito, essi non rimasero al loro posto. "Non sei tu, sono io."

"Grazie al cazzo," mormorai, bevendo un sorso di Jim Beam. Arricciai il naso, ingoiai il resto e schiacciai il bicchiere con la mano prima di buttarlo nella spazzatura.

Uno di noi doveva rimanere sobrio se quella cosa doveva succedere. Anzi, tutti e due dovevamo rimanere sobri. Gli avrei concesso un'altra bevutina prima di chiudergli il rubinetto. Se avesse avuto bisogno di più di quello, quella sera non sarebbe successo nulla.

Mi rendevo conto che lui aveva bisogno di calmare i

nervi, ma doveva anche rimanere consapevole di quello che stava succedendo.

Se io fossi stato etero, non avrei certo scopato una ragazza ubriaca. Dato che ero gay, applicavo lo stesso principio agli uomini. A meno che non fossimo in una relazione e non avessimo appena concordato di divertirci insieme. Ma con uno ubriaco fradicio? No. Non importava chi fosse.

"Tate, se ti ubriachi, io non ti tocco," lo avvertii. "E non mi lascerò nemmeno toccare. Non in quel modo."

Tate abbassò lo sguardo sul bicchiere di plastica pieno che aveva in mano, poi lo riportò su di me.

Inarcai le sopracciglia. "Dopo quello, basta." Quella sera, mi sentivo più vecchio di lui, nonostante fosse vero il contrario.

Annuendo, Tate si portò il bicchiere alla bocca e lo svuotò, poi rimise il tappo sulla bottiglia e vi posò il bicchiere vuoto accanto.

Sospirai sommessamente di sollievo. "Sei sicuro?"

Lui annuì.

Scossi la testa e mi misi faccia a faccia con lui, fissandolo direttamente negli occhi. Era più alto di me di un paio di centimetri e mezzo appena, per cui la nostra altezza era molto simile. Se lui avesse distolto lo sguardo, avrei capito che non era pronto.

Non lo fece. Mi fissò dritto negli occhi con una sicurezza molto maggiore rispetto a pochi minuti prima. "Se la cosa non facesse per me o se io volessi fermarmi, Roe, ti prego di non avercela con me. Mi fido di te. Se sono gay, bi o... non so cosa... confido che mi lascerai il tempo per capirlo."

A spese di chi, tuttavia? Mie?

Tate voleva usarmi per capire se fosse sessualmente attratto dagli uomini, ma c'era una cosa che mi preoccupava:

non sapeva che io ero già innamorato di lui. Ma quello era un problema mio, non suo.

Allo stesso modo, la confusione riguardo alla sua identità sessuale era un suo problema, non mio.

Ma il problema era che io lo avevo baciato per primo. Mi sentivo responsabile di quella confusione. Gli dovevo un aiuto a orientarsi?

La risposta sarebbe stata molto più facile se io non lo avessi amato. Se non lo avessi voluto nel mio letto e nella mia vita.

In verità era così. Lo volevo completamente, ma solo se lo voleva anche lui.

Per quel motivo, ero disposto a sacrificare un pezzo di me per scoprire se ne sarei uscito vincitore.

Ero anche pienamente consapevole che, se le cose non fossero andate come speravo, ne sarei uscito perdente.

Era un azzardo. Per tutti e due.

Ronan (ora)

CAMMINAVO AVANTI e indietro per il salotto come una tigre in gabbia, digrignando i denti e stringendo il bicchiere di Johnnie Walker Blue così forte che mi stupivo che non si fosse spaccato.

Quella faccenda di Grindr mi aveva già infastidito, ma a peggiorare ancora di più il malumore era che avevo trascorso anni lottando con i ricordi, rivivendo quel periodo in cui ero troppo giovane, troppo stupido, per vedere quello che avevo di fronte agli occhi.

Quando l'amore mi aveva impedito di vedere la verità.

Ora, tutto ciò era stato rimescolato. Ogni momento di ogni giorno che Tate e io avevamo trascorso insieme.

Dopo aver lasciato Tate sul tetto e mentre scendevo i gradini, ero precipitato nel passato.

In quel momento, stavo ripensando a quel primo fine settimana che avevamo trascorso insieme. Quando le cose fra lui e me avevano cominciato a passare dall'amicizia a qualcos'altro...

Come la mia prima volta, la prima volta di Tate con me era stata imbarazzante, sgradevole e decisamente nulla di cui scrivere a casa. Non che io lo avrei mai fatto. La mia famiglia era di mentalità molto aperta, ma non voleva saperne delle mie imprese sessuali.

Non potevo certo biasimarli. Io di sicuro non volevo sapere nel dettaglio come mio fratello Declan e mia cognata avessero procreato i miei nipoti e le mie nipoti.

Feci una smorfia.

Avevo pensato spesso a quel primo weekend insieme nelle settimane che erano seguite, passando in rassegna ogni cosa per capire che cosa avremmo potuto fare diversamente per rendere le cose più facili a Tate.

I preliminari erano stati fantastici. Baciarci, succhiarci e toccarci a vicenda era stato per me la realizzazione di una fantasia. Avevo fatto con calma per conoscere da vicino il corpo di Tate. Avevo acquisito familiarità con ogni centimetro. Mi ero sdraiato e lui aveva fatto la stessa cosa con me, poi mi aveva voltato. In qualche modo, ero riuscito a mantenere la pazienza mentre lui esplorava timidamente tutto il mio corpo dalla sommità della mia testa fino alle dita dei piedi, toccando e assaggiando.

Ero arrapatissimo, duro come un sasso e pronto a esplodere. Ma mi ero costretto a prenderla con più calma di quanto avrei fatto normalmente.

Quando si trattava di sesso, la pazienza non era il mio forte.

Gli avevo spiegato le cose man mano che si presentavano. Qualunque domanda lui mi facesse, io rispondevo al meglio delle mie possibilità. Se avevo fatto molto sesso anale? No. Avevo solo diciannove anni ed essendo gay, non avevo avuto la possibilità di fare tanto sesso da adolescente. Era difficile, dato che all'epoca non ero allo scoperto, temendo che avrei subito bullismo. Da parte degli altri studenti, dei loro genitori, persino dagli insegnanti. Inoltre, non ero allo scoperto nemmeno con la mia famiglia e non volevo che lo sapessero da qualcun altro.

Come Tate, avevo voluto essere assolutamente sicuro della mia sessualità prima di annunciarla al mondo.

D'accordo, forse non di annunciarla, ma se non altro di viverla apertamente.

Ma per essere sicuro di quello che volevo e di quello che non volevo, avevo dovuto cercare fuori dalla scuola. Alla fine, avevo trovato un altro ragazzino più o meno della mia età, che era molto più coraggioso di me e che *era* allo scoperto. Dopo esserci conosciuti, ci eravamo divertiti parecchio. Compreso "farlo" per la prima volta.

Sfortunatamente, l'esperienza era stata molto più imbarazzante e sporca di quando Tate me lo aveva messo nel culo per la prima volta, perché da quella prima volta in poi avevo accumulato parecchia esperienza.

Sebbene fare sesso con un uomo fosse una novità assoluta per Tate, lui era disposto a imparare. Non ci fu nulla da stupirsi che non fosse durato a lungo, ma alla fine avevamo avuto entrambi degli orgasmi intensi, grazie ai preliminari e alla preparazione. La pregustazione da sola ci aveva portati al punto di rottura.

Sebbene fare sesso con me non gli fosse stato sgradito,

avevo capito che le sue emozioni avevano oscillato intensamente. Quando succedeva, quando lui cominciava a chiedersi se davvero desiderasse fare sesso con me – o con un uomo in generale – rallentavamo. In quei momenti, avevo dovuto scavare ancora più a fondo per trovare la pazienza, perché non era mia intenzione mettergli fretta, né rovinargli l'esperienza.

Volevo che lui lo volesse così come me. E avevo sperato che, se la prima volta fosse andata bene, lui avrebbe desiderato ripertela.

Con me, naturalmente. Che razza di domande. Non avevo la minima intenzione di sacrificarmi così tanto perché lui potesse farlo con altri.

Quella prima notte nella mia stanza al dormitorio si trasformò in un intero fine settimana insieme. Lasciammo la mia stanza solo occasionalmente, per prendere qualcosa da mangiare. Se qualcuno faceva domande, noi dicevamo che stavamo lavorando su un compito di scrittura creativa.

E domenica a tarda sera, quando Tate lasciò finalmente il sottoscritto e il suo letto, ero davvero pronto per fare una pausa. Più ci divertivamo, più lui voleva provare cose nuove.

Normalmente, sarei stato contentissimo. Tuttavia, non ero abituato a fare il passivo e cominciavo a sentirne i risultati. Ma era troppo presto perché chiedessi a Tate di invertirci. Prima o poi lo avrei fatto, *se* avessimo continuato, dato che preferivo essere attivo, ma nel frattempo dovevo mantenere la pazienza mentre lui si orientava.

Quel fine settimana, lui attinse ancora qualche volta al Jim Beam, ma meno di quanto avrei pensato. Beveva solo un goccio o due ogni tanto, per rilassarsi e sciogliersi un po'.

Malgrado alla fine il whiskey non si fosse rivelato un problema, c'era una questione importante e indimenticabile collegata a quello che stavamo facendo. Tate stava ancora ufficialmente con Dahlia. E io non avevo idea di quali scuse le avesse raccontato per spiegare dove avrebbe passato il fine settimana.

La sua relazione con lei doveva cambiare, oppure lui avrebbe dovuto smettere di usarmi per soddisfare la sua curiosità sessuale.

Avevamo un rapporto esclusivo? No. A quel punto, eravamo ancora solo amici. Amici con benefici, probabilmente. Ma io volevo procedere verso qualcosa di più serio e speravo che lo volesse anche lui.

In tal caso, Tate avrebbe dovuto rompere con Dahlia. Prima di subito.

Oppure io gli avrei detto che doveva smettere di venire nella mia stanza al dormitorio tutte le volte che Dom era via. E di smettere di invitarmi nel suo appartamento tutte le volte che i suoi coinquilini erano fuori.

Il fatto che lui non voleva testimoni rendeva palese che preferiva tenere segreto quello che stavamo facendo.

E forse voleva tenere segreta anche alla sua attrazione nei confronti degli uomini, o almeno nei confronti del sottoscritto.

Io non amavo i segreti. Soprattutto i segreti che potevano fare male a qualcuno, come quello. Di solito, finivano con l'infettare tutto ciò che toccavano, come una ferita purulenta.

Nel frattempo, dovevamo fingere di essere solo amici e nient'altro. Anche se, tutte le volte che ci beccavamo, non solo come amici, ma come amanti, io sentivo la nostra relazione che si trasformava.

Ci avvicinammo. Diventammo più arditi a letto. E nei momenti di pausa, ci sdraiavamo l'uno accanto all'altro e parlavamo di qualunque cosa, importante o no.

Quelli erano i momenti che preferivo. Non eravamo solo

attratti sessualmente l'uno dall'altro. Eravamo qualcosa di molto più profondo.

Tutte le volte che ci sedevamo vicini al corso di scrittura creativa, allargavamo le gambe in modo che si toccassero. Il mignolo di Tate trovava sempre il mio e noi li tenevamo agganciati per tutta l'ora e un quarto del corso.

Molte volte, cercavamo di concentrarci sulla lezione del dottor Louden mentre ce l'avevamo entrambi duro, contando i minuti che mancavano a quando avremmo potuto cercare un posto dove avere un momento intimo. Non avevo mai guardato l'orologio così tanto in vita mia.

Quando la situazione si faceva insopportabile, a volte mormoravo "Tate." Incerto se fossi in grado di continuare a star seduto su quella sedia un istante in più senza trascinarlo giù per i gradini e nello sgabuzzino più vicino per fare di più che toccargli il mignolo o sfiorargli la coscia con la mia.

Lui era più risoluto di me. Continuava a stare seduto a fissare il nostro professore, limitandosi a scuotere leggermente la testa. Io cercavo di riprendermi concentrandomi sul dottor Louden che scribacchiava sulla lavagna, la voce che blaterava incessantemente mentre la lancetta lunga di quel dannato orologio si muoveva al rallentatore.

Non riuscivo a pensare ad altro che a Tate. Ogni istante di ogni giorno.

Al suo tocco.

Al suo profumo.

Al modo in cui il suo mignolo si agganciava con il mio sotto i nostri banchi.

Alla sensazione delle nostre pelli calde e nude l'una contro l'altra. A come le nostre labbra si incontravano, i nostri respiri si mescolavano e i nostri gemiti si fondevano. Al modo in cui lui mi allargava e mi riempiva. A come ci prendevamo il tempo per scoprire cose nuove riguardo a noi stessi e all'altro.

Ma prima della fine del semestre, avevo deciso di smetterla di "esplorare" con Tate fino a quando lui non avrebbe rotto con Dahlia.

Non era giusto nei confronti di lei. E di sicuro non era giusto nei confronti del sottoscritto.

Tate doveva sistemare le cose, anche se non voleva che nessuno sapesse di noi per il momento.

Quando finalmente cominciai a pestare i piedi, lui mi rassicurò: "Le parlerò."

"Tate..."

"Te lo prometto."

Trascinandomi fuori dal passato, fissai il mio bicchiere ancora pieno di whiskey. Molto più costoso del Jim Beam che bevevamo all'università.

Feci per portarmelo alle labbra, ma mi fermai quando il passato gorgogliò come un vulcano in eruzione.

"Merda!" gridai, per poi scagliare il bicchiere attraverso la stanza con tutta la mia forza.

L'impatto contro la finestra risuonò come un'esplosione.

Lasciandosi dietro una vista crepata sulla città buia.

Capitolo dieci

Tate (ora)

Fissai la bottiglia di The Macallan che Ronan aveva abbandonato la prima volta che mi aveva trovato sul tetto. Da allora, essa era posata sul piano della mia piccola cucina. Un promemoria sotto diversi aspetti.

Era mia intenzione restituirgliela. Non avrei dovuto prenderla con me l'altra sera, dato che non mi apparteneva. Ma d'altra parte, cosa mi apparteneva?

Qualunque cosa avessi mai avuto, lo avevo perso.

Ronan.

Mia moglie.

Persino i miei figli.

In verità, non avevo altri da biasimare che me stesso.

Ciò significava anche che dovevo essere io a sistemare le cose.

O almeno a provarci.

Non potevo riparare a tutto. Certi errori erano irreparabili.

Ma il fatto che ero scontento di me stesso e della mia situazione non giustificava i danni che avevo arrecato alle persone della mia vita.

A volte, l'unica cosa da fare era prendere atto, chiedere scusa, voltare pagina e comportarsi meglio in futuro.

La mia vita era arrivata proprio a quel punto.

Tutto mi era crollato addosso. Ora era giunto il momento di ricostruire. A cominciare da me stesso.

Lo avevo fatto confessando finalmente la verità a Dahlia.

Non lo avevo fatto all'università. Quando l'avevo lasciata, le avevo dato un motivo fittizio, per attutire il colpo.

Se anche lei aveva capito che mentivo, non aveva detto niente.

La amavo e non volevo farle del male, ma lo avevo comunque. Continuai a farle del male durante tutto il matrimonio, anche se quello non era il mio intento. Era una madre eccellente e una buona moglie.

Era proprio come in quel vecchio detto: *Non sei tu, sono io*.

Avevo cercato di sopprimere gli impulsi, quelli che aveva sepolto e volevo dimenticare. Ma non c'ero riuscito. Essi mi divoravano e mi rendevano infelice. E la mia infelicità affliggeva tutta la mia famiglia.

Quando avevo visto l'effetto che aveva sui miei figli, mi ero reso conto che qualcosa doveva cambiare. A partire da me.

Non avrei distrutto le loro vite perché avevo distrutto la mia. Glielo dovevo. Sapevo che si sarebbero arrabbiati con me – che forse mi avrebbero persino odiato – perché me ne sarei andato, e naturalmente lo avevano fatto. La colpa era mia e io lo accettavo.

Era cominciato tutto poco più di un anno dopo il matrimonio. Poco più di un anno dopo che mi ero diplomato dalla

Duquesne e che avevo voltato le spalle a Ronan e alla persona che ero, cercando di convincermi che la mia scoperta era sbagliata, quando nel profondo di me sapevo di aver ragione.

Lo ignorai fino a quando non ce la feci più.

Ciò mi condusse a sveltine occasionali a tarda notte con uomini sconosciuti.

In motel malfamati, parchi bui e bagni sudici.

Cose veloci, sporche e anonime.

Mi facevo schifo tutte le volte. Ma mi fermai? No.

Avevo un prurito irraggiungibile che continuavo a grattare.

Peggio ancora, non trovai mai vero sollievo. Era un tentativo disperato di ricordare chi avevo perso. Cosa avevo perso.

Chi avevo abbandonato.

Un tentativo disperato di ricatturare le cose e la persona di cui sentivo la mancanza.

Non ci riuscii mai.

Ma continuai a provare. Se non altro, per punirmi. Per dimostrare che avevo commesso un errore, che avevo scelto la strada sbagliata.

Mi convinsi che incontrare quegli uomini a caso in posti a caso non fosse niente. Che non stavo facendo male a nessuno, tranne che a me stesso.

Mi sbagliavo.

Facevo del male a Dahlia.

Facevo del male ai miei figli.

Distruggevo la mia famiglia mentendo a loro e a me stesso.

Amavo i miei figli, nonostante tutto. Erano il mio cuore e la mia anima e io non mi sarei mai pentito di averli avuti.

Ma mi pentivo di quello che facevo a loro. A noi. Alla mia famiglia.

Alla donna che aveva sposato. Che era rimasta al mio

fianco per anni, pur sapendo che qualcosa non andava.

Alla fine, arrivai al punto in cui fui costretto a confessare.

L'alternativa sarebbe stata buttarmi giù da un ponte e portarmi il segreto nella tomba.

Ma i miei figli meritavano di meglio. Anche se ci avrebbero messo un po' a perdonarmi. Prima o poi, lo avrebbero fatto: quando sarebbero stati più grandi, avrei spiegato loro tutto e loro sarebbero stati abbastanza maturi da capire.

Era stato difficile rompere con Dahlia all'università. Lo fu maggiormente dodici anni dopo, quando avevo molto più da perdere.

Mandammo i bambini dai suoi genitori e io mi misi a nudo.

Dalla sua espressione, capii che sapeva già tutto.

Ma certo che lo sapeva. Lo sapeva anche quando andavamo alla Duquesne. Allora, lei lo aveva ignorato. Aveva finto che la verità fosse una menzogna.

Ma io non le avrei permesso di ignorarlo più. Qualunque cosa lei dicesse.

"Tate, non farlo," fu la prima cosa che disse quando la feci sedere. Il suo viso era pallido e la sua gola ondeggiava quando deglutiva.

"Credo... No, so... Sono gay. Sono sempre stato gay. Non ho mai voluto ammetterlo ad alta voce. Vedevo come venivano trattati gli altri. Non lo volevo. Pensavo che col tempo quei sentimenti, quegli impulsi sarebbero spariti. Mi ero convinto che stessi sperimentando, anche se sapevo che mentivo a me stesso. Ho sbagliato. Sono stanco di vivere una bugia. Sono stanco di mentire a me stesso. A te. Ai bambini. A..." Presi fiato, non sapendo cosa dire, non sapendo come attutire il colpo. Un colpo che sicuramente Dahlia si aspettava da anni e di cui conosceva esattamente il motivo.

Il silenzio colmò lo spazio attraverso il salotto, dove lei era seduta su un divano e io sull'altro.

Alla fine, Dahlia scosse la testa, ignorando ancora una volta ciò che era palesemente di fronte a lei. Che poi era la ragione per cui era facile continuare a vivere la menzogna "Tu non sei gay."

"Dahlia..."

"No, Tate! Gli uomini gay non fanno sesso con le donne."

Si sbagliava enormemente.

"Al massimo, sei bi. Mi è sempre sembrato che ti piacesse fare sesso con me."

Appunto. *Sembrato.*

Ero stanco di fingere. Ero stanco della sciarada. Delle menzogne. Del rifiuto.

Di nascondere quello che ero dentro, facendo finta che l'apparenza fosse la mia intera personalità.

Indossando una pelle che non era la mia. Che forse non lo era mai stata.

Avevo interpretato il ruolo che mi era stato assegnato. Dai miei genitori, da Dahlia, persino dal mio datore di lavoro.

Come avrei potuto insegnare ai miei figli a essere onesti con loro stessi se io stesso non lo ero?

Non potevo. Non volevo venir loro meno. Ero venuto meno a Ronan, a Dahlia... a me stesso.

Se Ronan non avesse fatto parte della mia vita, se non avesse risvegliato quello che c'era dentro di me, quando lo avrei scoperto da solo?

Avrei sofferto senza sapere il perché? Non sarei stato in grado di individuare il problema?

Quel giorno, in salotto, Dahlia mi disse che avevo bisogno di terapia. Ero d'accordo. Ne avevo bisogno.

In quel momento, fra il divorzio e gli alimenti, il trasferimento a Pittsburgh e il nuovo lavoro, non potevo permettermela. Magari dopo che avrei cominciato a ricevere i benefit.

Ma Dahlia aveva parlato di terapia perché pensava che avrebbe potuto convincermi che non ero gay. Che avrebbe dimostrato che ero stato semplicemente innamorato di Ronan e che non ero attratto dagli uomini in generale.

Poteva darsi che lei avesse ragione. Che io non volessi un uomo qualunque, ma solo uno in particolare.

Quello di cui mi ero innamorato e che non sarei mai riuscito a dimenticare.

Quello che avevo tenuto nella mia testa e nel mio cuore negli ultimi dodici anni.

Trasferirmi nello stesso palazzo in cui viveva Ronan mi aveva gettato in grembo un'opportunità inaspettata di riparare ciò che avevo rotto tutti quegli anni prima. Ma lui avrebbe dovuto essere aperto e disponibile a provarci.

Non ero sicuro che lo fosse.

Forse non lo sarebbe mai stato.

Valeva la pena tentare. Per dirmi che almeno ci aveva provato, invece di nascondermi.

Invece di ignorare.

Avrei fatto quel tentativo. Anche se mi avesse ferito oltre ogni possibilità di guarigione.

Non avevo il suo numero. Non sapevo nemmeno in quale appartamento vivesse. Aveva solo un modo per contattarlo.

Il mio sguardo si posò sul telefono.

Mi costrinsi a camminare lentamente fino a al tavolo accanto al divano sul quale era appoggiato. Altrimenti, avrei corso. Approfittai di quei momenti per fare introspezione. Per assicurarmi di stare prendendo la decisione giusta.

A ogni passo che facevo, il mio parere cambiava.

Dovevo farlo? O non dovevo?

Era troppo presto per noi? O era troppo tardi?

Mi concentrai su quel telefono e una volta che lo ebbi raggiunto, lo fissai invece di prenderlo in mano.

Contai fino a dieci nella mia testa. Poi, ad alta voce, fino a venti.

Trassi un respiro profondo. Due.

'Fanculo.

Presi il telefono dal tavolo prima di poter cambiare idea, lo sbloccai e controllai l'ora.

Dopo aver aperto Grindr, scorsi i messaggi fino a trovare la conversazione con Ronan. Premetti il pulsante di risposta e digitai un breve messaggio. *Possiamo vederci sul tetto alle dieci?*

Per poco non aggiunsi "per favore," ma non volevo sembrare disperato come ero.

Inoltre, avevo bisogno di intimità, per cui volevo aspettare che la porta del tetto si bloccasse perché nessuno ci disturbasse.

E poi, se avessi finito per fare lo zerbino, non volevo che qualcun altro lo vedesse. Sarebbe stato già abbastanza patetico così.

Il tempo passò lentamente nella mia testa mentre aspettavo una risposta. Anche se lui avesse visto subito il messaggio – e poteva darsi, dato che l'aspetto del suo "frequentante" della settimana prima mi faceva pensare che fosse molto attivo sulla app – avrebbe potuto farmi aspettare di proposito.

In verità, avrebbe potuto farmi aspettare fino a due minuti alle dieci. Mancavano quasi due ore.

Non sapevo se sarei riuscito a restare aggrappato fino ad allora al filo sottile che stringevo.

Per fortuna, non dovetti aspettare. La risposta arrivò quasi subito.

Sai cosa fare quando arrivi.

Un altro messaggio arrivò prima che io potessi rispondere al primo.

Altrimenti, trovati un altro.

Era proprio quello il problema. Non c'era nessun altro. Avrei anche potuto cancellare la app, perché qualunque cosa sarebbe accaduto fra di noi quella sera, l'indomani, nei mesi e negli anni a venire, ora che avevo trovato Ronan, dubitavo che l'avrei più usata.

In precedenza, l'avevo scaricata e usata solo per disperazione.

Speravo che non avrei più avuto motivo di usarla, perché qualunque cosa lui avesse voluto da me, io gliela avrei data.

E qualunque cosa lui volesse da me, la volevo anch'io.

Anche se lui voleva umiliarmi, io glielo avrei permesso.

Lo meritavo e glielo dovevo.

Tutto quanto.

Non importava cosa fosse.

Aprii gli occhi non appena mi resi conto di averli stretti. Digitai la risposta. *Ti aspetterò.*

"Ma per favore, non farmi aspettare troppo," sussurrai al mio appartamento vuoto.

Tate (ora)

COME LE ALTRE due volte in cui avevo incontrato Ronan sul tetto – una programmata, una no – mi misi in ginocchio ad aspettare.

E aspettai.

Questa volta, avevo preso uno dei cuscini del divano e me lo ero messo sotto le ginocchia. Sì, avevo compiuto da poco trentacinque anni, ma le ginocchia e la piscina erano due dei motivi per cui avevo subaffittato un appartamento in quel palazzo. Era per colpa delle ginocchia che non correvo da qualche anno. Nuotare sforzava meno le giunture e in quel momento non potevo permettermi l'affitto *e* un'iscrizione in palestra.

Ronan e io correvamo tantissimo insieme all'università. In seguito, io avevo continuato per un po' per mantenermi in forma, fino a quando farlo non aveva cominciato a pesarmi. Le ultime due volte in cui mi ero messo in ginocchio ai suoi piedi, avevo dovuto nascondere la mia sofferenza.

Era anche per quello che l'ultima volta avevo scelto di inginocchiarmi sotto una pergola. Il legno era leggermente più morbido del cemento.

Ma se Ronan me lo avesse chiesto, mi sarei inginocchiato sul maledetto cemento fino a farmi sanguinare le ginocchia. E poi sarei rimasto in ginocchio ancora più a lungo.

Qualunque cosa lui volesse, ero disposto a dargliela.

Chiedevo solo il suo perdono.

Avrei voluto anche quello di Dahlia. Ma quella era un'altra, dolorosa questione.

Avevo molto lavoro da fare. Non solo su me stesso, ma anche sulle mie relazioni. Ciononostante, ero deciso a farlo.

Mi rifiutai di chinare il capo, questa volta, quando la porticina si aprì. Mi chiedevo perché Ronan usasse sempre un ingresso diverso, non segnato. C'era un altro modo per raggiungere il tetto? Un ingresso di servizio, magari?

In quel momento, ciò non era importante. A esserlo era l'uomo che stava uscendo da quella porta, con gli occhi marrone scuro fissi su di me mentre attraversava il tetto per raggiungermi.

Non avrei potuto distogliere lo sguardo nemmeno volendo. Come sempre, lui mi rubava il fiato proprio come mi aveva rubato il cuore.

Era molto più robusto di quando andavamo all'università. Muscoloso. Maturo. Era invecchiato bene.

Non sapevo quanti tatuaggi avesse, ma ero convinto che

fossero molti più di quelli visibili. A occhio e croce, il suo braccio sinistro aveva una manica completa. E a volte, quando la sua manica si sollevava mentre camminava, ne intravedevo altri sul bicipite destro. Forse un quarto di manica.

Quanti altri ne aveva nascosti?

Vedere tutto quell'inchiostro mi faceva capire che Ronan ormai non era più uno studente universitario. Era diventato un uomo.

Persino la sua falcata era decisa mentre attraversava con calma la distanza che ci separava.

All'università, avevamo lavorato insieme sul nostro fisico. Ma ora, lui era palesemente andato oltre quello che faceva la persona tipica.

Ogni centimetro scolpito del suo corpo era solido. Possente. La sua vita era sottile, le cosce robuste, i bicipiti gonfi. Il collo taurino.

Si era persino fatto crescere la barba. Una specie di pizzetto. All'università, ci aveva provato e il risultato era stato scarno e a chiazze, per cui se l'era tagliato. Soprattutto quando io lo avevo preso in giro ed ero arrivato a vantarmi di essere riuscito a farmi crescere una barba bella folta all'ultimo anno delle superiori, solo per sfotterlo.

Per un attimo, il ricordo della sua risata di quel giorno mi riempì le orecchie.

Quella sera, Ronan non rideva. Non sorrideva nemmeno.

Avrei dato qualunque cosa per rivedere il suo sorriso.

Assolutamente qualunque cosa.

Mi ero innamorato del suo sorriso prima di rendermi conto di essere innamorato dell'uomo a cui esso apparteneva.

Ronan si fermò di fronte a me, il viso una maschera indecifrabile.

"Ronan..."

Il suo sguardo mi squadrò dalla testa alle ginocchia piegate. "Sei vestito."

"Non sono venuto qui per fare sesso."

Le sue sopracciglia scure si aggrottarono. "Allora perché diavolo mi hai scritto?"

"Speravo che potessimo parlare."

"Di cosa?"

Stava facendo il finto tonto. Non c'era da stupirsi che volesse farmi lavorare.

Ma non sapeva che io ero disposto a farlo. Che ero disposto a fare di più che lavorare. Che ero disposto a lottare per noi.

Volevo una seconda possibilità, a qualunque costo.

Una possibilità di guarire la frattura.

Anche se ci attendeva una strada lenta e dolorosa.

Anche se avessi dovuto mettermi in ginocchio ogni maledetta sera e implorare il suo perdono.

Vederlo quella prima volta al pianterreno mi aveva spezzato in due un'altra volta. Sapevo che a lui aveva fatto lo stesso effetto, per cui speravo che mi avrebbe dato l'opportunità di riparare quella spaccatura. Forse persino al punto da renderla infrangibile.

Ma io non ero così stupido da pensare che sarebbe accaduto quella sera.

O l'indomani.

O anche la settimana dopo.

Ci sarebbero voluti tempo e pazienza. E forse anche sofferenza.

Qualcun altro avrebbe potuto pensare che la battaglia non ne valesse la pena.

Io sì.

Potevo solo sperare che lo pensasse anche Ronan.

Se lui lo avesse permesso, quella sera avrebbe potuto

essere il principio di quella battaglia. L'inizio di quella guerra.

Io ero pronto e avevo già indossato l'armatura. In ogni caso, non ero disposto a sdraiarmi e accettare con facilità la sconfitta. "Voglio che ci sediamo e parliamo, Roe."

Lui inclinò la testa di lato e gli angoli della sua bocca si abbassarono. "E a cosa servirebbe, *Harris*?"

Inalai un respiro calmante e sussurrai: "Non chiamarmi così."

"È il nome che usi nel profilo con cui cerchi da scopare. Mi hai scritto su Grindr e io intendevo trattarti come uno conosciuto su Grindr."

Ero deciso a fare del mio meglio per non discutere con lui. Proseguii come se non mi avesse provocato. "Credo che parlare sarà utile. Non solo a me, ma anche a te, e se dici che non è vero, menti." Immaginai la mia spina dorsale che veniva avvolta dall'acciaio. "Adesso mi alzo e vado a sedermi su quella sdraio." Accennai con il capo alla sedia alla mia sinistra. "Tu ti siederai su quell'altra e–"

"Non sono salito per questo."

"Lo so." Mi alzai lentamente in piedi, sussultando un po' per il dolore alle ginocchia. Presi il The Macallan che avevo posato a terra accanto a me e glielo porsi. "A proposito, ti ho riportato questa. L'hai lasciata qui l'altra sera."

Lui la fissò. "Puoi tenerla."

"Non la voglio. È tua."

Le sue narici fremettero mentre mi strappava la bottiglia di mano. "Anche tu eri mio. Ricordi?"

Fin troppo bene.

"Roe, per favore... siediti. Ti chiedo solo qualche minuto del tuo tempo. Tutto qui. Ho bisogno che tu mi ascolti. In cambio, sono disposto ad ascoltare qualunque cosa tu abbia da dirmi. Buona o cattiva."

"Ho già sentito tutto. Non solo, ma me lo sono sentito ripetere più volte qui dentro." Ronan si toccò una tempia.

Accennai alla sdraio vicino alla mia. "Siediti. Per favore."

Ronan abbassò la testa e fissò i propri piedi.

Erano nudi, il che mi sorprese. Indossava solo un paio di jeans aderenti e una maglietta stretta dei Linkin Park. Probabilmente gli andava piccola perché ricordavo che le indossava già all'università, e ora il suo petto e le sue braccia erano molto più grossi.

Continuai a fissarlo con intensità. Alla fine, lui sospirò e si sedette, ma la sua espressione rendeva palese che non era contento di quel cambio di programma. Probabilmente, era salito nella speranza che gli avrei lasciato di nuovo usare la mia bocca per il suo piacere.

Non ero contrario all'idea, ma solo se avessimo parlato. Volevo qualcosa da lui prima, se lui voleva qualcosa da me.

Non ci sdraiammo sulle sdraio; invece, ci sedemmo lungo i lati, fronteggiandoci con forse un metro e venti a separarci.

Vicini, ma ancora molto lontani.

Speravo di chiudere quella distanza. Non solo fisicamente.

"Parla, allora. Non ho tutta la notte."

"E tu mi ascolterai?" chiesi. "Oppure ignorerai tutto quello che dirò? Probabilmente, lo stai già facendo adesso."

"Mi biasimi?" Il suo volto si contorse leggermente prima che lui si affrettasse ad appiattirsi. "Mi hai spezzato il cuore, Tate."

"Non credi che si sia spezzato anche il mio?" Le mie parole erano cariche di rimorso e di tristezza. Roe doveva capire che allora io avevo sofferto quanto lui. Che soffrivo ancora. A differenza di lui, non lo avrei nascosto.

"Me lo hai *schiacciato*, cazzo."

Chiusi gli occhi per un attimo perché, sebbene nella mia

voce ci fosse del rimpianto, la sua era carica di tormento puro. E che lui soffrisse faceva soffrire anche me. Dato che ero io la causa di quell'agonia, avrei voluto poterla semplicemente cancellare. "Per quel che vale, mi dispiace. Non posso riprendermi indietro nulla. Non importa quanto lo vorrei. Vorrei aver saputo allora quello che so adesso. D'altronde, sono sicuro che la maggior parte della gente vorrebbe la stessa cosa. Ma non si può tornare indietro. Si può solo andare avanti. Voltare pagina."

"Io ho voltato pagina, Tate. Non mi hai lasciato altra scelta."

"Di nuovo, mi dispiace, Roe. È stato l'errore più grosso della mia vita. L'unico aspetto positivo sono i miei figli. Senza Dahlia, non li avrei avuti."

Un suono si incastrò nella gola di Ronan. Il suo sguardo si fece tagliente come un coltello. "Avresti potuto averli con me. Non ho mai escluso quella possibilità. Non ti ho mai detto di non volere dei figli."

"Il problema era che *io* non sapevo cosa volessi, Roe. Non ci capivo più un cazzo, perché non avevo mai avuto una relazione con un uomo. Come ben sai, di sicuro non aveva mai avuto rapporti intimi con uno di loro. Sesso a parte, non mi ero mai nemmeno innamorato di uno di loro. Ero confuso. Spaventato. Insicuro delle mie scelte. Un attimo prima pensavo di aver capito tutto e quello dopo lo rimettevo in discussione. Ed ero sicuro che la mia famiglia non l'avrebbe presa bene... Ecco... La verità è che le mie scelte di allora mi facevano sentire soffocare. Come se stessi annegando."

"Mi avevi nascosto tutto."

"Non tutto." Avevo nascosto parecchio, nella speranza che si sistemasse da solo. Anche se avevo cercato di essere il più aperto possibile con lui, non era bastato.

Ancora una volta, la colpa era mia, non sua.

"La maggior parte," si corresse Roe. "Ma comunque, quello che hai fatto..." Scosse la testa. "Quello che hai fatto è imperdonabile."

"Lo so. Ho peggiorato le cose dicendomi che quello che c'era fra di noi era solo sesso. Esplorazione. Due ragazzi che cercavano di orientarsi in un contesto sicuro."

"Ragazzi? Non direi. Solo sesso?" Lui scosse di nuovo la testa. "No che non lo era. Puoi provare a convincerti che lo fosse, se ti aiuta a gestire un po' più facilmente il senso di colpa, ma è una menzogna a cui non credi nemmeno tu, Tate. Io lo so e tu lo sai. Siamo stati insieme per due cazzo di anni. O pensavo che stessimo insieme. Riflettendoci, ne dubito."

"Stavamo insieme."

"Allora dimmi... Com'è che Dahlia è rimasta incinta, Tate?"

"Ti ho spiegato quello che è successo."

"Sì," sbuffò lui. "Me lo hai spiegato benissimo. Ma questo non cambia quello che hai fatto. Ce lo hai messo nel culo a tutti e due, Tate. A me e a Dahlia. E non parlo di sesso."

Aprii la bocca per scusarmi per la centesima volta, ma mi trattenni. Avevo già detto innumerevoli volte a Roe e a Dahlia quanto mi dispiaceva. Ma le parole non bastavano. Ci volevano i fatti.

Era per quello che ero lì, seduto davanti a lui, a fronteggiare il passato. Il *nostro* passato.

Se non altro, speravo di dissipare almeno l'amarezza che aveva nei miei confronti. L'amarezza che avevo nei confronti di me stesso. E di aiutarci entrambi a guarire.

"Allora, ho cercato di convincermi che stessi facendo la cosa giusta. Anche se, nel profondo di me, sapevo..." Esalai il fiato, cercando di allentare l'immenso nodo che avevo nel petto. "*Sapevo* che non lo era. Ma mi sembrava di percorrere una strada su cui non avevo il controllo, una strada da cui non sapevo come uscire. Il mio errore è stato scegliere il percorso di minor resistenza."

"Avresti potuto restare accanto a Dahlia senza lasciare me."

"Avrei potuto, ma ero già stato abbastanza egoista. Stavo cercando di sistemare le cose."

"E lo stai facendo anche adesso."

"Sì. Non voglio che tu mi odi."

Ronan si passò le dita fra i corti capelli scuri. "Troppo tardi per quello, Tate. Quella nave è partita un sacco di tempo fa, cazzo."

"E voglio smettere di odiare me stesso. Non fa bene ai miei bambini."

Lui mi fissò. "A proposito, che fine ha fatto l'altro?"

Merda. Non potevo evitare nemmeno quello. Per quanto volessi farlo.

"Il più grande," continuò lui mentre io cercavo disperatamente di comporre una risposta per non spegnermi completamente. "Dovrebbe avere, quanto? Dodici anni?"

"Undici."

"Era maschio o femmina?"

"Maschio."

All'improvviso, l'aria fra di noi si colmò di una pesantezza tale da opprimermi il petto, dandomi la sensazione che qualcuno mi stesse trattenendo sott'acqua senza avermi dato prima la possibilità di prendere fiato.

Forse era stata una pessima idea. Avrei potuto lasciar perdere. Avremmo potuto semplicemente ignorarci a vicenda e vivere ognuno la propria vita.

Cominciavo a temere di aver combinato un'altra volta un casino.

Tuttavia, non era certo una novità.

Capitolo undici

"Dimmi, che fine ha fatto quel bambino? La scusa che avevi usato per sposare Dahlia perché era rimasta incinta *dopo* che l'avevi lasciata? Nessuno dei bambini con cui ti ho visto ha anche solo lontanamente undici anni, Tate. Anche il motivo che hai usato per lasciarmi era una menzogna?"

Non mi sarei mai aspettato che la conversazione toccasse quell'argomento. Mi ero detto che, in futuro, sarebbe stato necessario parlare di ciò che era successo, ma non quella sera. Mi aspettavo tutto, tranne quello. "Non era una menzogna."

"Allora?"

Faticai a trarre il respiro successivo. "Il bambino è nato morto."

Ronan si ficcò i gomiti nelle cosce e si sporse in avanti, chiudendo leggermente il varco fra di noi. "Come?"

Ma certo che non mi aveva sentito. Le parole che avevo pronunciato erano state al tempo stesso silenziose e assordanti.

Mi schiarii la voce arrochita e ritentai. "È nato morto."

Ne parlavo di rado, perché mi lacerava ancora come se fosse successo il giorno prima. Era un giorno che non avrei mai dimenticato.

Mi premetti i pollici contro le orbite oculari per alleviare il bruciore.

"Tate..."

Scossi la testa e sollevai una mano perché lui potesse darmi il momento di cui avevo bisogno. Per riprendermi. Perché se non lo avessi fatto, sarei caduto a pezzi e non avrei potuto proseguire.

Sebbene quella fosse una discussione importante, non volevo perdere di vista il motivo per cui avevo voluto incontrare Ronan sul tetto.

Sorprendentemente, lui tacque e aspettò, ma io avevo paura di guardarlo. Non volevo vedere la compassione nei suoi occhi.

Forse avevo il timore di non vedere la minima empatia. Temevo di scoprire che Ronan Pak era freddo e senza cuore e che io non l'avevo mai davvero conosciuto.

Invece, infilai le dita attorno alla catenella nera che indossavo sempre e tirai fuori il pendente nascosto sotto la camicia. Lo strinsi fra le dita e lo tenni lì per qualche istante prima di sollevarlo in mezzo a noi.

"Questo è mio figlio..." Azzardai un'occhiata a Ronan.

Aveva la fronte aggrottata mentre fissava ciò che avevo in mano. "Non capisco."

Voltai il simbolo del cerchio della vita, me la misi al centro del palmo e allungai la mano per quanto consentito dalla lunga catena. "Lo abbiamo chiamato Connor."

Ronan prese il pendente rotondo dal mio palmo e si chinò per leggere il nome di Connor e la data di nascita che avevo fatto incidere sul retro. La grafia era piccola, ma l'unico che aveva bisogno di vederla ero io.

E ora Ronan.

"In realtà è un'urna, che ho fatto riempire con una parte delle ceneri di mio figlio. Non me lo tolgo mai."

I suoi occhi scuri corsero dal pendente fra le sue dita al mio viso. "Mai?"

"Non ho mai avuto motivo di farlo. Non ancora. Lo indosso perché lui sia sempre con me."

Ronan passò il polpastrello del pollice avanti e indietro sulle minuscole lettere e numeri incisi mentre li fissava.

La sua espressione non tradiva nulla.

Ma vedere quel gesto...

Ero felice di essere già seduto, perché altrimenti avrei rischiato di cadere in ginocchio.

Quando lui ebbe finito, invece di limitarsi a mollare la presa sul pendente e lasciarlo ricadere contro il mio petto, si allungò e lo rimise al suo posto. Vicino al mio cuore.

Avrei voluto toccarlo mentre era così vicino, ma non lo feci e attesi che lui si rimettesse comodo.

Il pendente era ancora caldo dal suo tocco quando io lo presi e lo misi di nuovo sotto la camicia. Allora, il calore residuo di Ronan sfiorò la pelle del mio petto.

"Mi dispiace per il tuo lutto, Tate. Davvero. Deve essere stato devastante e non so se ci si possa davvero riprendere da un trauma del genere, ma..." Fece una pausa, come se stesse riflettendo attentamente su cosa dire dopo. "Tu mi hai chiesto di venire qui per chiarire le cose, giusto?"

Era vero. "Sì, speravo di sì."

"Allora sarò brutalmente onesto. Anche dopo quello che mi hai appena detto."

"Non desidero altro."

Lui annuì. "Ti darò quello che vuoi. Onestà brutale."

Deglutii faticosamente.

Ronan era rimasto fuori dalla mia vita per dodici anni. Non sapevo cosa gli fosse successo fra quel tempo e ora, per cui non avevo idea di quanto potesse essere brutale. Tuttavia, ero disposto a fare tutto il necessario.

Anche se significava lasciarsi strappare in due.

Mi preparai mentalmente inalando a fondo, piantandomi entrambe le mani sulle cosce e assicurandomi di avere i piedi per terra. Annuii, segnalando che ero pronto.

"Se l'hai sposata solo perché lei era rimasta *accidentalmente* incinta... Capisco rimanere per un po' con lei dopo un lutto così grave, ma... Ed è qui che le cose cominciano a non avere senso per me... Dopo che vi siete sostenuti e consolati a vicenda, tu sei *rimasto*. Sei rimasto abbastanza a lungo per avere altri due figli. *Due*, Tate. Che immagino fossero programmati. Potrei sbagliarmi, ma scommetto di no."

"So che non puoi capire, Roe–"

"Questo è verissimo."

"Dimmi, come avrei potuto andarmene allora? Eravamo entrambi distrutti. È stata una perdita gravissima, che ci ha schiacciati entrambi. A peggiorare le cose era il fatto che lei aveva portato a termine la gravidanza. Solo per... Solo per..."

"Ripeto: lasciando perdere il motivo per cui l'hai sposata, è il motivo per cui sei rimasto dopo la perdita di tuo figlio che fatico a interpretare."

"Senso di colpa. Aspettative. È un elenco infinito, Roe. Perché la gente rimane? La amavo? Sì. Amavo te? Certo. Amavo lei più di te? No. Ma le avevo fatto una promessa e volevo davvero mantenerla. A onor del vero, non è stato solo il senso di colpa a farmi restare; è stato il fatto che non ero convinto di essere strettamente gay. Mi ero convinto di poter vivere una vita da etero ed essere felice. Mi sbagliavo." Avevo cercato di vivere la mia vita sulla base delle aspettative delle persone che mi circondavano. Dei miei. Di Dahlia e della sua famiglia. Del mio lavoro.

Avevo cercato disperatamente di fare la cosa giusta e avevo finito col commettere altri torti.

"Sì, ti sei sbagliato, perché alla fine non hai mantenuto i voti nuziali, vero?"

La lama che Roe impugnava era affilata e mi tagliò come burro. "Hai ragione. Non ho mantenuto i voti nuziali."

"Voti che non avresti mai dovuto pronunciare. Sì, sono duro. E non intendo scusarmi... Perché, Tate – di nuovo, sono brutalmente onesto – per anni ho sospettato che la gravidanza di Dahlia non fosse stato un incidente nemmeno allora. E questo ha peggiorato ancora di più le cose."

Il sangue mi defluì dal viso. Conoscevo la verità, naturalmente. Ma non l'avevo mai usata come arma contro Dahlia, anche se avrei dovuto farlo. Tuttavia, non importava se lei mi aveva teso una trappola o meno: il bambino che aveva dentro era comunque mio. Io ero responsabile di lui. E di conseguenza, mi sentivo responsabile di lei.

"Non l'avevo programmato."

"Non parlo di te."

Lo fissai e, dopo qualche istante, annuii. "Purtroppo, ci avevi visto giusto."

"Non dovevi sposarla per forza, Tate."

"All'epoca, ho fatto quello che ritenevo giusto, Roe."

"Giusto per chi?"

"Per me, Dahlia e il bambino."

Ronan annuì e sussurrò: "Già."

Quel *già* pronunciato a bassa voce fu come un pugno nel petto.

Ronan si era sentito scartato. La mia decisione di fare la "cosa giusta" si era rivelata sbagliata. Gli aveva fatto molto male. Lo capivo.

Avevo rotto con Dahlia per stare con lui. Poi, nemmeno due anni più tardi, avevo fatto dietro front e avevo lasciato lui per tornare con Dahlia.

Quella brusca sterzata aveva procurato un colpo di frusta a tutti e due.

Ma io non avevo mai smesso di amarlo.

Mai.

E volevo dimostrarglielo. Compensare quello che gli avevo fatto. Quello che lui non meritava.

"Amavi Dahlia a sufficienza da sposarla. Avere altri figli con lei. Volontariamente, Tate. Non perché lei ti avesse ingannato per una seconda e una terza volta."

"Hai ragione."

"Certo che ho ragione. Per cui, tu dovresti capire che questo rende tutto ancora peggiore per me. Dopo aver pianto la perdita di tuo figlio, dopo aver cominciato a guarire, non sei venuto a cercarmi. Sei rimasto dov'eri. Perché? Perché era più facile. Avere una moglie, adeguarti alle aspettative della tua famiglia e agli standard della società era decisamente più facile che essere gay e avere un marito, vero?" Roe sollevò una mano. "Non devi rispondere. Lo so già. E indovina perché? Perché quando ho compiuto diciott'anni ho deciso che non avrei permesso a nessuno di impedirmi di essere quello che sono. Sono stato onesto con me stesso. Tu no. E la cosa peggiore è che... Io ci sarei stato. Ti avrei aiutato. Sarebbe stato facile? No. È facile adesso? No. Ma sai una cosa?"

Ronan si alzò di scatto e io lo imitai immediatamente.

"Almeno io non mento a me stesso né a nessun altro." La voce gli si ruppe quando disse: "Ti amavo. Non puoi dire che non lo sapevi, perché ti ho detto quelle parole un sacco di volte. Ma per me non erano solo parole: ero sincero. Tu mi hai ripetuto quelle due parole innumerevoli volte e io ci ho creduto, Tate. Ci ho creduto, cazzo. Pensavo che saremmo rimasti insieme per sempre. Ho sbagliato a crederlo e ho sbagliato a credere in te." Scosse la testa e si allontanò, le falcate ampie che lo portavano rapidamente via da me e dalla conversazione che io volevo proseguire.

La conversazione non era finita. Non poteva esserlo. Non ancora.

"Ero sincero, Roe. Lo sono ancora," gridai alla sua schiena che si allontanava. "Sono disposto a tutto per noi. Dimmi solo cosa devo fare!"

All'improvviso, lui girò sui tacchi e fece due passi nella mia direzione, il volto una maschera di rabbia. Con le mani strette a pugno e le spalle ritratte rigidamente. "Rispondi a questa domanda, Tate. Mi avresti cercato se non ti fossi trasferito per sbaglio nel mio palazzo? Mi avresti contattato per sistemare le cose se l'occasione non ti fosse caduta in grembo?"

Non intendevo mentirgli. Mai più. Per cui gli diedi la verità, anche se ciò avrebbe danneggiato le mie possibilità di ripararci in futuro. Deglutii per cercare di alleviare la strettezza nella gola. "Non lo so. Forse no. Onestamente, non pensavo che avresti voluto più rivedermi."

"E avevi ragione." Con un rigido cenno del capo, Ronan si voltò e si incamminò di nuovo verso quell'ingresso secondario.

Lo seguii di corsa. Dovevo fermarlo. Non mi importava se mi avrebbe dato un pugno. In quel momento, non mi sarebbe importato nemmeno se mi avesse buttato giù dal tetto o affogato nella piscina.

L'unica cosa di cui mi importava era l'uomo che stava cercando di fuggire.

"Pensavo anche di proteggerti rimanendo lontano!"

Voltando solo la testa, Ronan disse sarcastico: "Proteggere *me*? O te stesso?"

"Ora mi rendo conto che, restando lontano, ho fatto l'esatto contrario. Che ti ho fatto ancora più male."

Lo raggiunsi proprio mentre lui tirava fuori il cellulare dalla tasca posteriore e lo muoveva di fronte al lettore di tessere accanto alla porta. Allungai un braccio e picchiai la mano contro la porta per impedirgli di aprirla e sparire.

Avevo scelto la strada più facile troppe volte in passato. Ora dovevo scegliere quella più difficile. Quella che mi avrebbe fatto soffrire.

"La verità, Roe... è che avevo anche paura. Avevo paura di scoprire che tu avevi trovato qualcun altro da amare quanto o anche più di me. Che fossi riuscito a trovare la felicità con qualcuno che non ero io. Anche se avresti meritato ogni grammo di quell'amore e di quella felicità. Per cui, sì... Forse stavo proteggendo anche me stesso."

Lui si immobilizzò mentre mi modellavo contro la sua schiena, il calore dei nostri corpi che si mescolava, e avvicinavo la bocca al suo orecchio. "Roe, sono disposto a fare qualunque cosa tu voglia. Sono disposto a lottare per redimermi. A lottare per *noi*."

Nessuno di noi due si mosse per un istante.

Gradualmente, poi, Ronan si voltò verso di me. Lo avevo bloccato con il mio corpo e il braccio premuto contro la porta. Sebbene fossimo di altezza simile, lui era molto più forte di me e avrebbe potuto facilmente spingermi o buttarmi a terra.

Con lentezza tormentosa, lui inclinò la testa e avvicinò la bocca al mio orecchio. "Io... no."

Il suo fiato caldo mi fece rabbrividire e un sibilo sommesso mi sfuggì dalle labbra. Non gli nascosi nulla. Volevo che sapesse quanto effetto mi faceva ancora. Quanto lo volevo ancora.

E speravo che, alla fine, avrebbe capito quanto ancora lo amassi.

Ma la mia reazione non era dipesa da quello che aveva detto. Era dovuta al fatto che stava mentendo. Glielo vedevo negli occhi mentre lui cercava di nasconderlo. La sua erezione cominciò a crescere fra i nostri corpi stretti l'uno all'altro. E lui sicuramente sentiva la mia, provocata dalla nostra prossimità. Dal suo profumo. Dalla vicinanza delle nostre labbra.

Il suo labbro si arricciò mentre lui ruggiva: "Vaffanculo."

Fu in quel momento che mi stancai.

Mi ero stancato di lasciare che fosse lui a controllare la narrazione. Di lasciare che continuasse a trattarmi come stava facendo.

E di essere così dannatamente cocciuto.

Ritrovai il rispetto di me stesso. La forza. Il coraggio. E li indossai come un mantello.

Sì, ero disposto a lottare e stavo per dimostrargli quanto duramente avrei lottato per *noi*.

Usando il petto, lo spinsi all'indietro fino a quando non fu premuto fra me e la porta.

Mi allungai, gli afferrai la faccia e schiacciai la bocca contro la sua.

Non implorai. Non chiesi nemmeno.

Presi quello che volevo.

Avevo visto quello che c'era dietro i suoi occhi e gli avrei dimostrato che sapevo che stava mentendo.

Sì, ce l'aveva ancora con me, ma nel profondo... Anche lui mi amava ancora.

Lo avevo *visto*.

E avevo visto che amarmi lo rendeva furioso. Ma ciò mi dava la minuscola speranza che lui potesse superare quella rabbia. E quando lo avrebbe fatto, io lo avrei aspettato dall'altra parte.

All'inizio, sebbene lui non si opponesse al bacio, non partecipò nemmeno.

Ma non mi sarei arreso così facilmente.

Mossi le labbra contro le sue, accarezzai la sua lingua con la mia. Continuai a esplorargli la bocca mentre un gemito mi sfuggiva e rimaneva intrappolato fra di noi.

Le nostre erezioni erano ora furiose e io mossi leggermente il bacino in modo che si sfiorassero. Un ricordo di quello che avevamo una volta. Di quello che potevamo avere di nuovo.

Lo feci ancora e ancora, ogni volta con più ardore.

Fino a quando, finalmente...

Finalmente...

Lui cedette. Con un ringhio, mi spinse la lingua fuori dalla sua bocca e saccheggiò invece la mia. Se voleva guidare quella danza, lo avrei lasciato fare. Per il momento. Ma non appena avesse smesso di collaborare, avrei ripreso il controllo.

Mentre le nostre lingue si intrecciavano e le nostre labbra si muovevano, allungai una mano verso il bottone dei suoi jeans. Veloce come il fulmine, lui mi strinse il polso in una presa salda e dolorosa, fermandomi.

Mi ritrassi e interruppi il bacio.

Roe aveva gli occhi chiusi e le labbra leggermente schiuse. Ansimava come me.

Aspettai, sperando di non aver rovinato tutto spingendolo troppo in là troppo in fretta.

Quando finalmente lui riaprì gli occhi, aveva le pupille dilatate mentre mi fissava.

Non c'era più rabbia nel loro marrone scuro; era stata sostituita dall'angoscia.

Forse anche da un pizzico di paura.

"Non posso rifarlo," gli uscì di bocca in un sussurro spezzato. Ciò detto, lui mi sferrò una manata al petto, costringendomi a indietreggiare. Non mi ero preparato.

Mentre riprendevo l'equilibrio, lui ebbe il tempo sufficiente a girare su se stesso, sbloccare nuovamente la porta con il telefono e svanirci dietro prima che io potessi fermarlo.

Il suono della porta che si chiuse sbattendo riecheggiò sul tetto come uno sparo.

Ma non intendevo arrendermi. Non adesso.

Ora avevo una speranza e ci sarei rimasto aggrappato fino a quando non mi sarebbe sfuggita completamente. Finché non avrebbe cessato di esistere.

Strattonai la maniglia della porta. "Roe!"

Naturalmente, era chiusa a chiave.

Tirai fuori la tessera dalla tasca posteriore e la passai. Lampeggiò una luce rossa.

Cazzo.

Non era finita. Nemmeno lontanamente.

No, quello era solo l'inizio.

L'inizio della nostra seconda occasione.

Ne ero sicuro.

⁂

Ronan (ora)

Sbattei la schiena contro la porta e scivolai fino a quando il mio sedere non toccò terra. Avvolsi le braccia attorno alle ginocchia e vi lasciai ricadere la testa.

Non riuscivo a smettere di tremare né a riprendere fiato.

Stringere gli occhi non servì ad alleviare il bruciore. O a impedire che qualche lacrima calda mi scivolasse lungo le guance.

Ero più forte di così.

Davvero.

Ma Tate mi aveva inferto un colpo con una spada affilata di fresco, tagliandomi le ginocchia.

Il martellare sulla porta d'acciaio si riverberava sulla mia schiena.

Il mio nome gridato riusciva comunque a filtrare.

Mi trattenni dal coprirmi le orecchie.

Ma non ero in grado di fuggire.

Non riuscivo a scendere la scala a chiocciola per tornare al mio attico vuoto.

Non ancora.

Ero seduto proprio al centro. Fra il passato e il futuro.

Dovevo decidere se scendere quei gradini o tornare sul tetto.

Non feci nessuna delle due cose.

Rimasi dov'ero, come paralizzato.

Alla fine, il mio nome svanì e il martellare cessò. Ma quando lo fece, io fui al tempo stesso sollevato e deluso.

Vuoto e solo.

Arrabbiato e spaventato.

Preoccupato del fatto che forse non sarei mai riuscito a perdonarlo e avrei lasciato che quella cosa mi divorasse per il resto della mia vita.

Tate voleva lottare per noi.

Pretendeva che io ci dessi una seconda possibilità.

Desiderava riportarci a un'epoca in cui le cose erano diverse.

In cui io avevo speranza.

In cui sognavo un futuro, una famiglia, un lieto fine.

Stava cercando di farmi capire che avrei potuto ancora avere tutte quelle cose.

Che stavolta, tutto avrebbe funzionato.

Ma la paura di lasciare che ciò accadesse per poi perderlo un'altra volta mi divorava. Non potevo correre il rischio.

Avevo perso un pezzo di me quando lo avevo perduto la prima volta. Un pezzo che solo lui era stato in grado di inserire al proprio posto, ma che alla fine non era stato più disposto a darmi.

Ripensandoci, magari era qualcosa che lui non era *mai* stato disposto a darmi.

Forse, allora, nessuno di noi lo sapeva. Forse avevo ignorato i segnali palesi. E quello che era successo con Dahlia aveva dato a Tate una scusa perfetta per allontanarsi.

Dovevo ricordare quello che aveva fatto. Quello di cui era capace. Quanto male era in grado di farmi, anche quando insisteva di non averne l'intenzione.

Dovevo proteggere me stesso e avvolgere il mio cuore nell'acciaio, facendo la guardia ai miei sentimenti.

Essendo prudente.

Senza cedere facilmente alla tentazione di perdonarlo per qualcosa che avevo sempre considerato imperdonabile.

La sera in cui gli ero venuto in faccia scopandolo in bocca, ero riuscito a fingere che fosse qualcun altro.

Ma poco prima, quando lui si era premuto contro di me e mi aveva baciato, fingere era stato impossibile.

Capitolo dodici

Ronan (allora)

"Devi dirglielo, Tate. non è giusto nei suoi confronti." E nemmeno nei miei. Era come se lui si tenesse buona Dahlia per *sicurezza*.

O se si tenesse buono me. Per sicurezza.

Non avrei dovuto essere il numero due nella sua vita. E nemmeno Dahlia. Anche se lei non si era mai affezionata a me, ciò non significava che volessi vederla soffrire.

Ma se Tate voleva stare con me, doveva lasciar andare lei. Oppure stare con lei e lasciar andare me. Doveva smetterla di tenere il piede in due scarpe. Sennò sarei stato costretto a togliergliene una io stesso.

"Lo farò."

Trattenni un sospiro carico di frustrazione. "Quando?" Era trascorso più di un mese da quella sera nel suo letto dopo la festa. Gli avevo generosamente concesso quattro settimane per decidere.

"Non appena capirò cosa dire. Voglio darle la notizia con

delicatezza, Roe. Non abbiamo mai litigato. Non c'è mai stata tensione fra di noi. Non capirà perché la lascio all'improvviso. Soprattutto quando avevamo già discusso di un futuro insieme."

Smisi di camminare. Stavamo tornando alla mia stanza dopo una corsa. Era autunno inoltrato, ormai: le foglie cadevano e l'aria fresca ci vorticava attorno.

Il giorno prima era persino caduta una spolverata di neve e non era ancora il Ringraziamento. Ecco un'altra cosa di cui dovevo discutere con lui. Le vacanze del Ringraziamento e di Natale.

Stando a quanto aveva accennato Tate, Dahlia aveva intenzione di tornare a casa con lui per il Ringraziamento nella settimana a venire, dopodiché lui aveva in programma di andare a trascorrere il Natale e il Capodanno dai genitori di Dahlia. Ciò significava che avrebbe dovuto lasciarla presto.

"Che ne diresti di dirle la verità?" gli chiesi.

Tate si ammutolì.

Non mi piaceva quel silenzio. Mi preoccupava.

E mi faceva incazzare.

Non avevo mai insistito, perché mi rendevo conto che lui era ancora molto confuso e avevo cercato di essere paziente. Quello che c'era fra di noi era ancora molto nuovo, così come la sua scoperta di essere attratto dagli uomini.

O almeno da un uomo. Il sottoscritto.

Avrei continuato a cercare di essere comprensivo, ma ero stufo di essere paziente.

Dato che si era fermato accanto a me sull'ampio marciapiedi, mi misi di fronte a lui in modo da fronteggiarlo. Quella era una conversazione seria e probabilmente non avremmo dovuto averla lì.

Avrei dovuto aspettare che fossimo nell'intimità della mia stanza, dato che Dom era andato a trovare la sua ragazza e sarebbe tornato l'indomani, ma quel pensiero continuava a rodermi. E poi, temevo che se avessi portato Tate nella mia stanza e ci fossimo spogliati, avrei lasciato perdere un'altra volta.

Non potevo. Non più.

Il problema era che tutto ciò a cui avevo pensato mentre correvamo fianco a fianco per le strade e i sentieri dentro e attorno al campus era che Tate non lo aveva ancora fatto.

E il perché.

Tate passò lo sguardo sui paraggi per assicurarsi che nessuno potesse sentirci. Un segnale palese, prima ancora che lui aprisse bocca, che non voleva che nessuno sapesse cosa stava succedendo fra di noi, che da amici eravamo diventati amanti.

"Possiamo tenerlo fra noi per il momento e lasciare che io mi abitui all'idea? Non sono pronto a subire i rimbrotti della mia famiglia o dei miei coinquilini. E nemmeno dei nostri compagni di corso. Per te non è una novità, ma per me sì e io non sono ancora pronto a uscire allo scoperto e ritrovarmi con un'etichetta appiccicata addosso. Non sono nemmeno sicuro di quale sarebbe quell'etichetta, Roe. Voglio assicurarmi di avere le idee ben chiare prima di uscire allo scoperto, sempre che io abbia bisogno di farlo. Non ero mai stato attratto da altri uomini, prima... E se è capitato, non mi sono soffermato a pensarci."

Ed ecco la parte che mi preoccupava di più: *sempre che io abbia bisogno di farlo.* Ciò significava che Tate stava pensando alla possibilità di negare quello che era. Perché io sapevo che cosa era, che lui rifiutasse di ammetterlo o meno.

Si sapeva che certi uomini avevano rinunciato per tutta la vita al loro vero essere, arrivando persino a sposare donne e ad avere dei figli per convincersi di essere *quella* cosa, e poi vivere una vita miserabile piena di bugie.

Alcuni arrivavano persino a suicidarsi. Non potevano uscire allo scoperto, ma non potevano neanche restare chiusi nel proverbiale sgabuzzino. Avevano alleviato la loro agonia nell'unico modo che conoscevano.

Io sapevo chi ero già da anni. Ma all'inizio, pure io avevo dubitato dei miei pensieri e dei miei sentimenti. E in principio, anch'io avevo esitato a uscire allo scoperto. Sapevo che era rischioso, perché una volta uscito da quello sgabuzzino, sarebbe stato difficile, se non impossibile, rientrarci. Dovevo stare o dentro o fuori. Non era realistico pensare di tenere un piede dentro e uno fuori.

In quel momento, Tate stava provando a fare proprio quello. Aveva un dito nel mio mondo e un intero piede nell'altro.

Ma se non avesse piantato entrambi i piedi da una parte o dall'altra, o anche un piede solidamente da entrambe le parti nel caso fosse bisessuale, prima o poi avrebbe perso l'equilibrio.

Sebbene capissi il motivo della sua cautela, non ero contento, perché significava che non potevamo essere "allo scoperto" insieme come coppia. Dovevamo nasconderci dietro porte chiuse, tenerci per il mignolo sotto i banchi e fingere di studiare quando quello che stavamo imparando non era nei libri di testo.

Capivo anche che tutti noi dovevamo seguire la nostra strada per scoprire noi stessi, ognuno con i propri modi e tempi, e non intendevo costringere Tate a fare nulla che lo mettesse a disagio.

Tuttavia, che lui non dicesse la verità a Dahlia era il problema più grosso che avevo con l'intera faccenda. Quello che c'era fra di noi, malgrado potesse essere cominciato per lui come un esperimento, era ora ben altro. Il sesso si era fatto più serio. E il nostro legame era diventato molto più forte. Eravamo inseparabili.

Tate e io trascorrevamo più tempo insieme di quanto lui ne trascorresse con Dahlia.

"Tate, non ho problemi a concederti quel tempo, ma ne ho con il fatto che stai tenendo Dahlia in sospeso. Ed è qui che intendo prendere posizione. Non faremo più sesso fino a quando non saprò che hai rotto con lei. E se non vuoi farlo, allora *noi* romperemo."

Una delle mie preoccupazioni, a cui pensavo fin troppo spesso, era che se lui era in grado di mentire a Dahlia, poteva mentire a me con altrettanta facilità. Quel timore era il motivo per cui non intendevo più restare in disparte e lasciarlo fare.

Se voleva nascondere la sua sessualità a tutti gli altri, per il momento, andava bene. Ma come minimo doveva smetterla di creare illusioni a Dahlia, lasciandola pensare che fra di loro andasse tutto bene.

Non era così.

Dovetti scavare profondamente per dargli il mio ultimatum. "Di conseguenza, invece di venire nella mia stanza, devi tornare a casa tua e pensare a cosa dirle, e rompere con lei questa sera. Se non vuoi farlo, dimmelo subito."

Trattenni il respiro mentre aspettavo la sua risposta.

"Roe..."

Esalai il fiato che avevo trattenuto e scossi la testa. Non sopportavo più la sua indecisione. "Non posso permettere che andiamo avanti così. Per quanto voglia stare con te, non potrò farlo finché tu non deciderai con chi vuoi stare. Se non si tratta di me, capirò. Ma non voglio investire più di quanto ho già fatto, Tate. Più il nostro rapporto si approfondisce, più difficile sarà se tu deciderai che non vuoi stare con me e preferisci stare con una donna. Che sia Dahlia o meno."

Aprii la bocca per dirgli che lo amavo, ma non glielo avevo ancora detto e non volevo che ciò pesasse sulla sua decisione. Doveva stabilire quello che voleva davvero e non lasciarsi influenzare da quello che io volevo disperatamente.

Per cui, lo tenni per me.

L'unica speranza a cui mi aggrappavo era che tutti i segnali indicavano che anche lui si era innamorato di me. Naturalmente, nemmeno lui aveva pronunciato quelle parole.

Invece di rivelare quanto Tate era importante per me, sussurrai: "Se non vuoi farlo per te stesso o per Dahlia, fallo per me, ti prego. Non posso andare avanti così. Ti voglio completamente oppure non ti voglio per nulla, Tate."

Lui annuì, anche se la sua espressione non mi diceva molto. "Glielo dirò a cena."

Lo presi come un segno che finalmente lo avrebbe fatto davvero, dopo tutte le volte che me lo aveva assicurato. Ma non avrei trattenuto il fiato nell'attesa.

Ci fissammo a vicenda per qualche istante di silenzio, entrambi pienamente consapevoli che eravamo nel bel mezzo del campus. Avrei voluto allungarmi, ma sapevo che, se lo avessi fatto, sarebbe stato palese che eravamo più che amici.

Invece, chiusi strettamente le dita contro i palmi e lo guardai mentre si voltava e si allontanava. Digrignai i denti per non chiamarlo e dirgli di dimenticarsi tutto quello che gli avevo appena chiesto.

Non lo feci. Ma rimasi immobile fino a quando lui non svanì dalla mia vista.

E a ogni passo che lui fece, dovetti sforzarmi ancora di più per non fermarlo.

Ronan (allora)

MASTICAI il cappuccio della penna mentre fissavo il quaderno. Si supponeva che leggessi due capitoli del libro di Diritto Commerciale. Un esame necessario, se volevo scegliere Imprenditoria come laurea principale.

Era la mia prima scelta, dato che la Duquesne aveva una scuola e programmi di business fantastici, ma come Tate che stava ancora cercando di capire la propria sessualità, anche io ero indeciso.

Ma io avevo tempo. Tate no.

Abbassai lo sguardo sul quaderno a spirale, privo di appunti. La pagina era colma di disegnini. E nemmeno belli. Scarabocchi fatti distrattamente e forme geometriche colmavano la carta rigata.

Sputai il cappuccio massacrato, sospirai e buttai la penna sulla scrivania prima di sprecare tutto l'inchiostro senza fare nulla di produttivo.

Quando qualcuno cominciò a bussare violentemente alla porta della mia stanza, mi alzai di scatto. Come al solito, avevo chiuso a chiave per riuscire a studiare. Non c'ero riuscito, naturalmente, perché non ero riuscito a non pensare a Tate e alla conversazione che avrebbe potuto avere con Dahlia qualche ora prima, a cena.

Doveva essere lui quello alla porta. Soprattutto considerato che un paio d'ore prima avevo ricevuto un messaggio in cui lui mi diceva: *Fatto. Dopo ti chiamo.*

Mi ero sentito sollevato, entusiasta e preoccupato al tempo stesso. Ed ero anche ansioso riguardo a ciò che era stato detto e a come era stato recepito.

Non avevo mentito a Tate quando gli avevo detto che non volevo il male di Dahlia. Lei era una vittima innocente.

Ma il senso di colpa tutte le volte che Tate e io facevamo

sesso... Mi aveva divorato. Ero stato egoista con una persona già impegnata.

Non avrei voluto che qualcuno mi facesse una cosa del genere. E non volevo farlo a nessun altro.

Speravo che il fatto che lui avesse finalmente lasciato perdere Dahlia significasse che la nostra relazione avrebbe potuto progredire come si supponeva facesse.

Tate poteva anche non essere pronto a rivelarla al pubblico e a me andava bene.

Per il momento.

Potevo aspettare fino a quando lui non sarebbe stato più a suo agio.

Con un sorriso sulla faccia, sbloccai la porta e la spalancai.

Poi ingoiai le parole che stavo per dire.

Dall'altra parte della porta non c'era Tate.

C'era Dahlia.

Merda.

Il cuore cominciò a battermi ancora più forte nel petto. E io rimasi pietrificato sul posto. Almeno fino a quando Dahlia non mi spinse con tutta la sua forza, facendomi indietreggiare barcollando nella stanza.

Lei mi seguì e chiuse la porta sbattendola.

Merda.

Mi sarei aspettato che avesse il naso rosso e gli occhi iniettati di sangue per aver pianto, non che indossasse una maschera di rabbia. Diedi un'occhiata alle sue mani per accertarmi che non fosse armata.

"Dahlia–"

"Non ho sprecato un anno della mia vita concentrandomi su Tate per perdere tutto quello su cui ho lavorato a *tuo* beneficio, Roe. Non per te. Tate non è gay e tu non hai fatto altro che confonderlo e rivoltarlo come un calzino. Lui è mio. Levati dalle palle," ruggì con l'espressione contorta.

La fissai. Tutto quello su cui aveva lavorato? Cosa diavolo significava? Avevo sentito dire che alcune ragazze andavano all'università nella speranza di trovare marito, ma era vero? Succedeva seriamente nei tempi moderni?

"Me lo hai rubato. È mio e io lo rivoglio." Quando lei fece un passo verso di me, io feci un passo indietro. "È." *Passo.* "Mio." *Passo.* "Per." *Passo.* "Cui." *Passo.* "Mollalo."

Mentre lei si avvicinava, io indietreggiai fino a ritrovarmi contro la sedia della scrivania.

Aveva perso la testa? Cos'era successo fra lei e Tate?

Deglutii per cercare di allentare la gola. "Il mio obiettivo non era rubartelo, Dahlia. Non è mai stata quella la mia intenzione. Il mio obiettivo era che lui diventasse mio amico. E poi... sono successe delle cose. Non era programmato."

"Sei un vero bugiardo. Ho visto come lo guardavi. *Vedo* come lo guardi. Gli amici non si guardano in quel modo, Ronan. *Tu* lo hai indotto in tentazione. *Tu* hai corrotto la sua anima. Hai rubato la sua volontà di dirti di no."

Non avevo idea di essere così potente o convincente. Nella mia testa, ero solo uno studente universitario diciannovenne che per puro caso si era innamorato di un altro.

Non ero venuto alla Duquesne per trovare marito; ero venuto per farmi un'istruzione. A differenza della donna che fumava di rabbia di fronte a me, a quanto pareva.

"Tanto per essere chiari, Dahlia, non si possono convertire gli uomini etero. Non esiste un glitter magico arcobaleno da spruzzare addosso a un uomo per farlo diventare gay. Se lui mi vuole, è perché ha sempre avuto quelle tendenze e le aveva ignorate. Oppure non le ha riconosciute per quello che erano..." Scossi la testa. "Per quello che *sono*. Nulla può spingerlo a desiderare un altro uomo senza che sia lui a volerlo. A quanto pare, io sono la prova."

Dahlia puntò un dito nella mia direzione, avvicinandosi in maniera sgradevole al mio petto. "Restituiscimelo. Voglio trascorrere il resto della mia vita con lui. Tu non puoi dire la stessa cosa."

In realtà avrei *potuto* dirlo, ma non volevo, dato che Tate e io non ci conoscevamo da molto tempo.

In ogni caso, non volevo litigare con lei, ma cominciavo a infastidirmi del suo punto di vista. "Tate non è un oggetto in un negozio, Dahlia. Non posso restituirlo come si può rendere un articolo. Lui ha emozioni e desideri. Deve *volere* tornare da te. Se è quello che vuole, nulla che io possa dire o fare glielo impedirà. Ma se non è così, nulla di quello che tu possa dire o fare lo renderà possibile."

Dahlia mi fulminò con lo sguardo, le labbra serrate per qualche istante prima di sghignazzare: "Lo vedremo."

Merda. La determinazione in quegli occhi marrone mi preoccupava. "Hai ragione. Lo vedremo. Ma ricordati che non puoi cambiare quello che lui è. Se è gay, o bisessuale, dovrai accettarlo, perché lui è fatto così, Dahlia. Che a te piaccia o meno."

Dahlia si sporse in avanti e mi gridò in faccia: "Lui non è gay! Fa solo finta di essere gay per te! È tutta colpa tua. *Tua,* Roe. Tu lo hai infettato."

Tu lo hai infettato.

Quelle parole mi bruciavano. Molto più di quanto avrebbero dovuto, anche se Dahlia mi stava aggredendo solo perché era arrabbiata e ferita.

Con tutta la calma che mi riuscì di usare, dissi: "Non sono una malattia."

"Sì che lo sei," ruggì lei, per poi girare sui tacchi e aprire la porta con uno strattone.

Con lo stomaco annodato, continuai a fissare la porta dopo che lei l'ebbe sbattuta. Non avevo idea di cosa le avesse detto Tate o di come avesse gestito la situazione, ma dovevo scoprirlo.

Avevo un brutto presentimento. Molto brutto.

Dahlia non aveva finito con Tate.

Anche se lui aveva finito con lei.

Capitolo tredici

Ronan (ora)

SCHIACCIAI il pulsante del pianterreno e, una volta che le porte dell'ascensore si furono chiuse, la cabina si mise in movimento.

Ero mentalmente prosciugato, perché il mio cervello continuava a trascinarmi nel passato, rendendo quasi impossibile concentrarmi su quello che dovevo fare in giornata o su quello che dovevo progettare per la settimana a venire.

Avevo sempre un affare di qualche tipo sul tavolo, ma stavo facendo fatica con l'ultimo. Quella mattina mi ero deciso ad andare in ufficio per scoprire se cambiare aria mi avrebbe aiutato a ripulirmi il cervello. Non era salutare starmene chiuso nel mio attico.

Avevo già deciso che, quando più tardi sarei tornato a casa, avrei fatto una lunga corsa per aiutarmi a schiarire le ragnatele dei ricordi che mi si appiccicavano addosso. Avevo preso in considerazione di fare qualche vasca fuori dagli orari della piscina, ma temevo di incrociare Tate.

Come uno zombie, fissai ciecamente i miei piedi e ascoltai lo scampanellio che segnava il passaggio di ciascun piano, sperando che l'ascensore non si sarebbe fermato.

Avevo dormito malissimo, perché le notti silenziose sembravano riesumare ancora più ricordi. Come il ricordo della sera di poco successiva alla pausa invernale del mio primo anno. La sera che non avrei mai dimenticato, in cui Tate e io ci eravamo detti per la prima volta che ci amavamo. La vedevo ancora nella mia mente con una chiarezza cristallina, come se fosse successo il giorno prima.

Eravamo nel letto della mia stanza, dato che Dominic ora trascorreva praticamente tutti i fine settimana dalla sua ragazza. E Tate aveva preso l'abitudine, quando ciò accadeva, di restare con me da venerdì sera fino a domenica sera, o a volte persino fino a lunedì mattina.

Sebbene lui volesse tenere segreta la nostra relazione, non lo era. Che lui stesse così spesso nella mia stanza era praticamente una garanzia che tutti, al dormitorio, lo sapessero. E poi, Dahlia non esitava a raccontare agli altri perché lei e Tate si erano lasciati.

Anzi, parlava il più possibile male di me. Naturalmente, le voci mi erano giunte diverse volte. Non so se giungessero anche a Tate: lui non lo diceva e io non glielo chiedevo. Mi dicevo che era meglio provare a essere una persona migliore e ignorarle. In cambio, io non avevo mai detto una parola cattiva su Dahlia. Nemmeno una volta.

Tate e io avevamo entrambi torto per aver dato inizio a una relazione – anche se si fosse trattato di una semplice "esplorazione" sessuale – prima che quella fra Dahlia e lui finisse.

Non la biasimavo perché era arrabbiata. Io avrei reagito allo stesso modo. Ma mi ero detto che prima o poi avrebbe dovuto lasciar perdere e voltare pagina. Speravo solo che accadesse più prima che poi, in modo da non causare problemi importanti.

In quella sera in particolare, quando Tate intrecciò le dita alle mie sotto le coperte e sussurrò "Roe?" io mormorai assonnato.

Ero esausto, soddisfatto e impigrito dopo quello che avevamo appena fatto...

L'uno all'altro.

"Credo..." Le parole di Tate andarono alla deriva. Quando lui parlò di nuovo, suonava ancora insicuro e le sue dita scattarono fra le mie. "Credo di essermi innamorato di te."

Aprii bruscamente gli occhi quando quelle parole gli uscirono di bocca e voltai la testa sul cuscino per fissare le profondità infinite delle sue brillanti iridi azzurre. Mi divoravano tutte le volte. "Credi?" dissi in tono più o meno scherzoso, anche se ero entusiasta di quella confessione inaspettata.

Volevo confessargli che il modo in cui lo aveva detto era carino, ma palesemente lui era ancora insicuro di tutto in quel momento della sua vita. Soprattutto l'essere aperto con la sua sessualità e la nostra relazione. Io non avevo insistito al riguardo, ma stavo cercando di essere paziente.

Osservai il suo profilo, dato che lui non mi stava guardando ma si era girato invece per fissare il soffitto. Quando finalmente lui voltò il viso verso il mio, i nostri sguardi si incrociarono.

"No, non credo. Lo so." Tate inalò profondamente ed esalando disse: "Sono innamorato di te."

Le sue parole mi scaldarono dalla testa ai piedi. Il fatto che lui mi aveva fissato dritto negli occhi nel pronunciarle per la seconda volta, con sicurezza, mi lasciò senza fiato.

Era quello in cui avevo sperato. Che avevo aspettato.

Quel momento era finalmente giunto.

Era successo.

Tate mi amava.

E non in senso amichevole. Era molto di più.

Sorrisi da un orecchio all'altro. "Era ora che ti mettessi in pari."

Le sue sopracciglia si sollevarono e i suoi occhi si allargarono leggermente, mettendo in risalto quelle sfere blu da mozzare il respiro. "Aspetta... Tu mi ami?"

Perché suonava così sorpreso? Potevo anche non aver pronunciato quelle parole in precedenza, ma di certo non nascondevo i sentimenti che provavo per lui quando eravamo soli. E le azioni erano molto più "reali" delle parole.

Le parole potevano essere vuote e insignificanti.

Gli presi la mascella in mano e passai il pollice sul suo labbro inferiore. Quell'uomo ci sapeva fare con la bocca, ma il momento era molto lontano dal sesso.

Confessai: "Da un po', ormai. Non so esattamente quando mi sono innamorato di te, ma mi sono reso conto di esserci già dentro fino al collo quando abbiamo fatto quella lezione di spinning e poi abbiamo trascorso due ore a parlare sotto quell'albero. È stato allora che ho *capito* e non ho più avuto dubbi."

"Era... verso l'inizio." Tate aggrottò la fronte e sollevò leggermente la testa. "Non mi hai detto niente."

Gli lanciai un'occhiata e sollevai leggermente le spalle.

Lui ricevette il messaggio tacito, annuì e poi rimise la testa sul cuscino, con i nostri volti a pochi centimetri di distanza. "Non credevi che l'avrei presa bene."

"Il punto non era quello. In primo luogo, non volevo mandare a quel paese la nostra amicizia. Era troppo preziosa per me. E non volevo rendere sgradevole il nostro rapporto. E poi..." Gli rivolsi un'altra occhiata facile da decifrare.

"Dahlia."

"Già."

Non era stata mia intenzione menzionarla mentre giacevano a letto dopo aver appena fatto del sesso fantastico. Ma Tate era molto più sicuro anche da quel punto di vista. Ciò derivava dal fatto che io mi lasciavo fare quello che lui voleva in modo che la sua fiducia crescesse. E avevamo provato quasi tutto. Tranne che lui facesse il passivo per me. Speravo che un giorno lo avrebbe fatto.

Avrei introdotto l'argomento quando avrei ritenuto che lui si sentisse più a suo agio.

Giacemmo in silenzio ancora per un po', assorbendo il fatto che ci amavamo e che l'amore avvolgeva una sorta di mantello attorno a noi.

All'epoca, ero stato così stupido da pensare che il nostro amore ci avrebbe protetti. Naturalmente, allora non sapevo quanto fosse sbagliato quel pensiero.

"Stavo pensando..." esordì Tate. "A quest'estate."

"In che senso?" Sinceramente, non ero ansioso che ci separassimo. Di certo non potevo tornare a casa con Tate, dato che i suoi genitori non sapevano nulla di lui o di noi. E non sapevo come l'avrebbero presa dopo averlo scoperto. Lui aveva già dato loro la notizia di Dahlia, ma non aveva specificato perché l'aveva lasciata. I suoi erano rimasti estremamente delusi, dato che pensavano che lei fosse perfetta per lui. E Tate sperava che Dahlia non avrebbe fatto la spia per disprezzo prima che lui fosse pronto a uscire allo scoperto con i suoi.

Personalmente, dopo quello che lei mi aveva vomitato addosso la sera in cui Tate l'aveva lasciata, non avrei considerato indegno di lei seminare zizzania. Tate aveva molta più fede in lei di quanta ne avessi io. Ma d'altra parte, lui l'aveva amata e io no.

Ma per quanto io amassi lui, non ero sicuro che avrei sopportato di trascorrere mesi lontani l'uno dall'altro. Forse per lui era la stessa cosa; ecco perché aveva citato le vacanze estive.

Non avevo ancora deciso se stare a Pittsburgh o tornare a casa. Se fossi rimasto e mi fosse stato permesso di continuare a vivere al campus, avrei dovuto trovare un lavoro migliore o continuare a lavorare al Power Center. Non ero ancora sicuro, dato che non mi ero iscritto ai corsi estivi.

Tuttavia, restare al campus sarebbe stato più economico che provare ad affittare un appartamento. Avevo intenzione di dare un'occhiata fino a quando Tate non lasciò andare la mia mano e rotolò sul fianco per fronteggiarmi.

"Mi sono candidato per uno stage estivo alla KDKA."

Rimasi di stucco e mi presi il tempo di assorbire quelle parole: la KDKA era una stazione televisiva locale, non del suo Stato natio della Virginia.

"E se lo otterrai?" chiesi, rotolando a mia volta sul fianco in modo che fosse più facile leggere la sua espressione.

Lui sorrise. "L'ho già ottenuto."

Non ricambiai il sorriso, perché lui mi aveva tenuto un segreto. "Perché non me lo hai detto?"

"Te lo sto dicendo."

"Quando ti sei candidato, intendo," precisai.

"Perché non sapevo se avrei ottenuto lo stage e non volevo deluderti."

"Come avresti potuto deludermi?"

"Perché speravo..."

Inarcai un sopracciglio mentre aspettavo che lui spiegasse.

"Voglio andare a vivere da solo. Il contratto d'affitto dell'appartamento non copre le estati, per cui ne troverò un altro vicino al campus. Quando ce l'avrò, tu potrai stare da me."

"Solo per l'estate?"

"Fino a quando non mi laureerò."

"Senza Thom e Jack?"

Lui annuì. "Con te, invece."

Il mio cuore cominciò a battere all'impazzata. Tate voleva che vivessimo insieme per l'estate a venire e per il suo ultimo anno di università? Ero sveglio o stavo sognando?

Sebbene fossi entusiasta che lui volesse fare quel passo avanti... "Sai che ho l'obbligo di risiedere al campus per i primi due anni, Tate." La realtà soffocò rapidamente qualunque ansia io avessi di vivere con l'uomo che amavo.

"Beh... *ufficialmente* continuerai a farlo. Semplicemente, non trascorrerai molto tempo nel dormitorio." Tate ammiccò.

Il mio stomaco precipitò. "Tate, sai che non posso permettermi vitto e alloggio al campus e contemporaneamente metà dell'affitto e delle bollette di un appartamento. Riesco a malapena a permettermi questa stanza. Senza la borsa di studio, i finanziamenti e–"

Tate mi zittì con un dito sulle labbra. "Ci penso io."

Ritrassi la testa. "Pensi a cosa?"

"All'affitto. Alle spese. Tu preoccupati di vitto e alloggio qui e io mi preoccuperò del resto."

Woah. "Tate, no. È già abbastanza grave che tu mi abbia comprato un dannato MacBook. Questo è molto di più. È troppo."

"Non mi importa."

"A me sì!" Mi alzai di scatto e lo fissai. La rabbia cominciava a ribollire in superficie e io non volevo che litigassimo per la prima volta. "Non sono un caso pietoso."

Anche lui si mise seduto. "Certo che no."

"Non voglio che tu ti senta in dovere di mantenermi."

"Nemmeno io lo voglio. È solo che... Solo che..." Tate si acciglò. "Voglio che trascorriamo l'estate insieme. Non voglio che ci separiamo. Tutto qui. E con lo stage devo comunque trovarmi un'altra casa, per cui mi sono detto..." Si passò una mano fra i capelli scuri e io guardai quella ciocca ribelle ricadergli sulla fronte. "Avevi intenzione di tornare a casa e stare da tua madre, quest'estate?"

"Se non ho altra scelta."

Tate fece spallucce. "Beh, ora ce l'hai."

Scossi la testa di fronte al suo suggerimento. "Non posso lasciare che tu paghi tutto."

"Allora paga quello che puoi. Io tirerò fuori il resto."

Mi massaggiò la fronte. Volevo stare con lui, ma odiavo essere povero. "Tate..."

"Roe, non dire di no. Almeno pensaci, prima. Potremo restare a Pittsburgh quest'estate, mentre io faccio lo stage. Tu potrai cercare un lavoro temporaneo a tempo pieno da qualche parte e," aggiunse facendo spallucce, "vedremo come va..."

L'aprirsi delle porte dopo che l'ascensore ebbe raggiunto il pianterreno mi strappò dal passato e mi riportò al presente.

Ero sollevato che la cabina non si fosse fermata al sesto piano. Sarebbe stato un vero colpo di sfortuna se Tate fosse salito sull'ascensore mentre io cercavo di evitarlo.

Poi mi ritrovai a fissare lui che fissava me.

Merda.

Prima che potessi trattenermi, il mio sguardo gli passò addosso da capo a piedi come se stessi osservando un buffet gourmet.

Tate indossava un completo scuro color navy che gli calzava a pennello, assieme a scarpe formali lucidate. La sua barba era tagliata e pettinata di fresco, a differenza dell'ultima volta in cui lo avevo visto. Ma i capelli erano eleganti quanto il suo abbigliamento. Erano in disordine come se lui ci avesse passato le dita dentro.

I suoi bellissimi occhi azzurri – quelli in cui avevo fissato per innumerevoli ore – erano segnati da mezzelune scure.

Mi sa che non ero l'unico ad aver dormito poco.

La cosa mi compiaceva? Forse un po'.

Ma d'altra parte, con il ricordo che mi aveva tenuto compagnia durante il tragitto dall'attico, mi sentivo decisamente meschino.

Tate mosse la mano fra le porte dell'ascensore per evitare che si chiudessero. Naturalmente, mentre io me ne stavo dentro come un imbecille.

Sospirai tra me e me e mi costrinsi a uscire.

Dopo averlo fatto, gli tenni aperte le porte, dando per scontato che stesse salendo al suo appartamento. Ma ero curioso riguardo al motivo per cui stava rientrando vestito in quel modo, invece che dirigersi nella direzione opposta e andare a lavorare.

Forse lavorava di notte in una stazione televisiva locale.

Forse sarebbe stato meglio che non mi interessassi.

Dopo che l'ascensore ebbe protestato scampanellando un paio di volte perché io tenevo aperta la porta e Tate era ancora fermo dov'era, io ritrassi la mano e lasciai che le porte si chiudessero.

La cabina sarebbe rimasta al livello dell'atrio a meno che un residente non avesse premuto il pulsante di discesa al suo piano.

Cercai di ignorare l'aspetto delizioso che Tate aveva in quel completo immacolato che gli stringeva le cosce e la vita, con la giacca che faceva sembrare il suo petto e le sue spalle ancora più larghi...

Mentre io? Sta andando in ufficio con addosso la mia amata maglietta dei Pittsburgh Pirates, vecchi jeans neri con alcuni strappi alla moda piazzati in maniera strategica e il mio paio di Timberland nere preferito.

Molto professionale, naturalmente.

La verità era che non volevo far colpo su nessuno. Normalmente, non interagivo con il pubblico e ai miei dipendenti non importava cosa indossavo. Il sentimento era reciproco. Avevo fiducia che loro prendessero la decisione giusta per la situazione giusta quando si trattava di guardaroba.

Se era una giornata in cui ce la si poteva scampare vestendosi comodamente, loro lo facevano. Se era una giornata in cui c'era un incontro faccia a faccia, si vestivano in maniera impeccabile. Io facevo lo stesso. Se avevo una riunione importante con persone esterne, tiravo fuori il temuto completo formale e interpretavo il ruolo dell'uomo d'affari e investitore di successo.

A differenza della giornata odierna, dove mi ero vestito solo allo scopo di arrivare a fine pomeriggio.

Il silenzio protratto fra di noi divenne imbarazzante, per cui dissi: "D'accordo, beh..." Poi lo fissai per qualche istante prima di voltare la testa nella direzione in cui avevo parcheggiato i miei veicoli.

Sussultai per lo stupore quando la sua mano mi afferrò l'avambraccio per fermarmi. "Roe..."

Merda. Merda. Merda.

Non volevo parlare di quello che era successo due sere prima. Non volevo parlare di quello che era successo dodici anni prima. Non volevo parlare di niente con lui.

Fissai per un attimo il punto in cui mi stringeva, poi sollevai lo sguardo sul suo viso.

Quando inclinai la testa verso la sua mano, lui mi lasciò andare subito e chiese: "Hai i cavetti della batteria?"

I cavetti della batteria? Non mi aspettavo che un'affermazione del genere gli uscisse di bocca.

"La mia auto non si mette in moto." Tate si passò le dita nei capelli e invece di essere semplicemente arruffate, alcune ciocche erano ora dritte. Trattenni l'impulso a lisciarle. "Non voglio arrivare in ritardo dopo solo due settimane che ho cominciato il mio nuovo lavoro."

Il mio nuovo lavoro.

Era per quello che era tornato a Pittsburgh? Per un nuovo lavoro? Cos'era successo a quello vecchio? L'aveva mandato a puttane come il suo matrimonio?

Strinsi le labbra per impedirmi di fare tutte quelle domande delle cui risposte non avevo bisogno. Non avrebbe dovuto importarmene.

No.

"Prendi un Uber." Mi voltai e mi diressi velocemente verso la porta di servizio in fondo all'atrio.

"Non... posso," esclamò lui.

"C'è una app specifica," dissi senza fermarmi.

"Non me lo posso permettere."

Tate non lo disse a voce molto alta, ma io lo sentii e mi fermai subito.

La sua famiglia era ricca. Forse non erano miliardari, ma sicuramente appartenevano alla classe dirigente e vivevano una vita agiata.

Cosa diavolo era successo perché ora lui non potesse permettersi un taxi?

Mi aveva aiutato economicamente così tante volte durante l'università...

Esalai il respiro col naso.

Non avrei dovuto interessarmene.

Tuttavia, presi in considerazione la sua ammissione. Ero sicuro che fosse difficile per lui dirmi che aveva problemi economici. Soprattutto considerato il modo in cui lo avevo trattato.

Mi voltai lentamente per vedere se fosse ancora dove lo aveva lasciato. Non mi stava guardando; era concentrato un punto alle mie spalle. Come se fosse imbarazzato.

Ci rimuginai su per qualche istante, poi dissi: "Credo che gli addetti alla manutenzione ne tengano un paio nel seminterrato."

"Come si fa a scendere nel seminterrato? C'è qualcuno a cui posso chiedere aiuto?"

Merda. Merda. Merda.

Non volevo fargli sapere che avevo libero accesso al seminterrato e alla zona manutenzione. E soprattutto non volevo fargli scoprire il motivo.

"Conosci qualcuno che lavora alla manutenzione?" Sentii la preghiera nella sua voce. La speranza.

In qualche modo, si era insinuata sotto la corazza d'acciaio che avevo usato per sigillarmi il cuore.

Porca troia.

Normalmente, non avrei esitato ad aiutare nessuno dei miei inquilini. Non era giusto trattare Tate in maniera diversa semplicemente perché fra di noi era successo qualcosa.

"Cazzo," borbottai sottovoce, per poi dire: "Sì," a voce abbastanza alta da farmi sentire. Tornai indietro verso di lui. "Vieni con me." Accennai con il capo all'ingresso e al portone.

Non lo aspettai; invece, mi incamminai come se avessi una missione. Ed era vero.

Se lo avessi portato al seminterrato seguendo la strada normale, avrei dovuto usare la app sul telefono per sbloccare la porta. Un inquilino normale non aveva privilegi del genere. Invece, lo condussi all'esterno, attraverso il vicolo e fino al retro dell'edificio, dove c'erano un'ampia rampa di cemento, una saracinesca e una porta.

Speravo che, a quell'ora, la porta fosse sbloccata. Ma non

avevo idea se ci fosse qualcuno in quel momento. Non seguivo le attività degli addetti alla manutenzione: era un compito che affidavo ad altri. E non avevo idea di chi fosse assegnato a River View Heights quel giorno. La mia squadra era numerosa e ciascuno di loro si occupava a rotazione di tutte le mie proprietà. Andavano ovunque ci fosse bisogno di loro.

Tirai la porta e fui sollevato quando essa si aprì, scongiurando il pericolo che dovessi usare la app con Tate che mi tallonava.

Tutte le luci si accesero e la porta si schiuse sulla grande stanza dove erano conservati gli attrezzi.

"Aspetta qui," ordinai, per poi entrare e prendere i cavetti appesi al pannello forato.

Quando uscii, spinsi i cavetti nella direzione di Tate. Lui li prese e poi si limitò a fissarli.

"Sai come si usano, vero?" chiesi. Era possibile che non lo sapesse?

"Sì. Ma..."

"Ma?"

"Bisogna agganciarli a un altro veicolo."

Porca miseria. "Ma dai?" ribattei sarcastico, per poi sospirare. "Devo comunque andare in ufficio. Ce lo metto io."

Ignorai il guizzo nel respiro di Tate. "Vuoi dire il veicolo."

"Sì," borbottai, per poi dirigermi verso la mia Range Rover. Parcheggiavo entrambe le auto laggiù. Era uno dei privilegi dell'essere il proprietario del palazzo in cui vivevo.

Quando mi fermai di fronte alla mia Range Rover Evoque, sentii un fischio sommesso alle mie spalle. Mi lanciai un'occhiata dietro e vidi che Tate si era fermato di fronte alla mia GranTurismo e la stava fissando. "Accidenti," sussurrò. "Quella Maserati è una bellezza. Non riesco a credere che qualcuno in questo palazzo se ne possa permettere una."

Ne dubitavo anch'io. "È del proprietario," spiegai in tono sbrigativo, sperando che lui lasciasse perdere in modo che potessimo proseguire. Soprattutto se temeva di arrivare in ritardo al suo nuovo lavoro.

"Il proprietario?" Tate girò attorno alla mia auto, ammirandone le linee fini. Adoravo portare quell'auto sulla Turnpike per premere sull'acceleratore e lasciare che si scatenasse.

"Del palazzo."

Tate sollevò lo sguardo e strinse gli occhi su di me. "Pensavo che l'edificio appartenesse a una ditta immobiliare."

"Sì. Ma il capo è lui." Accennai con il capo al mio SUV e tirai fuori il telecomando per sbloccare le portiere.

Quando il clacson cinguettò e le luci di posizione lampeggiarono, lo sguardo di Tate passò dalla mia Rover a me. "È tua questa?"

La sua voce grondava stupore, ma era comprensibile. Quando ci frequentavamo all'università, io ero praticamente un pezzente.

Ora ero ben lungi dall'esserlo.

"Sì. Sali." Saltai sul sedile del conducente e premetti il pulsante di accensione.

Tate girò attorno all'auto fino al lato del passeggero e prese posto accanto a me, sedendosi sul sedile di cuoio. "È piacevole."

Certo che era piacevole. Era praticamente nuova. Era stata mia intenzione prendere la Maserati, quella mattina, ma non volevo rischiare il sistema elettrico usandolo per far partire il veicolo di Tate. E poi, non volevo che lui sapesse che ero il proprietario dell'auto. O del palazzo.

Se era rimasto stupito dal fatto che possedevo una Evoque nuova, probabilmente il resto lo avrebbe sconvolto.

Mentre Tate si allacciava alla cintura, io misi l'auto in modalità Drive e premetti il pulsante sotto lo specchietto retrovisore per aprire la saracinesca del garage. Quando la raggiungemmo, si era sollevata a sufficienza perché potessi uscire. Me la chiusi rapidamente alle spalle ed entrai nel vicolo sul retro, dirigendomi verso l'autosilo a mezzo isolato di distanza.

"Immagino che la tua auto sia nell'autosilo."

La maggior parte dei miei inquilini che era proprietaria di veicoli parcheggiava laggiù, dato che era vicino. Sfortunatamente, l'abbonamento mensile non costava poco. L'autosilo era comodo, ma costoso.

"Purtroppo."

Dopo venti minuti passati ad avviare la vecchia Toyota Corolla di Tate, ci arrendemmo. L'auto fu data per spacciata e i capelli di Tate davano l'impressione che lui avesse infilato una forchetta in una presa elettrica.

Vedevo la sua disperazione e la sua frustrazione crescere di minuto in minuto. Per quanto lui volesse che la sua auto si avviasse, quel pezzo di merda aveva bisogno di molto più che collegare la batteria. In verità, Tate avrebbe dovuto rottamarla e procurarsi un mezzo di trasporto più affidabile.

Avevo nascosto lo stupore quando avevo visto cosa guidava e ora ero decisamente curioso riguardo al motivo per cui era ridotto in miseria.

Doveva essere colpa del divorzio e dell'avvocato di Dahlia, che sicuramente lo aveva spennato, ma io mi rifiutai di chiederlo. Non volevo dispiacermi per lui. Preferivo non provare nulla.

"Dovrò chiamare il carro attrezzi e farla portare in officina," disse infine Tate dopo aver camminato avanti e indietro e imprecando a lungo con le mani strette sui fianchi.

"Ci vorranno ore perché arrivi il carro attrezzi," feci notare.

"E ci vorranno anche soldi che non ho per riparare l'auto."

Ciò significava che Tate sarebbe dovuto andare presto al lavoro, dato che non poteva permettersi di restare disoccupato.

Merda. Merda. Merda.

Per quanto volessi negarlo, amavo ancora quell'uomo tanto quanto lo odiavo. Non volevo vederlo continuare a precipitare. In quel momento, lui stava cadendo con la velocità di un meteorite nell'atmosfera.

"Andiamo," gli ordinai dopo aver arrotolato i cavi e averli buttati dietro il sedile del conducente.

"Dove?"

"Dove lavori. Ti do un passaggio. A questa," trattenni la mia opinione su quella Toyota giurassica e conclusi con, "penserai più tardi. Ma devi andare a lavorare, giusto?"

Il volto di Tate si colmò di sollievo. Non si prese la briga di rispondermi, ma risalì immediatamente sul mio SUV senza aggiungere una parola.

Mentre pagavo il prezzo ridicolo per il mio breve posteggio, chiesi: "Dove andiamo?"

Tate mi diede un indirizzo e io lo inserii rapidamente nel mio sistema GPS prima di immettermi nella strada trafficata e dirigermi verso la I-579 e Veterans Bridge, che attraversava il fiume Allegheny.

Dato che eravamo diretti verso nord, mi dissi che Tate doveva essere stato assunto presso la stazione televisiva locale, la WPIX, che si trovava in quella direzione.

Prima che io potessi chiedere conferma, Tate disse: "Il proprietario di River View Heights... Lo conosci abbastanza bene perché lui ti permetta di parcheggiare nel parcheggio sotterraneo. Vuol dire che siete in confidenza?"

Dove voleva arrivare? "Sì."

"Devo chiederti qualcosa che non vorrei chiederti. Pensi che il proprietario si farebbe problemi se io parcheggiassi là sotto? L'abbonamento del parcheggio... È..."

Non dissi nulla e lasciai che faticasse a trovare le parole. Che mi chiedesse un favore che non avrebbe dovuto chiedermi. Perché, di nuovo, ero esausto e mi sentivo spaventosamente meschino quel giorno.

"Naturalmente, sarei disposto a pagare."

"Come hai già visto, lui non ha bisogno del tuo denaro."

"Questo è palese. So di non essere altro che un inquilino e che non dovrei aspettarmi un trattamento di favore, ma..."

"Ma lo hai chiesto comunque," conclusi per lui.

"Forse potresti mettere una buona parola. Per farmi un favore."

"I favori si chiedono ad amici e parenti. Io non sono nessuna delle due cose, Tate. Non sono nulla per te," gli ricordai. E lo ricordai anche a me stesso. Perché temevo che il rivestimento d'acciaio attorno al mio cuore stesse iniziando a sviluppare dei buchi, proprio come le parti arrugginite sui parafanghi della Corolla di Tate.

"Lo so, Roe. Davvero. Ti ho solo chiesto un semplice favore, nient'altro. Capirò se tu non sarai disposto a metterci la faccia per me... Dimentica che te l'ho chiesto."

Non si rendeva conto che gli stavo già facendo un grosso favore portandolo al lavoro?

Strinsi i denti per trattenermi dal dirgli che poteva parcheggiare sotto il palazzo. Non avrebbe ricevuto alcun trattamento di favore da me. Invece, mi concentrai sul traffico mentre percorrevamo la I-279 verso la zona di Summer Hill.

Per qualche imbarazzante minuto, la Range Rover fu colma solo delle indicazioni della fastidiosa voce femminile del navigatore.

Mentre ci avvicinavamo alla nostra destinazione, la mia

attenzione fu distolta dalla strada dal ginocchio di Tate che saltellava in maniera pazzesca nel sedile del passeggero. Poi fu attratta dalle dita lunghe allargate sulla sua coscia sinistra. Notai che le sue unghie erano corte e ben curate.

Poteva essere sul lastrico, ma si sforzava comunque. Tuttavia, tirando a indovinare, probabilmente conduceva il telegiornale di qualunque fosse il posto in cui lavorava, per cui doveva curare il suo aspetto.

Volevo mettere la mano sopra la sua. Alleviare i suoi tremiti di nervosismo e... francamente, toccarlo.

Mi mancava la sensazione di quelle mani e di quelle dita.

Mi mancava—

Mi diedi uno scossone mentale per liberarmi dal pensiero successivo. Non potevo precipitare di nuovo nel tunnel dei ricordi. Per cui, quando aprii finalmente la bocca per impedirlo, chiesi: "Davanti o dietro?"

Fissai nuovamente lo sguardo sulla strada quando la testa di Tate si voltò verso di me. "Come?"

Poi mi resi conto di come suonava la domanda e gemetti sottovoce. In passato, l'avrei messa sul ridere. Non questa mattina. "La telecamera. Sei davanti o dietro?"

"Oh. Ehm... dietro. Devo ancora guadagnarmi la conduzione del telegiornale."

Quell'affermazione mi stupì. Verso l'ultimo anno alla Duquesne, Tate aveva deciso di voler cominciare con delle inchieste, ma di voler stare davanti alla telecamera, non sullo sfondo.

"Voglio essere il protagonista, Roe, non un personaggio secondario."

Schiacciai quel ricordo come una mosca. "Non te lo sei già guadagnato altrove?"

Dopo che lui si era laureato, non avevo seguito la sua

carriera. Se lo avessi visto al telegiornale della sera, avrei sfondato il televisore.

Con la coda dell'occhio, vidi il suo ginocchio saltellante fermarsi di colpo e le sue dita affondare nella coscia. "Qui non è altrove."

"Hai ragione. Non lo è," mormorai. Svoltai quando la fastidiosa voce femminile mi disse di farlo e mi fermai accanto al marciapiede di fronte all'edificio per lasciare Tate all'ingresso.

Lui aprì la portiera del passeggero. "Grazie."

Non risposi. Ero impegnato a leggere la grossa insegna sopra le porte a vetri mentre lui scendeva.

The Burgh Media Group.

"Di tutto, Roe," aggiunse Tate, la voce più roca del normale. Per quale motivo? Rimpianto? Tristezza?

Il mio sguardo ricadde dall'insegna a lui, in piedi fuori dal mio veicolo. Tate si limitò a fissarmi come se stesse aspettando che dicessi qualcosa.

Porca troia. Mi resi conto che, probabilmente, quell'uomo non aveva modo di tornare a casa.

Mi presi mentalmente a calci mentre parlavo, ma parlai comunque. "Quando stacchi?"

La mia domanda lo fermò nell'atto di chiudere la portiera del passeggero.

Tate si appoggiò all'auto con una mano sul telaio della portiera. "Dopo il telegiornale delle sei. Di solito verso le sette."

"Verrò a prenderti allora. Mangia presto."

Tate sbatté due volte le palpebre mentre mi fissava. "Perché?"

"Perché non voglio che ti venga la nausea."

La sua testa si inclinò e la sua fronte si aggrottò. "Perché?"

Mi limitai a rivolgergli un'occhiata che non avrebbe dovuto faticare a capire. Ai tempi, avevamo comunicato spesso usando solo sguardi eloquenti e linguaggio corporeo. Era uno dei modi di tenere al sicuro il nostro segreto quando eravamo con altre persone.

Con le narici dilatate, lui annuì una volta e sbatté la portiera.

Contrassi la bocca per non sorridere, pestai il piede sull'acceleratore e puntai la mia Rover verso la città e l'ufficio.

Capitolo quattordici

RONAN NON VENNE A PRENDERMI COME AVEVA PROMESSO. Ma non mi lasciò nemmeno a piedi. Quando uscii dall'edificio, mi aspettavo di vedere la sua Range Rover; invece, c'era un'auto a noleggio ad attendermi.

Mentre salivo dietro, trovai un biglietto sul sedile. Nonostante tutti gli anni trascorsi, riconobbi la calligrafia di Roe.

L'auto è già pagata. Preparati e aspettami sul tetto alle nove.

Appallottolai il foglio di carta e il mio cuore batté all'impazzata per tutto il tragitto fino a River View Heights.

Ronan mi voleva sul tetto alle nove, quando la porta era ancora sbloccata? Anche se chiunque avrebbe potuto sorprenderci?

Non aveva detto se mi voleva in ginocchio e Ronan non aveva mai esitato a farmi sapere cosa voleva. Per cui, questa volta avevo intenzione di aspettarlo in piedi.

Tornato al mio appartamento, mi tremavano le dita per

un misto di nervosismo e pregustazione mentre mi preparavo. Come lui mi aveva detto, avevo consumato un pranzo leggero un po' più tardi del solito e avevo saltato la cena.

Continuavo a chiedermi se avremmo cenato o fatto sesso. Davo per scontata la seconda cosa, ma con Ronan non si poteva mai sapere. Un attimo prima sembrava odiarmi e volermi punire per avergli fatto del male; quello dopo, intravedevo il vecchio Ronan. Quello di cui mi ero innamorato.

L'uomo che amavo ancora, nonostante tutto.

Sospirai.

Il mio nervosismo derivava dal fatto che non avevo mai fatto il passivo. Né con lui né con nessuno degli uomini anonimi conosciuti su Grindr.

Quando andavamo all'università, Ronan avrebbe voluto che ci scambiassimo e mi aveva mostrato cosa fare per prepararmi. Aveva fatto un discorso approfondito, senza lesinare sui dettagli. Mentre lavoravamo sullo scambio di ruoli, io mi irrigidivo sempre troppo quando veniva il momento di ricevere invece di dare.

Tranne se si trattava di fare pompini. Tutte le volte che potevo, lo prendevo in bocca a Ronan. Adoravo farlo impazzire. Adoravo avere quel potere su di lui.

Ai tempi, lui era stato molto paziente con me. Cosa che apprezzavo sinceramente. E gli avevo promesso che avrei fatto il passivo per lui una volta.

A quanto pareva, quel giorno era venuto. Solo che non ero certo di essere pronto.

Ma se farlo mi avrebbe portato un po' più vicino al perdono...

Gli avevo detto che ero disposto a tutto perché ciò accadesse e non avevo mentito. Avrei fatto qualunque cosa per riparare la nostra relazione.

Ora dovevo mantenere la parola data e non tirarmi indietro, non importava quanto ciò mi trasformasse in un fascio di nervi.

Speravo solo che non avrebbe sfogato la sua rabbia nei miei confronti sul mio culo. Mi aggrappai al fatto che era sempre stato un amante premuroso e sperai che fosse ancora così.

Quando uscii sul tetto, l'oscurità era già calata. Sebbene la piscina non fosse ufficialmente chiusa, solo la vasca illuminata e le lucine bianche sospese che brillavano attorno al perimetro e lungo le pergole evitavano che il tetto fosse nero come la pece.

Per due persone innamorate, l'atmosfera sarebbe stata romantica.

Per due persone che volevano semplicemente fare sesso, era solo uno sfondo.

In quel momento, noi appartenevamo alla seconda categoria, ma speravo che saremmo tornati alla prima. Ci sarebbero voluti tempo e pazienza, ma ero disposto a lavorarci su. Ma d'altra parte, sarebbe stato necessario che l'uomo che già mi aspettava vicino alla piscina volesse fare lo stesso.

Mi stupii di vederlo lì, dato che mi aveva ordinato di aspettarlo.

Solo un paio di pantaloncini scuri e setosi stringeva le sue cosce grosse e possenti. Non indossava altro.

Succhiai un respiro nel vedere il suo petto nudo per la prima volta da... sempre. Ci avevo visto giusto nel pensare che avesse più tatuaggi di quelli che facevano capolino dalle maniche della sua maglietta. Oltre alle braccia, anche il suo petto, le spalle e persino le costole erano coperti da una varietà di tatuaggi.

Non riuscivo a distinguerli tutti da dove mi trovavo, ma speravo di avere l'opportunità di esplorarli più da vicino in futuro, se non fosse successo quella sera.

Quello che potevo vedere era che Ronan aveva messo su parecchi muscoli e che io mi ero sbagliato sulla quantità. Sotto tutto quell'inchiostro, era un Adone. Sembrava il ragazzaccio supremo. Avrebbe potuto essere un motociclista, una rockstar, un pugile o persino un campione di MMA.

Uno qualunque o tutti quanti.

Mi resi conto che non sapevo cosa facesse per vivere, dato che non eravamo entrati troppo nel personale. A differenza degli amici di vecchia data, non avevamo trascorso del tempo a metterci in pari in nome dei "vecchi tempi." Ma considerato che possedeva una Range Rover nuova di zecca, doveva essere quantomeno benestante.

A meno che non vivesse al di sopra delle sue possibilità.

Tuttavia, se aveva conservato la mentalità che aveva all'università, era sicuramente molto attento nelle spese. All'epoca, era stato costretto a farlo.

Avrei potuto facilmente cercarlo su Google e fare qualche indagine. Come avevo fatto all'inizio della mia carriera giornalistica e come facevo ancora ogni tanto, quando ne avevo l'occasione, perché mi piaceva. Ma il lavoro di Ronan aveva davvero importanza?

Io volevo l'uomo. Il suo lavoro, quale che fosse, non lo definiva.

A differenza di Ronan durante il periodo alla Duquesne, non avevo mai pensato molto al denaro, perché ne aveva sempre avuto.

In quel momento, ero uno spiantato. Se anche Ronan lo fosse stato, non avrei potuto fargliene una colpa.

Ciononostante averne conferma mi avrebbe deluso, dato che ho sempre voluto il meglio per lui. Mi ero convinto che, dopo essersi insinuato nella vita, lui sarebbe andato lontano e avrebbe avuto un grande successo.

Tenni quei pensieri per me mentre Ronan mi raggiungeva vicino all'ingresso principale. Si fermò di fronte a me, lo sguardo scuro e intenso che mi squadrava dalla testa ai piedi.

Mi aveva sempre visto solo con il costume da bagno. Non mi stava osservando per curiosità: era un gioco di potere.

Glielo avrei concesso perché, mentre per lui poteva anche essere un gioco di potere, per me erano preliminari. Che lui si prendesse il suo tempo ed esplorasse il mio corpo, anche solo con gli occhi, mi fece correre il sangue al membro, facendolo passare rapidamente da semi-eretto a completamente duro.

Dato che Ronan non aveva cibo con sé, ci avevo visto giusto quando avevo pensato che quello era semplicemente un appuntamento sessuale e che lui non aveva certo intenzione di offrirmi la cena. Vedendolo con quei pantaloncini cortissimi e aderenti da cui sporgeva un'erezione rigida, a me andava benissimo.

La cena poteva aspettare.

Ronan no.

"Hai detto che avresti fatto qualunque cosa perché io ti perdonassi. Sei sicuro?"

Tanto le sue parole quando il rimbombo profondo dietro di esse mi provocarono scariche elettriche dentro, coprendomi di pelle d'oca. I miei capezzoli si contrassero sotto la maglietta e il mio membro si fletté nei comodi pantaloncini di cotone. "Sì."

Lui inclinò la testa di lato e incrociò il mio sguardo. "E se non potessi promettertelo?"

Senza esitare, sostenni il suo sguardo per dimostrargli quanto ero serio riguardo al voler sistemare le cose fra di noi. "È un rischio che sono disposto a correre."

Lui osservò ancora per qualche secondo, senza che la sua espressione tradisse assolutamente nulla.

"Qualunque cosa tu voglia, Roe," sussurrai.

"Qualunque cosa io voglia," riecheggiò sommessamente lui.

"Ti chiedo una cosa sola..."

Le sue sopracciglia balzarono sulla cima della sua fronte.

"Non sul tetto. Non ho mai... Non ho mai fatto il passivo e so che è quello che vuoi da me."

"Mai," ripeté lui, l'espressione ancora una volta strettamente sotto controllo.

"No."

"Io sarei il primo per te." Così come con il viso, lui non lasciò trasparire nulla nel tono della voce. Niente sorpresa. Niente entusiasmo. Nulla.

"Sì."

Quando il suo sguardo si spostò per evitare il mio, capii che stava nascondendo qualcosa. Siccome lo osservavo attentamente, notai il momento in cui la sua mascella si mosse appena.

Potrebbe sembrare assurdo, ma proprio in quell'istante, a causa di quell'erezione, io ebbi la *certezza* che lui mi amava ancora. Sebbene ciò mi desse un po' di speranza e qualcosa su cui lavorare, l'ostacolo più grande sarebbe stato convincerlo a perdonarmi. Non potevamo voltare pagina senza quello.

Quella sera avrebbe potuto finalmente essere il primo passo in quella direzione.

Gesù, lo speravo.

Dopo alcuni lunghi minuti trascorsi a fissare un punto alle mie spalle, Ronan riportò finalmente lo sguardo su di me, tagliente come una lama. "Sei disposto a farlo per me." Di nuovo, quella non era una domanda, ma un'affermazione stupita.

"Ho detto qualunque cosa," gli ricordai. "Dicevo sul serio. Ma per favore, non qui."

Parte della tensione che avevo accumulato svanì al suo annuire.

Quando mi mossi automaticamente verso la porta principale, Roe mi fermò con un brusco verso di gola e inclinò la testa verso la porta non segnata da cui era sparito l'altra sera. Non appena ci avvicinammo a sufficienza, la serratura scattò e dopo che lui ebbe aperto la porta, quelle che immaginavo essere luci automatiche illuminarono uno stretto vano scale.

Guardai dove mettevo i piedi mentre lo seguivo lungo i gradini di metallo serpeggianti e direttamente in quello che era un enorme spazio residenziale. Il mio cervello impiegò qualche istante a capire dove ci trovavamo e cosa significava.

Uno dei vicini era sceso con me in ascensore una mattina e aveva menzionato con noncuranza che l'ultimo piano di River View Heights consisteva di un singolo attico, dove viveva il proprietario del palazzo.

Se non lo avessi visto con una persona l'altra settimana, avrei erroneamente ipotizzato che Ronan vivesse lì con il proprietario.

Ora mi resi conto che era *lui* il proprietario.

Ronan possedeva il cazzo di palazzo in cui vivevo. Viveva in un attico che doveva costare... Scossi la testa.

Una fortuna. Non avevo la più pallida idea di quanto costasse un posto come quello. O di quanto costasse un intero condominio. Non mi ero mai appassionato all'edilizia. L'unica casa che avessi mai comprato era quella in cui Dahlia viveva con i miei figli.

L'impatto di quella scoperta mi colpì. Ronan faticava a tirare avanti quando frequentava l'Università, mentre ora...

Ciò significava che possedeva non solo la Range Rover, ma anche la Maserati. Mi aveva tenuto di proposito all'oscuro nell'ultimo paio di settimane.

Non lo biasimavo, ma quel pensiero mi bruciava comunque.

Dopo essermi laureato alla Duquesne, non avevo idea di quanto diverse sarebbero diventate le nostre vite. All'epoca, lui faticava a far quadrare i conti; ora toccava a me.

La persona nell'ascensore aveva ragione. Mi rendevo conto che l'attico occupava l'intero ultimo piano, dato che era tutto spazio aperto. Ben diverso dall'appartamento che avevo preso in affitto al sesto piano.

Avrei potuto giurare che il mio appartamento ci sarebbe stato in quello che doveva essere il salotto. O forse una "sala grande," perché era gigantesca e non c'erano pareti a separarla dalla cucina, da un comodo salottino laterale con un enorme televisore e una zona pranzo.

Da dove mi trovavo, ancora in fondo alla scala a chiocciola, passai in rassegna tutto quello che vedevo. Dai mattoni a nudo delle pareti che contrastavano con lo stucco color terra, all'enorme divano componibile in pelle che dava su una lunga fila di finestre dove ci si poteva sedere ad apprezzare le luci brillanti della città sottostante.

"Sei *tu* il proprietario del palazzo," dissi, ancora sconvolto.

"Sì."

Me lo aveva tenuto nascosto. Di proposito.

Cercai di non lasciare che quel pensiero mi rodesse mentre attraversavo la grande e lussuosa cucina attrezzata con elettrodomestici Viking di acciaio inossidabile nuovi di zecca. Era un bell'investimento. Chissà se Roe li usava mai; sembravano immacolati. Non c'era un'impronta. "Ne hai fatta di strada."

Non ero mai stato in un posto come quello. Bisognava ammettere che era meraviglioso e arredato alla perfezione. Elegante e ordinato, senza nulla in giro e niente abbandonato sui ripiani, a differenza della tipica casa americana. Decisamente troppo in ordine perché ci vivesse un uomo scapolo.

Era anche molto moderna. Tutto gridava "qualità." Da quello che potevo vedere, il design e le decorazioni non erano pacchiani, ma eseguiti alla perfezione. Sebbene la ricchezza necessaria a far tutto ciò fosse facilmente riconoscibile da uno come me, che c'era cresciuto in mezzo, era anche al tempo stesso sottile e di buongusto.

Vidi persino qualche opera d'arte. Ancora una volta, tutto discreto ed elegante.

"Ronan... hai avuto successo." La mia mente faceva fatica ad accettarlo.

"Sembri sorpreso. Ma," Ronan sollevò e lasciò ricadere una spalla con noncuranza, "io lavoro sodo. O lo facevo. Non devo più lavorare così tanto. O così sodo."

Aggrottai la fronte. "Perché? Che significa?

Non ero sicuro che lui avrebbe risposto, dato che per farlo avrebbe dovuto rivelarmi dei dettagli che apparentemente non voleva farmi conoscere.

"Ho comprato la mia prima casa poco dopo essermi laureato. Avevo dovuto sceglierne una bisognosa di molti restauri, naturalmente, perché rientrasse nella mia fascia di prezzo. Dovetti fare la maggior parte dei lavori io stesso, con l'aiuto di qualche buon amico, per risparmiare e renderla abitabile. Dopo aver finito, ricevetti subito un'offerta che non potevo rifiutare, a meno di non essere stupido. Accettai l'offerta e ci guadagnai parecchio. In seguito, comprai un'altra casa da ristrutturare, perché avevo imparato molto ristrutturando la prima. Sistemai la seconda casa, presi il denaro e lo investii in una grossa villetta plurifamiliare. Dopo aver sistemato anche quella, investii nel mio primo condominio. Uno piuttosto piccolo, in cui ho vissuto per un po' e di cui sono ancora il proprietario. Ora compro condomini malridotti – di solito ad aste fallimentari o giudiziarie – in tutta la città e nella zona circostante, li restauro da cima a fondo e affitto o vendo gli appartamenti."

"Sei bravo a usare le mani."

Fra le altre cose.

L'ultimo settore che mi aspettavo Roe scegliesse era l'edilizia. Alla fine del primo anno, aveva scelto Imprenditoria come materia principale.

Avevo pensato che, una volta laureato, sarebbe entrato nel settore della tecnologia, che all'epoca era in forte crescita. Invece, sembrava che avesse fatto del restauro alla sua professione. Forse stava davvero sfruttando al meglio la sua laurea.

"Non lavoro più di persona. Ho una squadra completa che si occupa dei restauri. Seguono anche la manutenzione e le riparazioni dei condomini occupati. Sono molto abili e affidabili, perché li pago bene per la loro esperienza, che si tratti di elettricisti, falegnami, manutentori di condizionatori o idraulici. Se loro non possono affrontare un lavoro specifico, assumo un subappaltatore. Non compro più case singole o plurifamiliari. Mi occupo di edifici più grandi. Come questo."

Mentre ascoltavo con interesse la storia degli inizi di Ronan negli affari, per tutto il tempo fui non solo entusiasta del suo successo, ma anche del fatto che si stava aprendo con me dato che avevo pensato che non mi avrebbe detto nulla.

Lo considerai un altro passo avanti. Dovevo far sì che continuasse a parlare. Come giornalista e speaker esperto, fare domande era il mio forte. Ma decisi di procedere coi piedi di piombo, in modo che lui non mi chiudesse fuori. "Questo è il tuo condominio più grosso?"

"No."

"Allora perché vivi qui?"

Che lui se ne rendesse conto o meno, lo stavo facendo chiacchierare pure per rimandare il sesso – il motivo per cui mi aveva portato nel suo attico – anche solo per un po'. Volevo disperatamente ristabilire la connessione fra di noi e quello poteva essere l'inizio.

Se fossi riuscito a rimettere insieme quel filo strappato, forse il sesso lo avrebbe rafforzato.

"Per la posizione. E poi, l'ultimo piano di questo palazzo era perfetto per un attico. Aveva le ossa buone, e aprire gli appartamenti preesistenti ha fatto sì che avesse molte finestre e luce. L'ho disegnato io stesso e lo adoro. Il paesaggio è imbattibile per la zona ed è comodo, proprio nel cuore della città."

Sì, la città che entrambi amavamo tanto. Dopo averla lasciata, ne avevo sentito la mancanza. Ma sapevo che restare non avrebbe fatto altro che ricordarmi di Ronan e di ciò che non potevo avere.

Mentre parlavamo, lui aveva versato un dito di The Macallan in due bicchieri che attendevano sul piano di granito nero della cucina. Ciò significava che aveva programmato di non rimanere sul tetto, ma di portarmi a casa sua. Non avevo nemmeno dovuto chiederglielo.

Con i due bicchieri in mano, Ronan venne a offrirmene uno.

Ne avevo davvero bisogno per alleviare il nervosismo. Quando bevvi un timido sorso del ricco liquore color ambra, esso scivolò dolcemente e mi scaldò dentro.

"Tranne che per la Range Rover, naturalmente... Guardandoti, non avrei mai indovinato che avresti avuto tanto successo."

"E io non mi sarei mai aspettato che tu ti riducessi così male."

Touché. Mi passai il dorso del pollice sulla fronte mentre contemplavo l'uomo che avevo di fronte. "Questa me la meritavo."

"La vita se la prende con i migliori di noi. Alcune cose si possono controllare, altre no." Ronan fece spallucce e si portò il bicchiere alle labbra. Dopo aver terminato, proseguì: "L'aspetto o il modo di vestire di una persona non è misura di successo. Io preferisco essere visto come il tipico Joe.[1]"

"Il tipico Roe," scherzai, anche se non c'era nulla di tipico nell'uomo in piedi a poco più di un metro da me.

Lui chinò la testa per concordare.

"E quindi? Non indossi mai giacca e cravatta?" Non conoscevo molti uomini d'affari di successo che non lo facessero. Se avessi avuto il denaro, avrei pagato per vedere Ronan in un completo di sartoria.

"Perlopiù solo a matrimoni e funerali."

"Ma non sul lavoro?"

Ronan scoppiò in una risata secca. "Ho raggiunto quel punto della vita dove non ho più bisogno di far colpo su nessuno. Ora mi affido al mio successo per crearne dell'altro e per costruire ponti finanziari. Non rispondo a nessuno e non nascondo più chi sono."

L'ultima parte aveva palesemente un doppio senso. Ne presi atto.

"Non me ne vanto, ma posso dire con orgoglio di essere un uomo d'affari gay che può anche vestirsi in maniera informale, ma che può facilmente permettersi di comprare un intero isolato. Pagando sull'unghia. Se qualcuno non può accettarmi per quello che sono, preferisco non fare affari con quella persona."

Pagando sull'unghia. Mi tremarono un poco le ginocchia.

Porca troia. Io ero fortunato ad avere dieci dollari spiegazzati nel portafogli, in quel momento.

Era come se le nostre vite si fossero scambiate.

Se fosse stata un'altra persona a dire quello che aveva detto Ronan, sarebbe parso che si vantasse. Ma le sue parole erano piene di passione, non arroganti e strafottenti come quelle di alcune delle persone vicino alle quali ero cresciuto. I miei genitori avevano molti amici e conoscenti che guardavano dall'alto in basso i meno fortunati. Disprezzavano chiunque non considerassero al loro livello.

Proprio come ora disprezzavano me. Un uomo distrutto, che aveva distrutto la sua famiglia e ora era anche economicamente distrutto. Non ero più degno del loro tempo o della loro attenzione.

E non me ne importava niente.

Erano i miei figli a rendermi ricco, non il denaro. Per me, loro erano più preziosi di qualunque altra cosa.

All'università non mi importava quanto fosse povero Ronan. E ora non faceva alcuna differenza quanto lui fosse ricco.

Di nuovo, il mio interesse nei suoi confronti era per l'uomo sotto la pelle tatuata, non per il denaro. Allora, lo avevo amato per quello che era, non per le cose materiali o le comodità che avrebbe potuto fornirmi.

Ron aveva origini molto umili. E quell'umiltà gli era rimasta, nonostante ora dovesse essere plurimilionario. Un plurimilionario che indossava jeans strappati, magliette vecchie, e decorava il proprio corpo con inchiostro in abbondanza.

Viveva la vita come voleva viverla, non come ci si aspettava che la vivesse.

Avrei dovuto prendere esempio da lui.

"Indossare giacca e cravatta non mi ha portato al successo. Vestirmi in un certo modo non mi ha insegnato come investire e far crescere il mio portfolio, che si trattasse di azioni, obbligazioni o proprietà immobiliari. Ci sono voluti lavoro sodo e fiuto per gli affari. Dedizione e determinazione. Se avessi voluto farmi strangolare dalle aspettative della società, avrei seguito le regole tacite. Ma le regole sono fatte per essere infrante. A differenza del mio cuore."

Cercavo di non lasciarmi turbare da quelle frecciatine, perché in fondo, lui si stava comunque aprendo a me. Col tempo, speravo che le stoccate sarebbero diminuite e che la sua apertura nei miei confronti sarebbe aumentata.

Avrei avuto bisogno di tonnellate di pazienza e di una pelle molto spessa, ma a quel punto, era tutto ciò che avevo.

"Dopo essermi creato un piccolo portfolio di proprietà immobiliari, ho messo insieme una piccola squadra dirigente, perché non potevo più fare tutto da solo. Mentre il mio portfolio cresceva, così faceva la mia squadra. Ora quella squadra non solo gestisce i miei condomini, ma anche proprietà commerciali e residenziali per conto terzi."

"Sei un collezionista di palazzi e di imprese," riassunsi per far sì che continuasse a parlare.

"Colleziono molte cose."

"Anche gli uomini? Come quello nell'ascensore l'altra settimana?"

"Gli investimenti sono per il mio futuro. Gli uomini sono solo..."

"Giocattoli."

"Uno sfogo. Tengo quello che mi frutta denaro. Mi libero di ciò che non lo fa."

Bevvi un altro sorso dello scotch costoso. Anche quello avrebbe dovuto essere un segnale palese.

La Range Rover. Il The Macallan. Il fatto che Ronan usava un ingresso diverso per raggiungere il tetto rispetto agli altri abitanti del palazzo.

Forse le mie doti investigative stavano degenerando, dato che all'ultima stazione televisiva in cui avevo lavorato avevo scalato la gerarchia fino al punto in cui mi davano semplicemente dei lanci da leggere di fronte alle telecamere. Nessuno di quei servizi era opera mia.

Con il mio nuovo lavoro, ero tornato in trincea. Era più duro e meno redditizio che starmene seduto dietro la scrivania del telegiornale della sera come conduttore.

Ma ero disposto a impiegare il tempo e gli sforzi per tornare dov'ero prima. Un "bel" faccino di fronte alla telecamera, con uno stipendio più grasso per aiutarmi a liberarmi dalla montagna di debiti sotto cui ero sepolto.

"Quindi hai rinunciato al tuo sogno di entrare nell'industria della tecnologia."

"Non è mai stato il mio sogno. Era solo un'idea. Sono uscito da quel sentiero quando ne ho trovato uno migliore."

"Uscito," ripetei lentamente. Non era la parola giusta per descrivere la sua carriera.

Lui fece spallucce. "Diciamo che ho pestato sull'acceleratore."

Avrei voluto dirgli quanto ero orgoglioso di tutto quello che aveva ottenuto, ma non sapevo se avrebbe accettato con piacere complimenti o congratulazioni da parte mia. Probabilmente, da me non voleva altro che sesso. Uno sfogo, come aveva detto lui stesso.

Mi sarei messo al lavoro per cambiare le cose. Un passo alla volta.

Finii lo scotch vecchio di diciott'anni, posai il bicchiere vuoto accanto alla bottiglia che probabilmente costava metà del mio affitto mensile, mossi la mano in cerchio e chiesi: "Posso?" non sapendo se lui avrebbe gradito che io girassi per casa sua.

Ronan esitò per qualche istante prima di annuire.

Mi diressi verso il lungo corridoio dalla parte opposta della "sala grande," ansioso di vedere il resto dell'attico.

Sorprendentemente, Ronan non mi seguì, ma mi permise

di esplorare per conto mio. Lo presi come un indizio che non avesse nulla da nascondere.

Mentre giravo per quell'attico troppo grande per una persona sola, cercai tracce di altri uomini – passati o presenti, a parte quelli trovati su Grindr – in casa.

Non trovai nulla.

Quel fatto mi fece sentire alternativamente compiaciuto e triste. Compiaciuto per me. Triste per lui. Mi chiesi se io fossi stato la sua ultima e unica relazione seria.

Avevo sempre voluto che lui fosse felice. Mi assumevo tutta la responsabilità per aver schiacciato la sua felicità tanti anni prima.

Le uniche foto che vidi – perlopiù nello studio grande e ben attrezzato, con un panorama notevole come quello del salotto – erano dei suoi genitori, all'epoca in cui suo padre era ancora vivo, e quelle che sembravano foto più recenti di sua madre, oltre ad alcune di Ronan e suo fratello. Persino un paio di Declan con la famiglia.

L'enorme camera da letto padronale aveva un letto gigantesco ed era decorata con sfumature di grigio con accenti bianchi e neri.

Di classe.

Come i veicoli di Ronan. A differenza del suo modo di vestire.

Quell'uomo era sicuramente un enigma.

Ero entusiasta del suo successo e ancora più contento di vedere che se la cavava molto meglio di quanto avessi immaginato.

Ciò sottolineava anche che io non gli ero stato accanto. Non ero stato al suo fianco mentre lui costruiva la sua attività e il suo successo.

Ma se fossimo rimasti insieme, magari lui non avrebbe

raggiunto quel livello di successo. Forse la sua vita sarebbe stata diversa e non si sarebbe sforzato così tanto.

Non intendevo prendermi il merito del suo successo, ma mi chiedevo anche come sarebbe stata differente la mia, di vita, se non avessi compiuto determinate scelte.

Capitolo quindici

Ronan (ora)

APPOGGIAI un fianco contro il piano della cucina e sorseggiai lo scotch mentre guardavo Tate fare un tour autogestito di casa mia.

Non riuscivo a credere che Tate Harris stesse camminando per il *mio* attico, la *mia* casa, dopo tutti quegli anni. E che io lo stessi permettendo.

Cosa ancora più assurda, stavamo per fare sesso.

Non avrei mai immaginato che saremmo tornati a quel punto delle nostre vite.

Le sue domande erano state una strategia palese per guadagnare tempo; non perché non volesse fare sesso con me, o almeno non credevo – anche se forse non preferiva fare il passivo – ma perché desiderava conoscere dei dettagli sulla mia vita e che io lasciassi cadere le mura dietro cui mi ero rifugiato.

Sebbene gli avessi rivelato alcuni dettagli – quelli che lui avrebbe potuto trovare con una semplice ricerca on-line – non glieli avevo forniti tutti.

Avrebbe dovuto guadagnarseli. Non poteva semplicemente rientrare nella mia vita e aspettarsi che io mi comportassi come se non se ne fosse mai andato.

Perché se n'era andato.

E sotto un certo punto di vista, faticavo a perdonarlo.

In fin dei conti, era quello ciò che voleva da me. Perdono.

Non lo avrebbe ottenuto facilmente, se mai lo avrebbe ottenuto.

Lui poteva anche volere un nuovo inizio, ma io non ero sicuro di poter superare l'ultima fine.

Mentre aspettavo che lui tornasse, riflettei sul successo che avevo avuto nel corso degli anni. Avrei avuto lo stesso successo se Tate e io fossimo rimasti insieme?

Sarei stato così motivato? Avrei lottato altrettanto duramente per farmi strada nel mondo? Per dimostrare che tutti avevano torto? Che una persona come me poteva raggiungere la vetta?

Forse no. All'epoca, Tate aveva una vita facile. Forse mi ci sarei abituato anch'io.

Probabilmente, dovevo ringraziare i complotti di Dahlia, almeno in parte, per la mia determinazione a farmi strada da solo nella vita.

Lei sapeva quanto era ricca la famiglia di Tate e non aveva la minima voglia di lavorare. Alla fine, si era scoperto che era andata davvero all'università solo per trovare un buon marito che le facesse fare la casalinga. O la moglie trofeo. La sua materia principale era stata la caccia al marito. E dopo aver posato lo sguardo su Tate, aveva trovato il suo bersaglio.

Solo che uno del primo anno era arrivato a rovinarle tutto.

Aveva Tate fra le sue grinfie e io glielo avevo strappato,

senza nemmeno avere l'intenzione di farlo. Dahlia aveva considerato sprecato tutto il tempo dedicato a Tate quando lui aveva rotto con lei.

Con la laurea vicina e la consapevolezza di non avere più scuse per non cercare un lavoro, dato che non aveva trovato un potenziale marito, Dahlia aveva cominciato a sentire il panico e si era ridotta a far sì che Tate tornasse a letto con lei con l'inganno.

Molto probabilmente, il suo intento originale era stato convincerlo che lui non era gay e nemmeno bi. Di mostrargli che era solo confuso e che lei avrebbe potuto dimostrargli che era etero.

Peggio ancora, di convincerlo che io gli avevo fatto il lavaggio del cervello. Che ero stato io a complottare, non lei.

Tuttavia, il metodo che Dahlia aveva usato per dimostrarlo si era rivelato ben più efficace.

E aveva cambiato il corso delle nostre vite.

Ronan (allora)

Sebbene mancasse ancora qualche giorno alla laurea di Tate, mi sembrava di averlo già perso. A meno che non ottenesse uno dei lavori per cui si era candidato a Pittsburgh o nelle zone limitrofe, saremmo rimasti separati per i due anni a venire, fino a quando io non mi fossi laureato.

Sì, avremmo trascorso insieme quell'estate e quella successiva e le mie vacanze fra un semestre e l'altro, ma non sarebbe mai stato sufficiente per noi.

Avremmo anche potuto mandarci messaggi, chiamarci e mandarci e-mail, usare persino Skype, ma non era lo stesso che addormentarmi con lui tutte le sere e svegliarmici accanto tutte le mattine.

Speravo che avremmo almeno avuto quell'estate insieme nell'appartamento che ora condividevamo. Dato che quello sarebbe stato l'ultimo anno in cui avrei avuto l'obbligo di vivere al campus, se Tate avesse trovato un lavoro in loco, io avrei potuto finalmente lasciare la stanza che pagavo, ma che usavo raramente, e andare "ufficialmente" a convivere con lui.

Tuttavia, se Tate si fosse trasferito troppo lontano per cominciare la sua carriera di giornalista, io mi sarei procurato un'altra stanza al dormitorio del campus per gli ultimi due anni. Sarebbe stato più accessibile e comodo per me.

Era uno schifo, ma io continuavo a ripetermi che dovevo avere pazienza riguardo alla nostra relazione. Il tempo che stavo investendo ora, tanto con Tate quanto con lo studio, mi avrebbe fruttato in futuro.

Laurearmi e finire nell'elenco degli studenti migliori ogni semestre era importante sia per me sia per lui. Tate mi incoraggiava a restare e a conseguire la laurea.

Avevo scelto Imprenditoria come materia principale, una strada a cui non avevo nemmeno pensato prima che il mio tutor me la suggerisse. Mi si erano rizzate le orecchie e io lo avevo tormentato chiedendogli ogni dettaglio.

Immaginavo che qualcuno mi chiedesse "Cosa fai nella vita?" e di rispondere con "Sono un imprenditore," senza fare una piega. Suonava piuttosto snob e ciò lo rendeva ancora più divertente per il sottoscritto, che in quel momento tirava a malapena a campare.

Ma ad attirare sul serio la mia attenzione era stato il fatto che il mio tutor mi aveva parlato di un programma dell'università grazie al quale avrei avuto l'opportunità di crearmi una microimpresa tutta mia, nella quale l'università avrebbe investito il capitale iniziale.

Sapevo di non poterci rinunciare, anche se sembrava troppo bello per essere vero.

Ma se avessi fondato una microimpresa e fosse andata bene, avrei fatto il primo passo sulla strada verso il successo.

Avevo intenzione di cogliere l'occasione.

Compreso il ragazzo che si era seduto accanto a me a lezione durante il mio primo semestre alla Duquesne.

Stavo aspettando che quel ragazzo entrasse a momenti dalla porta del nostro appartamento.

Mi aveva scritto quando era arrivato alla KDKA. Era andato a fare un colloquio con la dirigenza nella speranza di ottenere una posizione permanente e pagata. C'erano buone probabilità che ce la facesse, dato che aveva trascorso tutta l'estate prima a fare lo stagista presso la stazione televisiva e facendosi le ossa imparando ciò che accadeva dietro le telecamere.

Tuttavia, il colloquio era previsto per *ore* prima.

Non volevo scrivergli o chiamarlo, nel caso l'incontro fosse stato posticipato o si fosse prolungato. Speravo che il suo ritardo fosse foriero di buone notizie.

Chissà, forse si era fermato mentre tornava a casa per prendere qualcosa per festeggiare.

La mia mente vorticava per tutte le possibilità.

Volevo che lui ottenesse il lavoro alla KDKA più di ogni altra cosa. Ciò avrebbe significato che entrambi saremmo potuti restare a Pittsburgh, che ora consideravamo la nostra "casa." Meglio ancora, avremmo potuto restare insieme e continuare a costruire la nostra relazione.

Saltai giù dal divano e il mio corpo cominciò a vibrare per la pregustazione non appena sentii le chiavi tintinnare in corridoio.

"Com'è andata?" mi uscì di bocca non appena la porta si aprì e Tate entrò.

Capii subito che qualcosa non andava e sentii un tonfo allo stomaco.

Il suo volto sembrava troppo serio e c'era qualcosa di strano nel suo atteggiamento. Di solito, Tate mi salutava sempre con uno dei suoi sorrisi e chiedeva un bacio, che a volte portava a ben altro.

Ingoiai il groppo che mi si era bloccato in gola e cercai di ignorare il terrore che mi colmava il petto.

"Ronan..."

Il cuore mi si strinse, poi cominciò a creparsi per il modo in cui lui pronunciò il mio nome. Non solo mi aveva chiamato col nome completo, ma non lo avevo mai sentito pronunciarlo in quel modo.

Con prudenza. Come se mi stesse preparando al peggio.

Doveva essere tutto frutto della mia immaginazione. O forse ero troppo sensibile, dato che avevo investito tanto nell'idea che lui restasse a Pittsburgh con me.

Feci due passi verso di lui, che era rimasto fermo vicino alla porta. Non si era ancora nemmeno tolto la borsa. Di solito la lasciava cadere subito, dato che, come il suo vecchio zaino, era così piena da essere gonfia e pesante.

"Il colloquio non è andato bene?" Il cuore mi batteva forte nel petto.

Thump.

Thump.

Thump.

"Non è andato malissimo, ma..." Tate strinse le labbra.

"Ma non hai ottenuto il lavoro," conclusi.

Lui scosse la testa.

"Merda," borbottai. "Beh, forse la WPIX ti contatterà. Ci sono tantissime testate giornalistiche e stazioni radio o televisive dentro e attorno alla città. Sono sicuro che–"

"Roe, questa mattina ho ricevuto un messaggio dalla

WGAL. Mi hanno offerto un posto alla loro stazione di Harrisburg."

Harrisburg.

Tate tacque per qualche istante per lasciarmi assimilare la notizia, poi concluse dicendo: "Li ho richiamati dopo..." Scosse la testa. "Dopo il colloquio alla KDKA, e ho accettato."

Stavo cercando di rimanere positivo. Avevo sempre saputo che c'era quella possibilità. Mi ero preparato. "È un buon lavoro?"

Lui annuì, ma non sembrava contento. Anzi, la sua espressione sembrava devastata. Non aveva senso.

"Comincerò come giornalista investigativo."

Proprio quello che voleva. "E lo stipendio è buono?"

Tate annuì di nuovo, leccandosi le labbra. Era pallido come un fantasma.

Stava nascondendo qualcosa.

Di qualunque cosa si trattasse...

Feci spallucce come se non fosse niente di che per me, il che era ben lontano dal vero. "Harrisburg non è lontanissima. Solo tre ore."

Dato che Tate aveva un futuro radioso davanti a sé, non poteva essere il nervosismo a dargli quell'aspetto. Il fatto che non voleva che ci separassimo dopo la fine della mia pausa estiva.

Mi strinsi di nuovo nelle spalle, cercando di nascondere la mia devastazione. "Sono sicuro che riuscirò facilmente a trovare un lavoro estivo a Harrisburg. Farò di nuovo domanda per l'alloggio al campus in autunno. Funzionerà."

Tate non si era ancora mosso.

L'unica volta in cui lo avevo visto stare così male era stato l'inverno prima, quando aveva preso l'influenza e non riusciva a smettere di vomitare.

Ma a differenza di allora, Tate era silenzioso. Troppo silenzioso.

Fino a quando non smise di esserlo.

"Ronan..." Le parole successive gli uscirono di bocca in un fiume. "Non puoi venire a Harrisburg con me."

Cosa? "Ma il nostro progetto era quello: trascorrere l'estate insieme, ovunque tu avessi trovato lavoro."

"Lo so..." A giudicare dal tono della sua voce, quello che aveva da dire sarebbe stato una tortura.

No. Era di sicuro una brutta notizia. Mi preparai.

"Ronan..."

No.

"C'è dell'altro."

Dell'altro? Tate stava per lasciarmi solo; che altre brutte notizie potevano esserci?

"I miei genitori sono arrivati in anticipo a Pittsburgh per farmi una sorpresa."

Merda. I suoi genitori sarebbero dovuti arrivare l'indomani, per assistere alla sua laurea, non quel giorno. Tate aveva programmato di farli sedere e dire loro di noi. Che lui era gay. Di mettere finalmente tutto sul tavolo, dato che stava per laurearsi e passare al capitolo successivo della sua vita.

Con me.

Avevamo persino ripetuto diverse volte il discorso che avrebbe fatto. Lui si era persino esercitato, perché era nervoso.

Io ero nervosissimo, perché non ero sicuro che loro avrebbero accettato le novità. Che lui fosse gay e che io facessi parte della sua vita.

Tirando a indovinare, se Tate non ne era certo, probabilmente non lo avrebbero fatto.

Non mi piaceva la piega che aveva preso quella conversazione. Per niente.

Soprattutto quando Tate fu costretto a inalare profondamente prima di dirmi quello che gli uscì di bocca in seguito. "Quando sono uscito dal colloquio alla KDKA, loro mi aspettavano fuori. Volevano portarmi a pranzo. Ho pensato che avrei semplicemente detto loro oggi quello che volevo dire loro domani, ma..."

"Ma?" gli feci eco. La mia voce suonava come se fossi in fondo a un pozzo profondo. Avrei potuto giurare di essere sul punto di vomitare. Avevo i crampi allo stomaco e mi girava la testa. Avevo bisogno che Tate tirasse fuori tutto. E presto.

"Mentre andavamo al ristorante, mi hanno detto che avevano una sorpresa per me."

Quella cosa non mi piaceva per niente.

"Non era una sorpresa, Roe. Era un'imboscata."

"In che senso un'imboscata?"

"Quando siamo arrivati, Dahlia e i suoi genitori ci aspettavano al tavolo."

Cosa?

"Era quella la sorpresa."

"D'accordo... Quindi hai mangiato con–"

Lui scosse la testa e "Dahlia è incinta. Ci sposiamo," gli uscì di bocca.

Rimasi di stucco. Non capivo.

Poi quelle parole mi travolsero come una valanga.

No. No. No.

Quelle erano due cose che non avrei mai voluto sentire. Che non mi ero mai aspettato di sentire.

La mia gola cominciò a chiudersi. I miei occhi cominciarono a bruciare. Il mio cuore smise di battere.

Ciò che Tate aveva detto non poteva essere vero. Si erano lasciati due anni prima. Non stavamo insieme da allora.

A meno che...

Non si erano mai lasciati e Tate aveva mentito?

Oppure aveva mentito a Dahlia?

O aveva mentito a entrambi?

No. Dahlia era venuta a cercarmi il giorno stesso in cui lui aveva rotto con lei, per cui sapevo che Tate lo aveva fatto. Ne avevamo persino parlato più tardi e lui mi aveva raccontato tutto.

Mi aveva raccontato i dettagli dell'intera conversazione che aveva avuto con lei.

Per cui...

Nulla di tutto ciò aveva senso. Peggio ancora, Tate non mi stava spiegando niente.

Perché diavolo era così silenzioso?

Forse mi stava solo prendendo in giro. "È uno scherzo, vero? Mi stai prendendo per il culo." Quando lui continuò a non dire nulla, io lo fissai, ordinandogli mentalmente di cominciare a ridere. "Tate, mi stai prendendo per il culo, vero? Dimmi che è un brutto scherzo."

Il suo pomo d'Adamo gli risalì fino in cima alla gola, quindi ricadde come un sasso. "Vorrei che lo fosse."

Mi pizzicai la pelle del braccio, perché quello doveva essere per forza un incubo. Mi sarei svegliato e tutto sarebbe tornato come avrebbe dovuto essere. A differenza di ciò che stava accadendo.

"Non capisco. Com'è potuto succedere? L'hai lasciata. È quello che mi avevi detto. L'hai lasciata, Tate!"

"Sì... È vero."

"Allora come diavolo è potuto succedere? Negli ultimi mesi, poi?" Nulla di tutto ciò aveva il minimo senso. "Siamo stati insieme negli ultimi due anni. *Pensavo* che scopassimo solo fra di noi. Mi hai mentito."

"No. Stavamo davvero insieme. Ho commesso un errore–"

"Non riesco a capire quello che stai dicendo. O perché tu

sia andato a letto di nuovo con Dahlia. Pensavo che mi amassi."

"Io ti amo, Roe. Più di ogni altra cosa." Tate esalò il fiato. "Quello che è successo non ha nulla a che vedere con l'amore."

"A quanto pare," dissi a denti stretti. Mi picchiai una mano sulla fronte e girai sui tacchi, facendo lunghi passi per frapporre un molto necessario spazio fra di noi. Quando arrivai in fondo al salotto, mi voltai di nuovo verso di lui. Il terrore che avevo ingoiato all'inizio ora risalì sotto forma di rabbia. "Lo sapevo! Sapevo che, se potevi farlo a Dahlia, potevi farlo altrettanto facilmente a me."

Tate aggrottò la fronte. "Che cosa?"

"Tradirmi!"

"Non è andata così, Roe. Io non ho... Non è stato... Le mi ha chiesto... Stava cercando di... Cazzo!" gridò Tate. "Cazzo, Roe. Non lo avevo programmato. Non lo volevo nemmeno. Ero... confuso ed è successo."

Ignorai tutto ciò che aveva appena detto, perché avevo perso completamente la fiducia in lui. Ogni singolo grammo.

"Peggio ancora, tu non mi hai detto *niente*. *Niente*, Tate. Non avrei mai saputo quello che avevi fatto se lei non fosse rimasta incinta."

Le sue narici fremettero e finalmente lui ebbe il coraggio di mostrarsi colpevole. "Hai ragione. Non avrei detto una parola, perché non avevo intenzione che nulla di tutto questo accadesse. Ma è accaduto e ora io non posso cancellarlo. Posso solo cercare di sistemare le cose."

"Lo so io come sistemare le cose," dissi a denti stretti.

"Non..." Tate scosse la testa. "Non posso e comunque è troppo tardi. Ci ha pensato Dahlia. E ha dato la notizia con i miei genitori seduti a tavola. Ha detto loro che aveva tenuto segreta la gravidanza perché voleva farmi una sorpresa come regalo di laurea."

Regalo di laurea?

"Lo sapeva da mesi. Ha aspettato che fossimo davanti ai miei genitori per dirmelo. Sa che loro la adorano e che avrebbero insistito perché ci sposassimo. Lo ha persino detto ai suoi genitori prima che a me."

Di proposito, senza dubbio. *Stronza subdola.* "Tate, puoi mantenere tuo figlio e non sposare comunque la madre che non ami." Succedeva tutti i giorni. Un sacco di gente lo faceva con successo.

"Roe..."

Non mi aveva ancora spiegato come era successo. Solo che era "confuso" e che aveva commesso un "errore." "Ti ha ingannato? Cosa ti ha detto per convincerti a fare sesso senza protezione?"

"Non ha dovuto convincermi."

La mia mascella toccò il pavimento. "Lo hai fatto di proposito?"

Tate esalò il fiato. Stava tenendo per sé i dettagli. Doveva esserci una ragione. C'era qualcosa di profondamente sbagliato in tutto ciò.

"Possiamo sederci e–"

"No, Tate. Non ci siederemo per fare quattro chiacchiere in amicizia. Voglio conoscere i dettagli di questo cosiddetto errore. Come... Quando è successo?"

"Durante la pausa invernale."

Il mio cervello tornò indietro.

Tate era tornato a casa per Natale, per trascorrere un po' di tempo con la sua famiglia. Io avevo fatto lo stesso, per passare le feste con mia madre e la famiglia di mio fratello.

Sebbene fossero trascorsi due anni, Tate non era ancora

uscito allo scoperto con la sua famiglia. Loro non avevano idea che stessimo insieme.

Due maledettissimi anni.

Il motivo per cui, finalmente, lui avrebbe dovuto raccontare loro tutto l'indomani!

Ecco cosa avevo ottenuto con la mia pazienza e la mia comprensione. Lo avevo preso nel culo in tutti i sensi.

"Ma non vivete nemmeno vicini," dissi con un certo sforzo. "Come avete fatto a beccarvi durante la pausa invernale?"

Tate doveva cominciare a parlare e doveva farlo subito. La calma che avevo usato negli ultimi due anni si stava sbriciolando molto rapidamente. E io non ero sicuro che sarei mai riuscito a recuperarla.

La sua espressione si fece cupa. Proprio come il mio maledetto futuro. Il *nostro* futuro. "I miei genitori avevano invitato lei e i suoi a trascorrere l'ultimo dell'anno con noi. Erano arrabbiati che io avessi rotto con lei. Nel corso delle vacanze, i nostri genitori hanno cercato di fare i sensali e di farci rimettere insieme. Mi hanno colto completamente alla sprovvista, Roe. Non avevo idea."

Un altro cazzo di segreto. "Non mi avevi detto niente."

"Non volevo farti arrabbiare. Non era importante. Mi sono detto che potevano provarci fin quando volevano, ma io sarei sempre tornato a casa da te. Amo *te*, Roe."

"Ma in qualche modo, il tuo uccello è finito dentro Dahlia."

Non voleva raccontarmi i dettagli. Perché? Perché continuava a rimandare?

Tate chiuse gli occhi e barcollò leggermente. Le nocche della mano che stringeva la borsa erano sbiancate. Quando lui aprì quegli occhi azzurri che amavo tanto, io ci vidi la sconfitta.

Per un attimo mi dispiacqui per qualunque cosa stesse per dire. Mi dispiacqui perché lui si trovava in quella situazione. Poi mi resi rapidamente conto che qualunque cosa gli fosse successa aveva trasformato in vittima anche me. E lui non mi aveva avvertito né mi aveva protetto.

Aveva creduto che non avrei mai scoperto quello che era successo fra lui e Dahlia.

"Era l'ultimo dell'anno e io mi sono ubriacato. Lei è entrata nella mia stanza. Non..." Tate scosse la testa. "Non volevo che succedesse, Roe, ma è successo. Il mattino dopo mi sono svegliato e l'ho trovata nel mio letto. Mi sono incazzato e l'ho sbattuta fuori. Volevo dimenticarmi tutto... *Speravo* di dimenticare tutto."

Il karma stava ridendo come un pazzo.

"Dimenticare? Come ti sei dimenticato di dirmelo?"

Io avevo aspettato con ansia che lui tornasse a casa e lui era a pranzo che progettava un maledetto matrimonio con i suoi genitori alla famiglia di Dahlia.

Ma che cazzo!

"Sei sicuro che sia incinta? Che non ti stia ingannando?"

"Mi ha mostrato un'ecografia."

"Potrebbe essere falsa."

"La gravidanza è già evidente."

"Forse è ingrassata."

"Ronan..."

"Non sai se sia davvero tuo." Mi stavo arrampicando su tutti gli specchi possibili. Quella cosa non poteva succedere davvero.

"Dopo pranzo, l'ho presa in disparte e ho insistito per fare un test del DNA prima del matrimonio."

Non riuscivo a credere a quello che stavo sentendo. "È una trappola, Tate," sussurrai. Lui c'era finito dentro. E stava lasciando che Dahlia se la cavasse egregiamente.

Era quello che non capivo.

Avevo sempre temuto che Dahlia avrebbe combinato qualcosa di simile. Avevo sperato che si sarebbe rivelata una persona migliore. A quanto pareva, non lo era.

"Ti ha teso una trappola. Non capisci? È proprio davanti alla tua cazzo di faccia. Non sei costretto a sposarla. Anche se avrà il bambino. Puoi essere padre anche senza stare con la madre." Non cercai nemmeno di nascondere la disperazione della mia voce.

Sebbene Dahlia fosse una stronza subdola, ciò non cambiava il fatto che Tate non mi aveva mai detto quello che era successo. Aveva tirato dritto come se non fosse mai accaduto.

La vita aveva altri piani per lui. E lo stesso valeva per Dahlia.

Ora lui non poteva ignorarla. La vita lo stava schiaffeggiando in piena faccia.

E stava schiaffeggiando anche me.

"Non ce la faccio. Non ci riesco." Il bruciore di quello schiaffo stava diventando più forte a ogni secondo. "Odio i tuoi genitori. Odio quella stronza di merda. E sai una cosa, Tate?" Succhiai aria per raffreddare la furia che bruciava dentro di me, ma non ci riuscii. Invece, essa esplose. "Odio anche te, cazzo." Non volevo sentire altre scuse. O altre spiegazioni. Tanto, non avevano comunque senso. Non riuscivo a farmene una ragione. Indicai la porta. "Vattene."

"Roe... Ti prego... Mi dispiace. Non volevo–"

Le parole mi si bloccarono in gola, ma io le buttai fuori e lo interruppi. "Ho bisogno che tu te ne vada mentre io faccio i bagagli."

"Ma io vivo–"

"Vattene, Tate!"

"Pagherò l'affitto dell'appartamento. Puoi trascorrere l'estate qui."

"A differenza di Dahlia, io non voglio i tuoi cazzo di soldi, Tate! Volevo te!" gridai, facendolo sussultare.

"Mi dispiace. Roe, mi dispiace tantissimo..."

Mi pulsavano le tempie. Il sangue mi scorreva nelle orecchie. Non riuscivo a sentire. Non riuscivo a vedere. Riuscii solo a continuare a urlare "Vattene! Vattene! Vattene!" fino a quando non ebbi la gola scorticata, non esaurii le lacrime e il mio cuore non smise di battere.

Fino a quando...

Tate non se ne fu andato.

Capitolo sedici

Ronan (ora)

Avevo saltato la laurea di Tate. Avevo saltato i saluti.

Non lo avevo più rivisto.

Non prima del giorno in cui era entrato nel mio palazzo.

E ora eccolo lì, che girava per il mio attico, comportandosi come se quegli anni di mezzo non fossero mai trascorsi.

Anche se era stato un errore – un errore che lui non poteva cancellare e io non potevo dimenticare – aveva gestito molto male la situazione.

Alla fine, Dahlia aveva vinto. Io avevo perso.

Quel giorno avevo fatto i bagagli, avevo lasciato il nostro appartamento e avevo deciso che non mi sarei mai più concesso di perdere. Quello era stato il giorno in cui avevo indurito il mio cuore e la mia determinazione.

Dahlia aveva ottenuto quello che voleva ed era felice. I suoi genitori erano felici che lei sposasse un membro della famiglia Harris. E i genitori di Tate avevano ottenuto la nuora che volevano.

Le due persone che non erano felici della situazione eravamo io e Tate.

Nonostante tutto, avevo voltato pagina il meglio possibile. Mentre Tate era rimasto bloccato in quell'inferno.

Ma d'altra parte, quella era la scelta che lui aveva fatto e con cui aveva dovuto convivere per un decennio. Un decennio trascorso a svegliarsi accanto a una persona che lo aveva raggirato e manipolato di proposito.

Mentre io mi ero svegliato tutte le mattine da solo.

Prima di vederlo, sentii Tate tornare indietro lungo il corridoio. Pensai di dirgli di voltarsi e tornare in camera mia, ma avevo bisogno di mantenere il sesso il più impersonale possibile. Il che significava tenerlo fuori dal mio letto.

Non appena ricomparve in salotto, Tate disse: "Casa tua è... incredibile, Roe. Te la sei cavata bene. Sono..." Fece una pausa. "Probabilmente non vuoi sentirlo e probabilmente non significa niente provenendo da me, ma... sono orgoglioso di te."

Si sbagliava. Volevo sentirglielo dire.

E quel "volevo" era qualcosa di devastante.

Sebbene non avessi *bisogno* di quelle affermazioni da parte sua, la sua convalida significava per me molto più di quanto avrebbe dovuto.

Risposi dicendo: "Aspetta qui. Torno subito."

Mentre lo oltrepassavo, mi premetti le mani sulle cosce per trattenermi dall'afferrarlo e trascinarlo in camera da letto.

Quando tornai con il lubrificante e i preservativi qualche minuto dopo, Tate era di fronte alla parete di finestre, che guardava la città.

Quando sentì che mi avvicinavo, disse sottovoce: "È perfetto."

E lo era anche lui. Ancora.

Ma non potevo permettergli di insinuarsi di nuovo nel mio cuore.

Per la mia salute mentale, dovevo far sì che le cose fra di noi rimanessero puramente sessuali.

Così facendo, anche se lui se ne fosse andato di nuovo, avrei avuto quello.

Quel momento di più.

Ma quel ricordo sarebbe stato qualcosa da buttare o da conservare?

Mi avrebbe rafforzato o distrutto?

Purtroppo, c'era un solo modo per scoprirlo.

Una volta, io volevo il lieto fine. Inaspettatamente, lui mi aveva dato soltanto una fine.

Ora Tate voleva una seconda possibilità di quel lieto fine che ci era sfuggito. Ma io non ero sicuro che sarei mai stato disposto a concederglielo.

Tuttavia, ero disposto a ritagliare quel pezzetto di tempo per lui. Per noi. In seguito...

Non riuscivo nemmeno a pensarci. Avrei dovuto aspettare e vedere cosa sarebbe successo prima.

Tate continuò a darmi le spalle mentre io posavo il lubrificante e i preservativi nelle vicinanze ed entravo nel suo spazio personale. L'odore del suo sapone o qualunque cosa avesse addosso – magari anche del prodotto che aveva usato per prepararsi – mi riempì le narici.

Quando lui si voltò lentamente e i suoi occhi azzurri incrociarono i miei... capii subito quanto tutto ciò era pericoloso per me.

Non ci sarebbe voluto molto perché lui mi schiacciasse ancora una volta il cuore e l'anima.

Sapevo che non dovevo farlo, ma stavo per farlo comunque. Mi stavo ancora una volta comportando in maniera stupida quando avrei dovuto imparare la lezione la prima volta.

Detestavo che, nel tempo trascorso da allora a quel momento, nessuno fosse riuscito a rimpiazzarlo. Per quanto mi sforzassi. Qualunque cosa facessi. *Chiunque* mi facessi.

Che lui lo sapesse o meno, Tate era la mia anima gemella. E anche la mia ossessione.

Da cui non ero mai riuscito a riprendermi.

Ci avevo convissuto per tutti quegli anni, nella speranza che un giorno mi sarei svegliato ed essa sarebbe scomparsa.

Proprio come lui.

E come un drogato, cercai di convincermi che un'ultima dose non avrebbe fatto male. Mi avrebbe dato un po' di sollievo temporaneo e avrei potuto facilmente smettere l'indomani.

Chiusi lo spazio fra di noi fino a quando i nostri piedi nudi non si toccarono. Mi sporsi finché le nostre bocche non rimasero sospese l'una vicino all'altra. Senza toccarsi e senza allontanarsi. Solo uno scambio di fiato caldo su labbra schiuse.

A ogni inalazione, io gli rubavo l'ossigeno. A ogni esalazione, lui se lo riprendeva.

Tuttavia, i miei pensieri continuavano a interrompermi.

Avvertendomi che non avrei dovuto rifarlo.

Ricordandomi che avevo già un buco permanente nel cuore. Se lui l'avesse infranto di nuovo, c'era il rischio che non restasse più nulla che potesse guarire.

Non avrei dovuto baciarlo. Baciarsi era troppo intimo.

Ma quando lui sussurrò "Roe," io mi concentrai sulla sua bocca. Poi la schiacciai con la mia.

L'impatto fu così duro che lui barcollò all'indietro e la sua schiena colpì la finestra dietro di lui, facendo tremare il vetro.

Ma io rimasi con lui, tenendoci collegati. Saccheggiando la sua bocca, facendo la guerra con la sua lingua.

Affrontando quei dubbi che invadevano la mia mente.

Cercando di convincermi che quello che stavamo facendo non significava nulla. Che non era diverso da un appuntamento di Grindr.

Anche se sapevo...

Sapevo nel profondo di me che non era così.

E quando lui mi toccò... Quando le sue lunghe dita mi afferrarono la mascella, incoraggiandomi ad approfondire il bacio...

La sua bocca era avida. E vogliosa.

Familiare.

Come tornare a casa dopo un lungo viaggio.

Le sue dita mi scesero lungo il petto, sfiorandomi i capezzoli e accarezzando la scia di peli che dal mio ombelico portava al mio membro sofferente.

Il suo tocco fece scoccare e crepitare una corrente elettrica sulla mia pelle. Proprio come quando ero bambino e avevo ficcato stupidamente una forchetta nella presa della corrente, anche dopo che mi avevano detto di non farlo.

Quella sarebbe stata una lezione simile che avrei dovuto reimparare?

Tate non smise di trascinare le dita calde sulla cintura dei miei pantaloncini: li abbassò mentre scendeva, fino ad avvolgermi la mano attorno. Gli si mozzò il fiato.

Approfondii il bacio quando lui cominciò a pomparmi. Dapprima dolcemente. Timidamente. Poi, a ogni movimento, divenne sempre più ardito, più aggressivo.

Se avesse continuato così, sarei venuto addosso a entrambi. Ma non lo volevo. Il mio piano era di prendere il suo culo e farlo mio. Anche solo per quella sera.

Staccai la bocca dalla sua per riprendere fiato e riorientarmi. E non andare alla deriva, perso nel contatto con Tate.

Eppure, lo volevo. Ne avevo bisogno.

E, *cazzo*, ne avevo sentito la mancanza. Mi provocava un dolore al petto grande quasi quanto il giorno in cui lo avevo perso.

Dopo avergli afferrato un polso, liberai la sua mano dal mio membro, poi gli sollevai la camicia sopra la testa, lasciando quella ciocca ribelle ricadergli sulla fronte.

Lo ignorai, ma quello che non potei ignorare furono i suoi occhi.

Più scuri del normale e pieni di calore e di desiderio.

Se avessi guardato nello specchio, ero sicuro che i miei sarebbero stati identici.

Ma lessi anche la preghiera dentro i suoi.

Per il perdono o per il sesso?

Forse per entrambi.

"Cazzo," sussurrò e gemette Tate.

Era quello che volevo dargli. A fondo e con violenza.

Ma dovevamo arrivarci presto, prima che le mie pareti protettive crollassero completamente attorno a me. Avevano già cominciato a creparsi e sbriciolarsi, coi pezzi che mi atterravano ai piedi.

Con la bocca schiusa, Tate ansimava leggermente. Mi chinai di nuovo, gli afferrai il labbro inferiore con i denti e lo mordicchiai con fermezza. Poi ci passai la lingua sopra e presi di nuovo la sua bocca.

No. La *mia* bocca. In quel momento, mi apparteneva a me.

Durò solo per un momento. Perché con il suo tocco avrei potuto facilmente lasciarmi trascinare dal baciarlo. Avrei potuto baciarlo per tutta la notte.

Ciò mi ricordò l'epoca in cui ci accoccolavamo sotto una

coperta nel letto o sul divano mentre guardavamo la televisione o studiavamo. Avevamo fatto a gara a quanto a lungo riuscivamo a baciarci prima che uno o entrambi finissimo nudi.

Una sfida a chi riusciva a resistere di più.

Mi ritrassi dal passato e ancora una volta conclusi il bacio. Dopo aver bruscamente abbassato i pantaloncini di Tate, lasciai libera la sua molto allettante erezione. Compiaciuto nel constatare che sotto non indossava nulla.

Il membro ondeggiante, la cui ampia punta era scivolosa di liquido seminale, mi fece venire l'acquolina in bocca, al ricordo del sapore e della sensazione contro la lingua.

Ero tentato di cadere in ginocchio e rivivere l'esperienza.

Non questa sera. Rispetta il piano. È più sicuro.

Ovviamente, stavo mentendo a me stesso, ma quella menzogna era l'ultima di una serie che decisi di ignorare.

Facendo con calma, abbassai ancora di più i pantaloni di Tate, evitando di proposito di toccarlo direttamente. Tenni la presa solo sul morbido cotone, fino a quando i pantaloncini non caddero ai suoi piedi. Lui vi uscì e li allontanò con un calcio.

Dovevo fare la stessa cosa con i ricordi che continuavano a intrufolarsi.

Mi concentrai sul Tate del presente, completamente nudo di fronte a me, per la prima volta in quella che sembrava una vita.

Volevo esplorare e imparare ancora una volta ogni centimetro del suo corpo?

Sì.

Un milione di volte sì.

Lo feci? No.

Invece, lo feci voltare, orientandolo verso la finestra; temevo quello che sarebbe potuto accadere se lo avessi guardato negli occhi mentre lo facevamo. Avevo paura che sarebbe stata un'esperienza troppo intima e che lui avrebbe visto cose che io non avrei voluto mostrargli.

Come quanto ero vulnerabile in quel momento. Quanto debole lui mi rendeva.

Feci un passo indietro e mi concessi un'ultima ispezione approfondita dei suoi capelli scuri e folti, lungo la sua spina dorsale, sul sedere, giù per le gambe dalla peluria leggera e finendo coi piedi nudi.

Tate sussultò quando io esclamai: "Alfred, spegni le luci!"

Il mio "maggiordomo" elettronico prese atto del mio ordine rispondendo "Spengo le luci" e sulla stanza calò immediatamente il buio.

L'unica fonte luminosa nelle vicinanze era una lucina piccola luce in cucina alle nostre spalle, che tenevo accesa nel caso dovessi andare là nel cuore della notte.

E naturalmente, le luci della città di fronte a noi, fuori dalla finestra.

"È come se stessimo galleggiando nell'aria," sussurrò Tate. "Scommetto che vedi benissimo i fuochi d'artificio."

"Sì." Quei fuochi d'artificio non erano nulla rispetto a quelli che al momento esplodevano dentro di me.

"Probabilmente riesci a sentire i ruggiti delle folle degli stadi."

"Dal tetto."

Ancora chiacchiere. Un tentativo di rendere l'esperienza più personale.

Tate voleva parlare? D'accordo.

"Ti sei preparato come ti avevo detto?"

"Sì."

"Come ti ho insegnato?"

"Sì."

"Hai pensato a me mentre lo facevi?"

L'ultimo "sì" suonava sforzato.

"Ti è venuto duro mentre lo facevi? Mentre pensavi a me e a quello che sarebbe successo questa sera?"

"Sì."

"Ti sei fatto godere?"

Il respiro gli uscì di bocca in un sibilo assieme alla risposta. "Sì."

Il mio membro ebbe un guizzo nel sentirlo. "Resta dove sei. Non muoverti. Assolutamente no."

Andai al tavolino e presi il preservativo, strappando l'involucro e srotolandolo lentamente, tenendo per tutto il tempo lo sguardo sull'uomo che aspettava obbediente vicino alle finestre.

Quando la sua testa cominciò a voltarsi nella mia direzione, io sbraitai: "No. Non guardarmi. Guarda la città che un tempo apparteneva a noi."

Annuendo, Tate si voltò di nuovo verso la finestra. Ma il suo sguardo rimase su di me, questa volta sfruttando il riflesso nel vetro.

Dopo essermi assicurato che il preservativo fosse sistemato a dovere, presi il Lubido dal tavolo e andai da Tate, svitando il tappo del tubetto e strizzandomi una generosa quantità di lubrificante sul palmo.

Usando il lubrificante, mi coprii il membro avvolto nel lattice, più del solito, dato che quella era la prima volta di Tate da passivo e io non mi sarei preso molto tempo per allargarglielo.

Mi masturbai, in parte per distribuire meglio il Lubido lungo l'asta e in parte per il mio piacere. Allungandomi di fronte a lui, gli misi il tubetto davanti alla faccia. "Preparati."

Il suo corpo ebbe un sussulto in risposta al mio ordine. Ciò significava che lui si era aspettato che lo facessi io. Ma non avremmo fatto così.

Dopo aver preso con titubanza il tubetto, Tate si strizzò un po' di lubrificante sulle dita. Ancora una volta, io mi tirai indietro quando lui si allungò, sollevò il sedere, scostò una natica e passò le dita lubrificate tutto attorno al suo buco.

Una sensazione inebriante mi colse, dato che io sarei stato il primo per lui. Si stava fidando di me più di tutti gli uomini del suo passato con quel passo monumentale.

Una benedizione e una maledizione.

Un altro pezzo del mio muro malridotto mi cadde ai piedi.

"Anche dentro," gli ordinai, cercando disperatamente di tappare il buco.

Mi si mozzò il fiato mentre lui inseriva primo un dito e poi due nel suo canale, distribuendo il lubrificante dentro e fuori.

Il mio membro era duro come la roccia e pulsante nella mia mano mentre continuavo ad accarezzarmi lentamente dalla radice alla punta.

Una volta che lui ebbe finito, mi pulii la mano nei pantaloncini prima di lasciarli cadere sul pavimento e avvicinarmi.

In gabbiai Tate piantando le mani sul vetro su entrambi i lati della sua testa.

Avevo intenzione di prenderlo il più lentamente possibile, fino a quando non sarei più riuscito a resistere.

Tate (ora)

CON LE MANI appoggiate sul vetro, Ronan si chinò lentamente e mi passò il fiato caldo dalla sommità del collo fino al fondo. Le sue labbra non mi toccarono mai. Nulla lo fece, solo il suo esalare mentre mi passava sulla pelle accaldata una carezza fantasma.

Lasciai ricadere la testa in avanti e mi irrigidii per trattenere un fremito.

Quando lui ripeté il gesto una seconda volta, io accettai la sconfitta e il mio corpo tremò, accendendo di pelle d'oca ogni centimetro di me.

Un "Roe," sussurrato, ma tremante mi sfuggì quando lui separò le mie natiche e mi passò un dito lungo la fessura. Nel risalire, si soffermò sul bersaglio, premendo la punta contro l'anello teso di muscoli, che avrei potuto giurare avesse un battito proprio.

Dopo avermi penetrato lentamente prima con un dito, poi con due, Roe li mosse dentro e fuori, distribuendo meglio il lubrificante e allargandomi leggermente.

Mi si mozzò il fiato e io mi irrigidii ancora quando lui aggiunse un terzo dito e cominciò a muovere le dita in cerchio e ad allargarle.

"Io ce l'ho più grosso di così, Tate." Le sue parole mi sussurrarono sulla pelle. "Puoi ancora dire di no."

Mi tremò la voce quando insistetti: "Continua."

Esalai un respiro lungo, lento, controllato mentre respiravo nonostante l'allargamento e il disagio iniziali.

Tre dita erano solo l'inizio e io mi dissi di rilassarmi. Se non lo avessi fatto, sarei stato a disagio e non me la sarei goduta.

Non ero mai stato passivo con Ronan all'università perché allora non ero pronto. Non ero sicuro di esserlo nemmeno adesso.

A causa del mio disagio, ero sempre stato attivo con Ronan. Se lui non concludeva prima di me, lo facevo venire con la bocca o con la mano. Oppure massaggiando e mungendo la sua prostata. Una cosa che lui mi aveva insegnato molto tempo prima e che entrambi avevamo perfezionato guardando porno e facendo una gran quantità di esercizio insieme.

Ero riuscito a cavarmela senza fare il passivo durante le mie numerose sveltine prive di significato in bagni, bar e aree di sosta. Persino in parcheggi e parchi deserti.

Lottai contro la vergogna che mi travolgeva tutte le volte che pensavo alle innumerevoli occasioni in cui avevo tradito Dahlia con uomini a caso. Tutte le volte, avevo dovuto prendere la mia dose altrove.

Temevo quello che avrei fatto se non avessi avuto la mia dose.

E poi, i miei figli avevano bisogno di me. Io dovevo restare loro accanto. Per cui, facevo quello di cui avevo bisogno per sopravvivere.

L'orribile verità era che, una volta scoperto che preferivo gli uomini alle donne, Dahlia non mi era più bastata.

Alla fine, mi ero reso conto che non mi era mai bastata. Non me ne ero reso conto prima di conoscere Ronan. Prima che lui mi aprisse gli occhi e mi consentisse di vedere e di essere me stesso.

Quella era la *vera* verità.

Provavo un senso di colpa devastante per quello che avevo fatto a Dahlia? Assolutamente.

Un rimpianto travolgente? Certo.

Mi rimproveravo con asprezza tutte le volte che incontravo uno sconosciuto in un angolo buio e isolato, in un veicolo o in una zona boscosa.

A ogni incontro, chiudevo gli occhi e sostituivo il viso dello sconosciuto con uno più familiare.

Ma anche così, non ero mai soddisfatto completamente.

Non con Dahlia. Non con le scopate a caso.

Niente e nessuno poteva cambiare il fatto che ci sarebbe stato un solo uomo per me.

L'uomo che avevo ferito.

L'uomo che avevo tradito.

Per quel motivo, gli avrei dato me stesso, quella sera.

Avevo detto a Ronan che avrei fatto qualunque cosa.

Dicevo sul serio.

Nell'istante in cui le sue dita uscirono da me, la punta scivolosa del suo membro fu trascinata lungo il mio perineo fino alla fessura e indietro, proprio come Roe aveva fatto con le dita.

Mi preparai mentalmente, dicendomi ancora una volta di rilassarmi. Di spingere fuori mentre lui spingeva dentro. Attinsi a ciò che lui mi aveva insegnato tanto tempo prima, ma che non avevo mai avuto il coraggio di mettere in pratica.

Quella sera non mi sarei tirato indietro come era successo in passato. Sentendomi ogni volta in colpa, ma anche sollevato.

Se quella sera avessi sofferto, me lo sarei meritato.

Se lo avessi detestato, me ne sarei fatta una ragione.

Avrei fatto di tutto per riavere Ronan.

Di tutto.

Cristo santissimo, quell'uomo possedeva la mia anima. E io gliela dovevo.

Anche se lui mi avesse perdonato, non sapevo se sarei mai riuscito a compensare quello che gli avevo fatto, intenzionalmente o meno. Ma ci avrei provato. Avrei fatto del mio meglio, fino al giorno in cui avrei esalato l'ultimo respiro.

"Dammi il lubrificante."

Non mi ero nemmeno reso conto di averlo ancora stretto in mano. Per fortuna, non lo avevo spruzzato dappertutto. Glielo restituii, grato che lui volesse usarne di più.

Quando Ronan lasciò cadere il tubetto sul pavimento, mi ricordai ancora una volta di rilassarmi. Di allentare i muscoli, di lasciare campo libero a Ronan.

Lui sapeva quello che stava facendo e io mi fidavo di lui.

La pressione, l'allargamento e la strettezza furono seguite dalla pienezza mentre lui si premeva in avanti...

"Spingi indietro," mormorò Ronan.

Feci come disse mentre lui spingeva lentamente in avanti.

Ronan gemette. "Sei strettissimo, Tate."

Certo che lo ero, anche se stavo cercando di non irrigidirmi.

A metà strada, lui si fermò e mi permise di abituarmi. Il suo fiato mi batteva contro il collo, le sue dita mi stringevano i fianchi, tenendomi fermo. Forse persino in un tentativo di impedire a se stesso di muoversi.

Probabilmente stava lottando contro l'impulso di sferrare colpi, di prendermi come voleva lui. Come se fossi uno dei suoi boy toy di Grindr.

Quando lui si tirò indietro, la sensazione fu inaspettata. Ma Ronan mi aveva già detto tutto. Sapevo tutto. Lui si era assicurato che fossi preparato tanti anni prima.

Era solo una delle tante cose che non avevo mai fatto per lui. Una delle tante cose in cui lo avevo deluso. Sebbene lui non lo avesse mai detto esplicitamente e avesse finto che così non fosse.

All'epoca, lo aveva fatto perché mi amava.

E perché pensava che avessimo tutto il tempo del mondo.

Lo pensavo anch'io.

Lentamente, Ronan spinse di nuovo in avanti, per poi ritrarsi leggermente.

Un piccolo passo avanti, un piccolo passo indietro. Poi un passo avanti più lungo e un passo indietro ancora più corto.

Avrebbe potuto usare la forza e farmi del male. Avrebbe potuto prendermi in fretta e farla finita.

Non lo fece.

Si prese il suo tempo. Mantenne la pazienza.

Malgrado si comportasse come se fosse soltanto una scopata anonima, le sue azioni mi dimostrarono che ciò era ben lungi dall'essere vero.

Sollevai lo sguardo sulla finestra. Quello che vidi alle mie spalle era il vecchio Ronan, non quello dell'atrio. Non quello del tetto.

Mi concentrai su di *lui*. E prima che me ne rendersi conto, lui si immobilizzò, dentro di me.

"È tutto a posto," risposi.

"Non te l'ho chiesto," disse a denti stretti lui.

Stava facendo fatica. Se fosse perché stava cercando di non venire o perché all'improvviso si era pentito di tutto, non lo sapevo.

"Sì che l'hai fatto," ribattei.

Lui distolse il viso in modo che io non potessi più vederlo chiaramente nel riflesso.

Lo presi come un buon segno.

"Ti amo ancora, Roe. Qualunque cosa accada, sappi che ti amo ancora."

"No, Tate." La crepa nella sua voce era un altro segnale.

"Te lo ripeterò tutti i giorni per il resto della mia vita. Che tu ci sia o meno per sentirlo. Che tu *voglia* sentirlo o meno. Ogni maledetto giorno, Roe. Anche solo per farlo sentire all'universo."

"Hai avuto un modo bizzarro di dimostrarlo."

"Te lo dimostrerò anche tutti i giorni. Che tu lo veda o no. Puoi ascoltare quello che dico e vedere quello che faccio. O ignorare tutto. In ogni caso, sappi che ti amo. Mi pento del passato, ma *non* mi pento di quello che faremo da qui in poi."

"Fermati."

"No. Non mi fermerò mai."

Capitolo diciassette

Tate (ora)

L'INTENTO ORIGINALE DI RONAN, molto probabilmente, era di fare sesso con me per punirmi, per farmi soffrire come io avevo fatto soffrire lui.

Ma doveva rendersi conto che anch'io avevo vissuto quel dolore e quella stessa perdita.

Peggio ancora, avevo perso proprio quel figlio per cui avevo rinunciato a Ronan.

Era stato un doppio colpo che mi aveva mutilato emotivamente per molto tempo.

Non avrei mai smesso di piangere la perdita di Connor, ma potevo compensare la perdita di Ronan. Speravo che quella sera fosse un primo passo in quella direzione.

Percepivo già le sue mura crollargli attorno; ora dovevo solo colpirle con un maglio. Se non altro al punto da potermi intrufolare in una fessura e finire di abbattere quelle mura dall'interno.

Ogni passo che facevo verso quell'obiettivo doveva essere

prudente, per scongiurare che lui le risollevasse e mi buttasse fuori. Forse persino per sempre.

Al momento, lui non stava buttando altro che il suo uccello nel mio culo, ora che il mio corpo si era abituato alla sua lunghezza e alla sua larghezza.

Perlopiù.

La mia erezione saltellava scatenata a ogni affondo. Tanto le azioni di Roe quanto i suoi bassi grugniti vicino al mio orecchio fecero sì che il liquido seminale si raccogliesse rapidamente sulla punta e cominciasse a gocciolare.

Ronan non era mai stato un tipo dominante e io credevo che non fosse cambiato, nonostante il modo in cui mi aveva trattato sul tetto quelle due volte che mi aveva fatto inginocchiare.

Ciononostante, io procedevo con cautela e non volevo fare nulla per minare il potere che lui esercitava al momento e che ero io a concedergli. Volevo che prendesse il comando dal punto di vista fisico e speravo, in cambio, di prendere il comando dal punto di vista emotivo.

Per quel motivo, per quanto volessi toccarmi e incoraggiarlo a parole, mi trattenni.

Non avevo idea se quel mio modo di pensare ci avrebbe riportati insieme, ma ero disposto a tentare. E a onor del vero, non avevo un piano migliore.

"Scopati in mano mentre io ti scopo in culo," ordinò Ronan con voce forzata.

Finalmente.

Ero sul punto di pregarlo di segarmi mentre mi scopava, nonostante stessi lasciando che fosse lui a prendere il comando.

Individuai il Lubido sul pavimento vicino. "Tieni duro," dissi a denti stretti mentre cercavo di chinarmi per raccoglierlo.

Non "tenne duro" come gli avevo chiesto io; invece, mi strinse più forte in modo da continuare a picchiarmelo dentro.

Tutte le volte che lui arrivava in fondo, l'aria mi abbandonava.

Pur allungando le dita, il tubetto di lubrificante era appena fuori dalla mia portata. Se Ronan non voleva fermarsi per permettermi di prenderlo, avrei dovuto fare senza.

Inaspettatamente, Ronan lo avvicinò con un piede e non appena io lo afferrai, lui mi agguantò una manciata di capelli e mi costrinse a sollevare la testa.

Un attimo era gentile, quello dopo brusco. Probabilmente, stava affrontando uno scontro interiore.

Odiava di amarmi e avrebbe preferito amare di odiarmi.

Lo capivo.

Davvero.

Ma se non altro, ora stavo cominciando a sperimentare più il lato gentile di lui.

Mi strizzai un po' di Lubido sul palmo e lasciai ricadere il tubetto per terra vicino ai piedi, nel caso ne avessimo ancora bisogno. Il mio bacino sussultò contro di lui quando mi passai strettamente le dita attorno al membro voglioso.

Trovai rapidamente un ritmo da associare a quello di Ronan.

Continuai ad accarezzare e torcere; il lubrificante rendeva il mio membro abbastanza scivoloso da farlo sgusciare facilmente attraverso il mio pugno. Me lo lavorai mentre Ronan si lavorava me. Inoltre, ciò mi aiutò a rilassarmi, rendendo il suo uccello nel mio culo più gradito e voluto.

Quando lui premeva, io facevo scivolare la mano indietro.

Quando lui andava indietro, io facevo scivolare la mano in avanti.

Cambiai presa, da sotto a sopra.

La strinsi. La allentai.

Immaginai che la mano fosse di Ronan e non mia.

In quei momenti di piacere intenso, tutto cambiò. Non stavo più *lasciando* che Ronan mi scopasse. Lo sta incoraggiando a scoparmi. *Volevo* che lui mi scopasse. E non avrei mai accettato altrimenti.

Tutto andò al proprio posto e parve che avessimo ripreso da dove ci eravamo interrotti. Da quando facevamo tutto il possibile per rendere il sesso piacevole per entrambi. Per portarci alla follia.

Fino al punto in cui, una volta finito, crollavamo l'uno sopra l'altro, ansanti, sudati, sospirando e ridendo. E dopo aver ripreso fiato, baciandoci fino a perderlo di nuovo.

Era stato bello fra di noi, così *giusto*...

Anche Ronan lo stava ricordando?

O stava cercando di continuare a vedermi come una scopata senza nome e senza volto?

In ogni caso, nel profondo del mio cuore sapevo che potevamo riavere quello che c'era stato.

L'unica differenza era chi si stava facendo chi.

Quella sera, Ronan mi circondava. Lo vedevo nel vetro di fronte a me. Lo sentivo dietro di me. Il suo fiato caldo mi batteva contro la pelle. Il battito del suo cuore mi si riverberava sulla schiena.

Le sue dita affondarono di più nei miei fianchi, sistemandomi nella posizione perfetta.

Ogni affondo divenne calcolato. Preciso. Anche se lui continuò a martellarmi il culo senza pietà.

Non dubitavo che l'indomani avrei fatto fatica a sedermi, ma non me ne importava. Non volevo che lui si fermasse e basta.

Intendevo cogliere quella seconda occasione di riparare quello che avevo rotto, a qualunque costo.

Feci ricadere la testa in avanti e ansimai, faticando a introdurre aria nei polmoni.

Con tutto quello che Roe stava facendo alla mia prostata, non dubitavo che sarei venuto presto.

I movimenti scivolosi e metodici della mia mano sul membro divennero più erratici. La situazione arrivò al punto in cui io non riuscivo a concentrarmi su quello che stavo facendo. Avevo inserito il pilota automatico. Tutto era concentrato sul membro di Ronan che passava sopra il mio punto speciale.

L'allargamento e il restringimento erano passati da sgradevoli a piacevoli. Ero sollevato per quanto era bello, nonostante avessi temuto di non essere in grado di affrontarlo.

Ne ero in grado.

E volevo di più.

Volevo Ronan per sempre.

Feci scivolare le dita in avanti fino a stringere l'estremità del mio membro, lasciando solo la punta esposta e, invece di pompare, cominciai a stringere e allentare la presa, stringere e allentare.

La pressione crebbe dentro di me.

Delle fiamme mi lambirono il basso ventre.

E proprio quando pensai che Ronan avrebbe rallentato e trasformato l'attività da una semplice scopata a qualcosa di più intimo, il suo atteggiamento cambiò di nuovo.

Mi lasciò andare i fianchi e afferrò entrambi i miei capezzoli con le dita, torcendoli così forte che dovetti trattenere un gemito. Mi sbattei contro di lui, infilzandomi con il suo membro, facendolo affondare in maniera impossibile.

Il suo grugnito crudo e animalesco colmò l'aria attorno a me.

Tenendo una mano sul mio capezzolo, lui fece scivolare l'altra per stringermela attorno alla gola. Si soffermò lì per qualche istante prima di farla scivolare più in alto fino a quando non si incastrò sotto la mia mascella, costringendomi a sollevare la testa.

Con i denti snudati, i nostri sguardi si incrociarono nel riflesso della finestra.

Ora stavo pompando il mio membro così in fretta che il movimento divenne sfocato.

Ogni colpo d'anca di Ronan contro il mio sedere ci portò di un passo più vicino al baratro. Come se stessi per precipitare da quella finestra e cadere a terra.

Era finita. Non ce la facevo più.

L'anello del mio ano pulsò e i miei testicoli si contrassero. Gemetti mentre lo sperma schizzava fuori da me con forza estrema nell'orgasmo più intenso della mia vita.

Dipinsi la finestra con dense pennellate bianche che incominciarono subito scivolare lungo il vetro, trasformando la mia venuta in un quadro impressionista.

In quel momento, vidi le stelle.

Vidi il nostro futuro.

Vidi tutto ciò che avessi mai voluto nell'uomo in piedi dietro di me.

Ma lui non aveva finito e io non ero sicuro di poter sopportare ancora senza disintegrarmi in un milione di particelle che sarebbero volate via alla minima brezza.

Avrei potuto giurare che il membro di Ronan si fosse gonfiato ancora di più dentro di me, rendendo il mio canale ancora più stretto.

Con un altro basso grugnito, Ronan avanzò di nuovo, si irrigidì e rimase nel profondo di me. Il suo membro pulsò mentre mi veniva dentro e qualche altra goccia di sperma gocciolò dalla mia fessura fino al pavimento ai miei piedi.

Avevo imbrattato un attico immacolato.

Dopo un ultimo brivido, la fronte umida di Roe premette contro la sommità della mia spalla.

Il suo petto annaspò contro la mia schiena.

Il sudore di entrambi si mescolò, ma il nostro respiro rapido e irregolare non era sincronizzato.

Forse lui non si era reso conto che mi stava abbracciando. Che era praticamente avvolto attorno a me, con le dita che mi stringevano la gola e il palmo ancora piantato sul mio petto. Il suo bacino e il suo scroto erano schiacciati contro il mio sedere.

Pur sapendo che era impossibile, avrei voluto restare così per sempre. Per quel motivo, non intendevo muovermi fino a quando non lo avrebbe fatto anche lui.

Le dita che mi stringevano la gola, finalmente, allentarono la presa, per poi scendere lungo il mio collo, mentre Ronan trascinava l'altra mano sul mio petto umido.

Una carezza che lui non voleva venisse considerata tale.

Roe sollevò la testa dalla mia spalla e ancora una volta i nostri sguardi si incrociarono nella finestra.

Quelli nel riflesso eravamo noi, ancora collegati, assieme alla nostra città sottostante.

Un punto di svolta? Ci speravo fortemente.

Un vero e proprio momento di tenerezza? Sembrava proprio così.

Ma in un lampo, tutto finì.

Ronan aveva risollevato tutte le sue mura e le aveva sigillate con il cemento.

Cercai di non lasciare che la delusione mi inghiottisse mentre lui teneva fermo il preservativo con la mano e usciva lentamente.

Prima che potessi voltarmi, lui era già diretto verso la cucina.

Lanciai un'occhiata alla finestra e al disastro che avevo lasciato sul vetro. Nulla di nuovo, dato che sembravo sempre lasciarmi disastri dietro.

"Pulisco io."

"Lascia stare."

"Roe, guarda che–"

"Lo voglio come ricordo."

Mi accigliai alla sua risposta mentre lui lasciava cadere il preservativo pieno in un bidone della spazzatura di acciaio inossidabile a un'estremità della lunga isola centrale. Sapevo che me ne sarei pentito, ma glielo chiesi comunque. "Di?"

"Di quello che avrebbe potuto essere. Di quello che tu hai gettato via."

Cazzo.

Sebbene Ronan fosse tornato a essere distante, era palese che ero riuscito ad aprire qualche crepa nelle sue mura. Ero deciso a continuare ad allargarle con il mio maglio, a ogni opportunità che lui mi avrebbe dato.

Non mi sarei arreso facilmente. Questa volta, non me ne sarei andato. Dopo tutto quello che era appena successo, ero più determinato che mai.

"Possiamo averlo adesso, Roe." Nonostante cercassi di nasconderla, una certa durezza colorava ora le mie parole, dato che la mia frustrazione nei confronti dell'atteggiamento di Ronan era al massimo livello.

Lui voleva ignorare il modo in cui ci eravamo ritrovati. Le sensazioni sepolte da tempo che erano riemerse.

Io non glielo avrei permesso.

Ma per quella sera, ero stufo della sua testardaggine. Ero mentalmente esausto e molto deluso. Sapevo di non dovermi aspettare un miracolo, che le cose cambiassero in meglio così presto.

Ma come uno stupido, ci avevo sperato.

Di nuovo, errore mio.

Le mie dita tremarono per una combinazione di rabbia e frustrazione mentre raccoglievo i pantaloncini dal pavimento e me li sollevavo sulle gambe. Avrei prima dovuto ripulirmi, ma non intendevo chiedergli quell'opportunità.

Lo avrei fatto una volta tornato nel mio spazio.

Uno spazio dove non c'era Ronan, dove io non venivo emotivamente fustigato e lui non poteva infliggermi dei danni.

Sebbene volessi andarmene prima di scatenare quelle frustrazioni, non ce la feci in tempo. Le parole mi uscirono di bocca come un'eruzione vulcanica. "Perché ti lascio fare queste cose? Usarmi in questo modo. Trattarmi come se fossi semplicemente uno dei tuoi boy toy."

Lui sollevò lo sguardo mentre si puliva con un tovagliolo di carta bagnato. I suoi occhi marrone scuro si strinsero su di me. "Per via del tuo senso di colpa per avermi inculato, Tate. Ecco perché."

Presi la maglietta e me la ficcai sopra la testa. Dopo averla sistemata, dissi: "Non avevo intenzione di fare nulla di tutto ciò."

"Ma lo hai fatto comunque."

Chiusi gli occhi mentre prendevo fiato. Ero stanco di quel litigio ed era appena cominciato. Stavo lasciando che Ronan mi stuzzicasse quando sapevo che non era il caso. "Non volevo farti del male."

"Ma lo hai fatto."

Parlai lentamente, sottolineando ogni parola, per assicurarmi che lui sentisse ogni cosa. "Non avevo scelta."

Lui digrignò i denti e la sua espressione si indurì. "Abbiamo tutti delle scelte. È stata una tua scelta anche permettermi di trattarti così."

Rispondergli a tono non avrebbe fatto altro che peggiorare le cose. Dovevo essere più comprensivo fino a quando non lo sarebbe diventato anche lui.

Sospirai. "Hai ragione. Abbiamo tutti delle scelte. Mi dispiace di aver continuato a fare le scelte sbagliate e che quelle scelte ti abbiano fatto male e continuino a farlo." Ciò detto, mi diressi verso la porta.

Proprio quando la raggiunsi, un forte "Tate!" mi fermò.

Non volevo illudermi che Roe potesse scusarsi per aver fatto lo stronzo. Che potesse chiedermi di restare.

Oppure, al contrario, che mi dicesse di andare a fare in culo, e non in maniera piacevole.

"Hai chiamato il carro attrezzi?"

Voltai di scatto la testa di fronte a quella domanda inaspettata.

Avevo la bocca asciutta come il deserto e temevo quello che avrei detto se l'avessi aperta. Non volevo distruggere i piccoli passi che avevamo fatto quella sera, nonostante il modo in cui si comportava Ronan. Per cui, mi limitai a scuotere la testa mentre continuavo a fissare la porta della mia via di fuga.

Dovevo andarmene da lì, dato che ero sull'orlo di un crollo nervoso. Non volevo che Ronan vedesse quanto facilmente avrebbe potuto spezzarmi.

Quando mi allungai verso la maniglia della porta, qualcosa lampeggiò di fronte al mio viso.

Un bigliettino color crema.

Ero stato così fissato sull'idea di uscire che non lo avevo nemmeno sentito avvicinarsi.

"Mandami un messaggio quando devi andare al lavoro, domani. Ti do un passaggio." Il tono di Ronan era più mite, ma ancora molto guardingo.

Fissai il biglietto da visita. Distinsi il nome "Pak Property Management, Inc." scritto in rosso granata sul davanti. In cima era scribacchiato un numero di telefono in inchiostro nero.

Annuendo, presi il biglietto dalle dita di Ronan e lo strinsi nel pugno mentre uscivo nel minuscolo vestibolo.

Dato che non sopportavo l'idea di aspettare l'ascensore, tornai al mio appartamento facendo le scale.

Tate (ora)

MI CHIESI se fosse il caso di scrivere a Ronan o no. Avevo trascorso una nottata irrequieta ripercorrendo ciò che era accaduto e ciò che avrebbe potuto essere detto in maniera diversa.

Fondamentalmente, stavo pensando troppo a qualcosa che non potevo cambiare. Tuttavia, potevo imparare e, speravo, migliorare il modo in cui avrei affrontato quella faccenda in futuro.

Lui mi aveva offerto di portarmi al lavoro quando non aveva alcun obbligo di farlo. Non potevo rifiutare. Mezz'ora prima di dover partire, presi la decisione di scrivergli invece di chiamare un taxi. Non potevo permettermene uno, dato che avevo bisogno di tutto il denaro disponibile per riparare la mia Toyota.

Di prima mattina, avevo chiamato il soccorso stradale ed ero andato incontro al guidatore del carro attrezzi nell'auto-silo, gli avevo dato le mie chiavi e gli avevo detto di portare l'auto in un'officina entro la distanza coperta della mia misera assicurazione, cioè otto chilometri scarsi. Lui mi aveva dato il nome e il numero di un'officina e mentre guardavo la Corolla che veniva portata via, il blocco di cemento nel mio stomaco era diventato ancora più grande e pesante.

Dopo essere tornato al mio appartamento e aver fatto una doccia lunga e calda, scrissi a Ronan, facendogli sapere l'ora a cui dovevo andarmene. Quando lui non mi rispose dopo mezz'ora, cominciai a temere che mi avrebbe ignorato e che avrei dovuto trovare un altro passaggio.

Ma proprio quando stavo aprendo il conto corrente per vedere quanto mi restava, il mio telefono vibrò e comparve il messaggio di Ronan, che mi istruiva di farmi trovare fuori dal palazzo alle dieci e mezza.

Dovevo essere al lavoro entro le undici per i telegiornali di mezzogiorno, delle cinque, delle sei e delle sei e mezza, anche se non ero conduttore. Il mio supervisore voleva che io restassi a disposizione nel caso accadesse qualcosa a uno dei conduttori e io dovessi sostituirlo all'ultimo, dato che avevo esperienza.

Era uno dei motivi per cui indossavo tutti i giorni giacca e cravatta. Sfortunatamente, il lavasecco poteva essere costoso. Per fortuna, possedevo già una vasta collezione di completi dagli anni trascorsi alla WGAL e potevo rimandare il lavaggio ancora per un po'.

Come promesso, Ronan era venuto a prendermi fuori dall'ingresso di River View Heights, questa volta in una Maserati nera dalle finestre pesantemente oscurate. L'auto era slanciata e lussuosa, ma non adatta a Ronan. Lo immaginavo meglio in qualcosa di più vissuto di una decappottabile di lusso troppo cara. Ciononostante, l'auto era un macchinario magnifico e potente.

Ronan mi salutò con un cenno del mento una volta che ebbi preso posto sul sedile del passeggero. E quando lui premette l'acceleratore, i cavalli del motore mi schiacciarono contro il sedile. L'auto faceva le fusa come un leone ben nutrito e aveva ancora quel profumo di nuovo.

A differenza del puzzo di cibo marcio che permeava la mia vecchia Corolla.

Se fossi stato sveglio, l'avrei fatta rottamare. Ma non potevo permettermi un mezzo di trasporto decente: era per quello che avevo venduto la mia vecchia succhiagas, che costava pure un sacco di assicurazione, e avevo comprato la Toyota.

Inoltre, stavo ancora pagando le rate del finanziamento e dell'assicurazione della Lexus LX di Dahlia, quella che lei aveva insistito per comprare. Più per via dell'estetica che dell'affidabilità o del rapporto qualità-prezzo. Sfortunatamente, non potevo permettermi di pagare per entrambi i nostri nuovissimi veicoli.

Dahlia aveva sempre voluto fare colpo ed essere la "moglie trofeo" perfetta. Purtroppo per lei, aveva scelto l'uomo sbagliato.

Come Ronan mi amava e al tempo stesso mi odiava, io provavo lo stesso per Dahlia.

Lei era una madre fantastica. Era stata una moglie discreta. Ma dentro di me, non ero mai riuscito a perdonarle quello che aveva fatto per diventare mia moglie.

Una relazione basata sulla fiducia non poteva cominciare con un inganno. Dahlia lo aveva scoperto a caro prezzo. Soprattutto quando avevo finalmente confessato che mi incontravo con uomini a casaccio perché...

Beh, l'elenco dei motivi era lungo. E nessuno di loro era accettabile.

Senza stupire nessuno, Dahlia mi aveva immediatamente buttato fuori di casa e mentre era ancora furiosa – non perché l'avessi tradita con degli uomini, ma perché avevo finalmente trovato la forza di lasciarla – aveva proceduto a distruggere la mia carriera alla WGAL.

Il mio datore di lavoro aveva "interrotto con rammarico il

rapporto" per via delle accuse di Dahlia, in parte infondate. Mia moglie aveva provocato un dramma di cui l'emittente non voleva far parte.

Per via della macchia che mi era rimasta addosso, non ero riuscito a trovare un altro lavoro nella provincia di Harrisburg. Era così che ero finito di nuovo a Pittsburgh e, quella mattina, nell'auto di Ronan.

Avevo sentito il bisogno di un nuovo inizio per la mia carriera, in una città che mi sembrava ancora casa mia, e inaspettatamente mi ero ritrovato a cercare un nuovo inizio con Ronan.

L'unico problema del vivere a Pittsburgh era che distava circa tre ore dai miei figli. Era quella la parte più difficile.

Dato che continuavo a pagare per il divorzio, gli alimenti, il mutuo, il finanziamento dell'auto di Dahlia e praticamente tutto il resto, i risparmi che avevo accumulato si erano esauriti in fretta.

Tuttavia, non protestare per il fatto che mi toccava coprire quasi tutte le spese dello stile di vita di Dahlia aveva se non altro smorzato il suo odio nei miei confronti, al punto che aveva cominciato a collaborare per quanto riguardava i bambini.

Di solito ci incontravamo sulla Pennsylvania Turnpike, all'area di servizio di Sideling Hill. Era un po' più che a metà strada per lei, ma era un luogo di incontro comodo e sicuro per scambiarci i bambini nei fine settimana in cui li tenevo io.

Speravo solo che Dahlia avrebbe obbedito all'ingiunzione e mi avrebbe permesso di trascorrere con loro il tempo che mi era dovuto nell'estate a seguire. Prima che io lasciassi Harrisburg per cominciare il mio lavoro presso il Burgh Media, lei aveva rispettato le condizioni, ma ciò non significava che avrebbe continuato a collaborare. Sapeva che non potevo permettermi un avvocato per farle causa se avesse deciso di violare gli ordini del giudice.

Il mio obiettivo era di riprendermi economicamente con quel nuovo lavoro, anche se ci sarebbe voluto del tempo. Avevo intenzione di lavorare sodo e bene, in modo da riuscire a scalare la gerarchia il prima possibile.

Uno dei conduttori del telegiornale sarebbe andato in pensione in autunno e, quando mi avevano assunto, mi avevano detto che, se avessi giocato bene le mie carte, avrei avuto buone possibilità di ottenere quel posto.

Sfortunatamente, avrei dovuto adattarmi a vivere con un budget risicato fino a quando non avrei cominciato a vedere stipendi più nutriti. Avrei anche dovuto prendere in considerazione l'idea di trovare un secondo lavoro una volta che mi fossi procurato un veicolo affidabile o avessi trovato qualcosa di raggiungibile a piedi o in bicicletta. Ma i miei orari di lavoro mi tenevano occupato nelle ore di punta della giornata, per cui avrebbe potuto essere difficile.

In quel momento, dovevo concentrarmi sul rafforzare la mia posizione al Burgh Media.

Ero profondamente immerso nei miei pensieri e dato che Ronan non disse una singola parola per tutto il tempo, in un batter d'occhi lui si fermò di fronte al mio luogo di lavoro.

Scossi la testa a me stesso quando mi resi conto che avevo sprecato il tempo che avrei potuto utilizzare per fare conversazione e convincerlo ad aprirsi.

Se lui mi avesse offerto di nuovo un passaggio, avrei dovuto fare di meglio. Ma d'altra parte, non avendo dormito molto, quella mattina non ero molto in forma.

"Scrivimi a che ora vuoi che venga a prenderti."

"Roe..."

"Scrivimi," ripeté lui con maggior fermezza.

Fissai il suo profilo, dato che non stava guardando me, ma dritto fuori dal parabrezza.

"Roe," tentai di nuovo. Volevo dirgli che non doveva disturbarsi per me, ma onestamente, ero sollevato che fosse disposto a farlo. E lo presi come un altro piccolo passo avanti.

"Oppure no."

Merda. "Va bene, lo farò."

Lui contrasse le labbra e io pensai che avrebbe detto qualcos'altro, invece si limitò ad annuire. La mia attenzione fu attratta dalle sue dita che si flettevano sul volante.

Stringevano e si allentavano, stringevano e si allentavano.

Un segnale che riconoscevo da "prima:" Ronan faticava a controllare l'emozione.

Non volevo insistere. "Grazie. So che non sei obbligato a farlo, ma apprezzo."

Mentre scendevo dalla Maserati, il flacone di pillole che mi ero infilato all'ultimo momento nella tasca dei pantaloni del mio completo cadde sul sedile che avevo appena lasciato.

Porca troia.

Prima che potessi lanciarmi ad afferrarlo, la mano di Ronan scattò come un serpente e lui arrivò per primo. "Che cos'è questa roba?" Sollevò la boccetta di fronte al viso e strinse gli occhi mentre girava il flacone di antidepressivi e leggeva l'etichetta.

Merda. "Niente."

Mi sporsi dentro la macchina e cercai di strappargli il contenitore di mano, ma lui lo spostò nell'altra e lo mise fuori dalla mia portata. Avrei dovuto risalire in auto e fare la lotta con lui per recuperarlo.

Ma era già troppo tardi. Ronan aveva sicuramente riconosciuto il nome del farmaco. E il motivo per cui ne avevo bisogno.

Sì, se io volevo un futuro con lui, prima o poi lui lo

avrebbe scoperto. Ma avevo sperato di poter rimandare fino a quando non saremmo arrivati a un punto ben oltre quello in cui ci trovavamo al momento.

I suoi occhi scuri si volsero verso i miei mentre io ero ancora sporto sul sedile del passeggero, in attesa che lui dicesse qualcosa.

Quando non lo fece, io dissi: "Come ben sai, la mia vita non ha preso la piega che avevo sperato."

"Non è ancora finita."

Molte volte avrei voluto che lo fosse. Da lì il farmaco. Ma quella era una conversazione per un altro momento. Non quando ero di fronte al mio posto di lavoro.

Senza preavviso, lui mi lanciò il flacone di pillole e io lo presi a malapena in tempo.

"Non dimenticare che sei stato tu a scegliere questa vita, Tate. Non puoi incolpare altri che te stesso."

Mi ficcai il contenitore nel profondo della tasca della giacca. "Hai ragione. Mi assumo le mie responsabilità, ma ciò non significa che non ne abbia sofferto. Possiamo andare oltre e voltare pagina?"

"Non intendo fare promesse che non sono sicuro di poter mantenere."

"Non ti chiedo una promessa. Ti chiedo solo se almeno ci vuoi provare." Trattenni il fiato mentre lui mi osservava. "Ieri notte ho pensato a lungo e duramente a quello che vuoi da me..."

Mi costrinsi a inghiottire il groppo alla gola mentre aspettavo il peggio.

Quello era il momento in cui lui avrebbe proposto di rimanere semplicemente in rapporti civili, dato che vivevamo nello stesso palazzo. Voleva che rimanessimo semplici vicini e nulla di più.

Rimasi completamente di stucco quando lui disse infine: "Sono disposto a provarci."

Cosa? Mi aggrappai alla portiera del passeggero per non crollare sul marciapiedi. Per non raggomitolarmi in posizione fetale e cominciare a piangere di sollievo.

Sbattei le palpebre alcune volte per allentare il bruciore agli occhi e strinsi le labbra per mantenere la calma.

"Roe," riuscì a insinuarsi attraverso la mia gola chiusa.

"Mangia presto." Avrei voluto che lui mi dicesse che dovevo prepararmi un'altra volta, ma invece concluse con: "Ceneremo insieme dopo che sarò venuto a prenderti."

"Ehm... Ah..."

Lui mi guardò e inarcò un sopracciglio. Mi stava ammonendo a non mandare tutto a puttane un'altra volta.

Annuii. "Va bene."

"Ora... chiudi la portiera, Tate."

Chiusi la portiera del passeggero e rimasi sul marciapiede mentre la GranTurismo partiva come un razzo.

Un sorriso che per una volta era davvero genuino mi sollevò le labbra. Chiusi gli occhi e orientai il viso verso il sole della tarda mattinata.

Era caldo e luminoso.

Speravo che lo stesso si potesse dire del mio futuro.

Capitolo diciotto

M ENTRE GIACEVO NEL LETTO, fissai il profilo di Tate, chiedendomi: se lui non avesse fatto quello che aveva fatto e fossimo rimasti insieme all'epoca, saremmo stati ancora insieme? Oppure la nostra relazione non sarebbe comunque sopravvissuta allo scorrere del tempo?

Non lo avremmo mai saputo, ma in ogni caso, eccoci lì...

Due mesi dopo la sera in cui lo avevo scopato contro la finestra, che prendevamo le cose giorno per giorno. Ora per ora, persino.

In quel periodo, avevamo continuato a fare passi avanti. C'era stato qualche intoppo, ma fino a quel momento non avevamo avuto ricadute.

All'inizio era stata un'esperienza da toccata e fuga, ma c'erano stati dei palesi progressi. Non solo da parte mia, ma anche da parte di Tate.

Lui gemette e si stiracchiò accanto a me. "Vado a fare la doccia."

Una volta che lui fu sceso dal letto, lo guardai muoversi nudo dalla mia camera da letto verso il bagno interno.

Il suo corpo era snello, ma definito, grazie alle nuotate quasi quotidiane e al fatto che io gli facevo mangiare cibo più sano della spazzatura da quattro soldi con cui lui aveva cercato di alimentarsi. I suoi occhi azzurri erano più luminosi, ora, e senza cerchi scuri sotto. Il suo viso sembrava più giovane di cinque anni. Ogni tanto andava nella palestra di mia proprietà per sollevare pesi con me come facevamo alla Duquesne, ma non ci andava spesso quanto me.

Si soffermò sulla soglia, posando in un modo che sapeva mi avrebbe tentato. "Vieni anche tu?" Accennò con il capo al bagno alle sue spalle e gli angoli dei suoi occhi erano raggrinziti, perché sapeva che ponendosi così io non sarei riuscito a resistergli.

Onestamente, non doveva sforzarsi molto perché io lo raggiungessi nella doccia. "Sì. Fra un momento."

"Ti preparo una doccia bella calda." Dal suo tono di voce, era chiaro che non si riferiva solo alla temperatura dell'acqua.

Con un sopracciglio inarcato e un sorriso sornione, Tate svanì.

"Alfred, accendi la doccia!" esclamai, anche se il mio sistema di domotica riconosceva ora la voce di Tate. Alfred ripeté con la sua monotona voce elettronica e io sentii il rumore dei soffioni multipli che si accendevano.

Avevo installato la app di sblocco delle porte sul telefono di Tate, in modo che lui potesse andare e venire a piacimento da casa mia e dal tetto. Aveva anche accesso al seminterrato dove teneva la sua auto parcheggiata accanto alla mia Range Rover.

Sebbene non gli dessi direttamente del denaro, facevo il possibile in sordina per aiutarlo a riprendersi finanziariamente.

Malgrado avessimo promesso di non tenerci dei segreti, io ne avevo tenuto uno piccolo piccolo. Gli avevo aperto un conticino di investimento presso il mio agente di borsa. Lui avrebbe potuto usare i guadagni quando sarebbe giunto il momento per i suoi figli di andare al college, *se* avesse voluto. Gliene avrei parlato più tardi, dato che ci eravamo ritrovati solo da due mesi e che, nonostante le cose sembrassero procedere bene, ciò non significava che sarebbe andato avanti così.

A ogni modo, lui era più equilibrato ora di quando lo avevo visto controllare la posta all'ingresso. All'epoca, lui era un disastro totale.

Il suo lavoro stava andando bene e lui si era comprato una Toyota economica, ma più nuova. Un poco alla volta, stava rimettendo insieme la propria vita dopo essere rimasto economicamente azzoppato dal divorzio. Stava ancora pagando l'avvocato e lo avrebbe fatto per un po', oltre a pagare gli alimenti e il mantenimento dei bambini e un sacco di altre spese che non gli spettavano, ma alle quali provvedeva per puro senso di colpa.

Speravo che, una volta che Dahlia si fosse trovata un'altra "preda" che le consentisse di mantenere lo stile di vita che desiderava, si sarebbe fatta mettere subito un anello al dito e tutto, tranne il mantenimento dei bambini, si sarebbe concluso.

Dahlia aveva affondato gli artigli in Tate perché aveva pensato che fosse una buona "preda." Il suo piano le si era ritorto contro quando Tate si era rivelato tutt'altro.

Tuttavia, ciò aveva provocato danni notevoli a tutte le persone coinvolte.

Non volevo continuare a pensarci perché ciò tendeva a farmi salire la pressione e mi ricordava che alla fine Tate era tornato dove avrebbe dovuto essere.

Con me.

Aveva semplicemente fatto una lunga e accidentata deviazione.

Trascorreva più tempo nel mio attico che nel suo appartamento, tranne quando i bambini venivano a stare con lui. Quando ciò accadeva, io ne restavo fuori. Non eravamo pronti a dire ai bambini di noi. E non eravamo nemmeno pronti a farlo sapere a Dahlia.

Soprattutto dato che stavamo ancora lavorando su quel "noi." Prima era necessario che il terreno sotto i nostri piedi fosse più solido.

Cercai di non pensare a come tenere nascosta la nostra relazione alla sua ex e ai suoi figli mi ricordasse dei giorni dell'università, quando Tate non voleva che nessuno sapesse e tenevamo "noi" segreto il meglio possibile. Per quel motivo, esitavo ancora a mettere i piedi su un tappetino che avrebbe potuto facilmente essermi strappato da sotto i piedi.

Da Tate. O peggio ancora, da Dahlia.

Quei pensieri continuavano a restare, per quanto io cercassi di liberarmici. Era difficile mollare completamente la presa.

Ma avevo condiviso quella preoccupazione con Tate. Per cui, lui sapeva esattamente qual era la mia posizione in ogni momento. Gli avevo detto che fra di noi le cose non avrebbero funzionato se non fossimo stati aperti e onesti al cento per cento. In qualunque circostanza.

Lui era d'accordo.

Se non lo fosse stato, non sarebbe stato nel mio letto praticamente tutte le sere e noi non saremmo stati impegnati a riprenderci da una sessione di sesso bollente, sudato e molto soddisfacente.

Con un lungo sospiro, affrontai il fatto che anch'io dovevo fare la doccia. Ma il sesso mi aveva lasciato afflosciato e pigro e poco voglioso di muovermi.

Era persino meglio ora di quando eravamo più giovani e avevamo molta più energia. Quando eravamo ventenni, ci concentravano soprattutto sul godere. Ora che avevamo superato i trent'anni, ci prendevamo il nostro tempo per apprezzarci a vicenda. Non ci strappavamo più vestiti di dosso per cominciare subito a toccarci, facendo gara a chi avrebbe fatto venire l'altro per primo. Invece, impiegavo del tempo ad adorare ogni centimetro di Tate con gli occhi, le dita e la bocca. E Tate faceva lo stesso con me.

Proprio come si diceva del vino buono, anche la nostra vita sessuale era migliorata con l'età.

Tuttavia, c'era stata qualche volta in cui, non appena lui era entrato dalla porta, io gli avevo strappato i vestiti di dosso, lo avevo fatto piegare sull'isola della cucina e lo avevo martellato così forte che entrambi eravamo venuti nel giro di pochi minuti.

Poi c'erano stati quei momenti in cui lui era tornato, mi aveva trovato che lavoravo fino a tardi nel mio studio, aveva spinto via le carte sulla mia scrivania e mi aveva preso su di essa.

Una sera io mi trovavo nel bel mezzo di una riunione virtuale. Avevo premuto a massima velocità il pulsante di spegnimento del mio computer per evitare di dare ai miei dipendenti uno spettacolo inaspettato, dopo il quale loro avrebbero avuto bisogno di candeggina tanto per gli occhi quanto per il cervello.

Soprattutto dato che lo spettacolo in questione prevedeva che il loro capo facesse sesso anale senza ritegno. Potevo immaginare gli screenshot che sarebbero stati scherzosamente usati contro di me e di certo non volevo vedere fotogrammi della mia espressione quando Tate me lo ficcava dentro.

In seguito, mi ero scusato con tutte le persone coinvolte, giustificandomi dicendo che c'era stato un inaspettato calo di tensione. Quando in verità, Tate mi era "calato" dentro da dietro fino a quando entrambi non eravamo caduti a terra in un mucchio sudato e coperto di sperma.

Sorrisi al ricordo di quanto bollente e spontanea era stata quell'esperienza.

C'era voluto qualche settimana prima che ci scambiassimo i ruoli e io facessi il passivo per Tate. Ora ci alternavano spesso, a seconda dell'umore o di chi era stato a iniziare il rapporto.

Un mese prima ci eravamo entrambi sottoposti a esami e ora lo facevamo senza preservativo, dato che avevamo una relazione esclusiva. Io mi tenevo controllato già prima, ma Tate no. E considerato che entrambi avevamo fatto sesso occasionale su Grindr per anni, alleviare quell'ansia era stato semplicemente un atto intelligente.

Farlo senza preservativo era più sporco? Assolutamente. Era migliore? Certo che sì.

Un altro beneficio era che, dando a Tate fiducia sufficiente a farlo senza, avevamo fatto un ulteriore passo avanti.

Gemendo, mi alzai dal mio comodo letto e mi diressi nudo verso il bagno.

Tate aveva l'orrenda abitudine di cantare sotto la doccia. Non lo aveva mai fatto nel nostro appartamento all'università, ma il mio gigantesco bagno, essendo composto per lo più di marmo e piastrelle, aveva un'acustica migliore. E lui se ne approfittava.

Molto.

Anche se io avrei preferito altrimenti, dato che Tate era stonatissimo, lui ragliava comunque una melodia dopo l'altra. Non gli avevo mai detto di fermarsi – nonostante fossi stato tentato di farlo molte volte – perché se lui cantava i grandi successi di Britney Spears o di Justin Timberlake, doveva essere felice.

O almeno speravo che lo fosse e non stesse semplicemente fingendo. Continuava a prendere gli antidepressivi – e forse lo avrebbe fatto per il resto della sua vita – ma, se non altro, andava in terapia una volta la settimana.

Quello che si dicevano lui e il suo terapista era qualcosa di cui non discutevamo fra noi e su cui io non facevo domande. Quelle sessioni di terapia erano sue e sue soltanto e se lui avesse sentito il bisogno di raccontarmele, io avrei ascoltato; per il resto, non erano affari miei.

Avevo cominciato a indagare sulla possibilità di comprare il Burgh Media Group, nella speranza di aggiungerlo al mio portfolio in costante espansione. Oltre al fatto che stavo cercando dei modi per differenziare i miei investimenti, mi ero detto che, se lo avessi comprato, Tate avrebbe potuto saltare il passaggio di dirigere il telegiornale e io avrei potuto nominarlo capo dell'intera organizzazione. Non dubitavo che possedesse le capacità per gestirla con successo, dato che era un veterano del settore.

Quando gliene avevo accennato con noncuranza una sera, mentre mangiavamo il mio cibo da asporto coreano preferito, lui mi aveva fissato a bocca aperta. Poi aveva nettamente rifiutato. Era intenzionato a guadagnarsi una posizione migliore con i suoi meriti e non voleva che io gliela comprassi.

Aveva cassato con riluttanza quell'idea, dicendomi che avrei potuto riproporla in futuro. Inoltre, cominciai a giocherellare con l'idea di fondare un gruppo multimediale tutto mio. Il Pak Media Group, Inc.

Suonava bene.

Di nuovo, stavo cercando di aiutare Tate a trovare la stabilità finanziaria senza staccargli effettivamente un assegno. Lui mi aveva aiutato diverse volte all'università e io volevo restituirgli il favore. Anche se nient'altro ne sarebbe derivato, almeno Tate aveva finalmente capito perché a quel tempo io avevo sempre resistito ad accettare le sue offerte.

Lui voleva fare carriera grazie alle proprie capacità. Proprio come avevo fatto io all'università.

Era una cosa che rispettavo.

Quando entrai nel bagno, Tate mi dava le spalle mentre si metteva lo shampoo nei capelli scuri e steccava cantando malissimo *Oops!... I Did It Again*. Per non parlare del balletto.

Dato che lui non sapeva ancora che io ero entrato, soffocai la combinazione di risata e gemito e gli lasciai fare ancora qualche mossettina prima di raggiungerlo e cambiare leggermente musica.

Una grande vasca si trovava di fronte a una delle enormi finestre panoramiche. L'avevo usata forse un paio di volte prima di cominciare a trascorrerci parecchie serate con Tate dopo il sesso. Con le luci abbassate, potevamo guardare il panorama della città e parlavamo – di tutto e di assolutamente nulla – fino a quando l'acqua non si intiepidiva.

Ma la doccia in cui al momento Tate si stava esibendo nell'equivalente di un talent show delle elementari era il *pièce de résistance* della stanza che si apriva tanto sulla camera da letto principale quanto sull'enorme cabina armadio annessa.

La doccia era lo stato dell'arte, con soffioni multipli e i getti idromassaggio, circondata di vetro. Quando l'avevo dise-gnata, avevo aggiunto così tanti optional di lusso che non ne avevo mai usato la maggior parte prima che Tate entrasse nella mia vita. Ora avevamo trovato dei motivi per usarli tutti.

Prima di Tate, mi facevo la doccia e uscivo. Mi ci soffer-mavo solo occasionalmente, anche se era grande come un parco acquatico. Per tutti quegli anni, ci avevo giocato da solo.

Solo io e la mia mano, aiutati dalle mie fantasie. *Cavolo,* dai miei ricordi.

Ma quei ricordi erano sempre stati di scarso conforto. Non erano di buona compagnia e tendevano a farmi sentire ancora più solo.

Peggio ancora, i ricordi che volevi tenerti più stretti tendevano a svanire più in fretta degli altri.

I ricordi che volevi dimenticare tendevano a tormentarti per sempre.

Il nostro obiettivo era sostituire quei ricordi con dei nuovi. Ancora migliori.

E ora stavamo per crearne un altro.

Tate si sciacquò i capelli e si voltò per trovarmi che lo fissavo divertito. Se non altro, avevo fatto sì che la smettesse di massacrare una delle canzoni più popolari di Britney. "La tua voce mi fa sempre sentire come se fossi uno snack in una macchinetta."

"Tu *sei* uno snack, Tate."

Rivoli d'acqua gli gocciolavano sul viso mentre rivolgeva un sorriso storto nella mia direzione e agitava le sopracciglia scure. "Appetitoso?"

"Sempre."

Il suo sorriso, quando non era forzato, lo faceva brillare ed era sempre stato contagioso. Lo era ancora. Un dono prezioso che si poteva solo sperare di avere la fortuna di ricevere. Quando mi faceva quel dono, io cercavo sempre di ricambiare.

"Hai fame?" chiese lui.

"Certo e sto per saziarla." Aprii lo sportello ed entrai. Se avessimo avuto quel genere di passioni, avremmo potuto far stare un'altra mezza dozzina di uomini con noi.

Ma non avrei mai più condiviso Tate. Con nessuno.

Quando mi infilai sotto uno dei soffioni, il getto d'acqua

calda batté contro la mia pelle, lavando velocemente via il sudore e lo sperma secchi appiccicati a me.

Prima che potessi pomparmi il docciaschiuma sulla mano dal dispenser fissato alla singola mattonella che costituiva l'intera parete per pulirmi meglio, lo fece Tate. Quando lui si mise faccia a faccia con me, gli ipnotici occhi azzurri incorniciati da ciglia spessa e umide incrociarono lo sguardo dei miei. "Girati. Ti lavo la schiena."

Sembrava che Tate avesse più fame di me.

"Girati," ordinò nuovamente quando io non mi mossi abbastanza in fretta.

"La doccia è così grande che potremmo stare lontani. Non è che dobbiamo contenderci lo spazio."

Le sue labbra guizzarono e lui fece spallucce. Avevo scoperto che adorava darmi ordini per verificare se li avrei eseguiti.

Sospirai ostentando impazienza e, naturalmente, feci quello che voleva lui.

Tate (ora)

SPALMAI il sapone sull'ampia schiena muscolosa di Ronan. La sua pelle era la tela perfetta per il suo inchiostro, proprio come il petto ed entrambe le braccia. Una sera avevo esplorato ciascuno di quei tatuaggi e lui mi aveva spiegato perché se li era fatti fare e se c'erano dei significati profondi dietro di essi.

Dato che di tatuaggi ne aveva parecchi, quella spiegazione era stata piuttosto lunga. Ma mentre lui ne parlava, io ne avevo toccato ciascuno con le dita e con le labbra.

Spremetti dello shampoo dal dispenser a parete sul mio

palmo, quindi glielo misi sulla testa prima di andare a prendere dell'altro doccia-schiuma. Lui si lavò i capelli mentre io gli lavavo il sedere, prendendomi il tempo per stuzzicarlo prima di fare su e giù lungo le sue gambe, facendolo voltare e sfregandogli acqua saponata sul petto, le braccia, le spalle e il viso.

Lasciai per ultimo il punto migliore.

Con un'altra manciata di sapone, passai le dita fra le gambe di Ronan e sul suo perineo, attorno ai testicoli, per poi mettermi al lavoro usando il gel scivoloso per circondargli il membro. Non c'era da stupirsi che ce l'avesse di nuovo duro, anche dopo tutto quello che avevamo fatto prima a letto.

Non ci voleva molto per portarlo a quella condizione. Un'occhiata allusiva, un sorriso rovente, un doppio senso. Un tocco, un bacio, una carezza delle labbra sulla sua nuca quando meno se lo aspettava...

Il suo sguardo si concentrò sul mio, dato che eravamo faccia a faccia e praticamente naso contro naso.

Lo lasciai andare con riluttanza. "Sciacquati."

"Mi piaceva," fu il suo profondo borbottio, amplificato dall'acustica dell'immensa doccia.

"Lo vedo, ma ho un piano migliore."

Ronan inarcò un sopracciglio scuro e gocciolante. "Meglio che segarmi?"

"Dovrai dirmelo tu più tardi."

"Non saprei, Tate. Tu mi seghi piuttosto bene."

Perché avevo fatto anni di esercizio su me stesso. Con Dahlia, non sapevo mai cosa le piacesse, a meno che lei non si lamentasse che stavo sbagliando qualcosa. Siccome avevo gli stessi genitali di Ronan, era molto più facile capirlo con lui. Se una cosa eccitava me, probabilmente eccitava anche lui. "Non preferiresti avermi in ginocchio?"

Il suo sorriso sornione si allargò. "Non dovresti nemmeno aver bisogno di chiedermelo."

Non volevo mentire: era stato il suo sorriso la prima cosa a colpirmi di lui. C'era qualcosa in esso di tanto genuino e, proprio come lui aveva detto del mio, anche il suo lo illuminava dall'interno.

Non importava se si trattasse di un sorriso sornione, un sorriso contento, se fosse mescolato a una risata o se fosse provocante: mi faceva effetto ogni singola volta. Quando lui non sorrideva, io avvertivo sempre la necessità di fare tutto ciò che era in mio potere per strapparglielo.

In quel momento, il sorriso di cui mi ero innamorato era pigro e rilassato. Ma per contrasto, quegli occhi marrone che a loro volta mi attiravano sempre erano pieni di calore.

"Quand'è che ti metti in ginocchio?"

"Dato che le mie ginocchia tendono a protestare, credo che avremo bisogno di tenere un cuscino impermeabile nella doccia."

"La prossima volta." Tate mi mise una mano sulla testa e spinse verso il basso.

"Sei impaziente?"

"Sono sempre impaziente di avere la tua bocca attorno al mio uccello."

"Ora sai come mi sento io quando mi scrivi ore prima che io esca dal lavoro e mi dici che vuoi succhiarmi il cervello quando torno a casa."

Casa.

Non mi ero ancora trasferito ufficialmente, per via dei bambini. Mi dicevo che, col tempo, se la situazione avesse continuato a evolversi come si stava evolvendo, saremmo tornati a vivere insieme. Io ero bloccato da un contratto di subaffitto di un anno, per cui non avevo certo fretta, ma risparmiare sull'affitto mi avrebbe fatto comodo.

"Non è carino da parte tua. Io giro per gli uffici e lo studio facendo del mio meglio per nascondere la mia... reazione." Non avevo mai portato in giro così tanti faldoni pieni di fogli bianchi in vita mia.

"Come no, Tate. So che vai in bagno e pensi a me che te lo succhio mentre te lo meni."

Rotolai le labbra verso l'interno per non ridere. Mi conosceva troppo bene. "Se qualcuno dovesse cogliermi di sorpresa mi licenzierebbero e io ho bisogno di quel lavoro."

"Se ti licenziano, io compro l'azienda e li sbatto fuori."

"No che non lo fai. Ne abbiamo già parlato."

Ronan mi spinse la testa con maggior fermezza. "Meno parlare e più succhiare."

Scossi la testa. "Sei già abbastanza tirannico. Non riesco a immaginare come saresti se diventassi davvero il mio capo."

Il suo volto si illuminò, i suoi occhi brillarono e gli angoli delle sue labbra si sollevarono.

"Visto? Quell'espressione dice tutto." Mi misi in ginocchio e sollevai di nuovo lo sguardo.

Anche quando faceva lo smargiasso, Ronan era dannatamente bello.

Non conoscevo modo migliore per descriverlo.

Lo consideravo ancora più bello ora di quanto rammentavo. E, come Ronan, anche io ricordavo quei giorni di tanto tempo prima come se fossero solo ieri. Tanto quelli buoni quanto quelli cattivi.

Al momento, stavamo lavorando più sulla base di quelli buoni e non ci concentravamo più su quelli cattivi.

Ai tempi, eravamo ancora considerabili come dei ragazzi e ora eravamo entrambi uomini adulti. La vita ci aveva dato qualche batosta, ma ero sicuro che ne saremmo usciti bene.

A volte volevo pizzicarmi per assicurarmi che quella fosse davvero la mia vita, ora.

Avevo Ronan. Mi ero liberato di Dahlia... perlopiù. Avevo due figli che amavo con tutto il cuore. Non dovevo far altro che ritrovare la stabilità economica e sarei stato benissimo.

Soprattutto, dovevo trovare un modo per trascorrere più tempo con i miei figli. Volevo arrivare al punto in cui Dahlia e io avremmo condiviso l'affidamento, invece della situazione attuale.

Speravo che Ronan sarebbe stato d'accordo. Dato che volevo che lui facesse parte permanentemente della mia vita, sarebbe diventato una parte fondamentale anche delle vite dei miei figli.

Di recente, dopo aver trascorso un fine settimana lungo con loro, gli avevo chiarito che Alec e Mazie sarebbero sempre venuti per primi, in qualunque circostanza. Lui aveva capito e sembrava non essersi fatto problemi.

Tuttavia, avevo il terrore di dire a Dahlia di noi. Ciò avrebbe potuto far riemergere rancori e amarezza da tempo sopiti. Se lei se la fosse presa perché io e Ronan ci eravamo rimessi insieme, i miei figli avrebbero potuto soffrirne.

Dovevo maneggiare la situazione con cautela.

A differenza del membro di Ronan.

Non appena lo ebbi preso profondamente in bocca, le dita di Roe si infilarono nei miei capelli. Lui adorava scoparmi la faccia, non semplicemente farselo succhiare, per cui rilassai la gola e mi preparai a che lui lo facesse.

Non importava quanto diventasse brusco, io adoravo comunque prenderglielo in bocca. Lo adoravo all'università e lo avevo adorato anche quella seconda volta sul tetto, quando lui lo aveva fatto più come punizione che come piacere.

Se si trattava del sesso con lui, l'unica cosa che adoravo di più era quando lui faceva il passivo per me.

Mentre glielo succhiavo, avevo molto potere, anche

quando lui affondava. A seconda di quali tecniche usavo, potevo farlo venire in fretta o prolungare il piacere il più possibile.

Una volta gli avevo ritardato l'orgasmo così a lungo che a lui avevano cominciato a tremare le gambe e a me a irrigidirsi la mandibola. Ma quando lui era finalmente venuto, avrei potuto giurare che la sua anima avesse lasciato il corpo. Non era riuscito a muoversi per un bel pezzo.

Decisi che, dato che eravamo nella doccia e io ero in ginocchio, e che le mie ginocchia avevano già cominciato a protestare, l'avrei resa una sveltina. Sapevo esattamente come fare e sapevo anche che il mio metodo non avrebbe suscitato il minimo reclamo.

Anche se sentii un verso in fondo alla gola di Ronan che sembrava una protesta quando mi ritrassi e lasciai che il suo membro mi scivolasse fuori dalle labbra. "Mi serve il lubrificante."

Un tubetto di lubrificante non solubile in acqua veniva tenuto nella doccia per momenti come quello. Contenitori di lubrificante erano posizionati dappertutto nell'attico di Ronan, perché eravamo soliti fare sesso in qualunque momento, in qualunque luogo.

Lui sapeva che non avevo bisogno del lubrificante per un pompino, per cui naturalmente non esitò a prenderlo. Soprattutto dato che era a portata di mano. Ma io non glielo presi: mi limitai a sollevare la mano sinistra fuori dallo spruzzo di acqua calda e lui ne applicò la quantità perfetta.

Ripresi il suo membro in bocca nello stesso momento in cui mi infilai fra le sue gambe divaricate. Dato che lui sapeva quello che stava per accadere, premette la sommità della schiena contro la parete alle sue spalle per sostenersi per quando la situazione si sarebbe fatta intensa.

Perché *si sarebbe* fatta intensa.

Feci con calma e infilai l'indice e il medio lubrificati dentro di lui fino ad avere una nocca dentro, poi due, e spinsi fino ad averne finalmente tre.

Grazie all'esperienza, non ebbi problemi a individuare il punto grande come una noce e cominciai a muoverci le dita avanti e indietro e sopra. Non appena il suo bacino e il suo membro cominciarono a contorcersi e lui affondò ancora più forte nella mia bocca, alternai fra il muovere le dita attorno al suo punto magico e l'accarezzarlo.

Mi mossi in cerchio ancora e ancora, premendo occasionalmente la prostata come un pulsante di accensione, perché era proprio quello che era. Quello che feci avviò il motore di Ronan e lui stava per scattare lungo il circuito. Ma avrebbe raggiunto la linea del traguardo prima delle mie ginocchia?

"Cazzo, Tate... Cazzo!"

Oh sì!

Continuai l'assalto e sorrisi attorno al suo membro mentre glielo succhiavo dal bordo alla radice e con due dita lo strizzavo e lo rilasciavo alla base spessa. Non sapevo come facesse lui a non scivolare giù dalla parete, poiché di solito non facevamo quella cosa in piedi dato che portava gli orgasmi migliori, i più intensi.

Quel metodo era solitamente rapido, ma esplosivo.

Non ci volle molto prima che io capissi che Ronan era vicino quando a toccarmi la lingua non fu più sperma, ma fluido prostatico. I gemiti, i grugniti e il respiro affannoso erano a loro volta una buona indicazione.

Il bacino di Ronan scattò violentemente in avanti, per poi ritrarsi, facendomi capire che si stava infrangendo dall'interno.

"Sto... Sto per–" Non riuscì nemmeno a concludere l'avvertimento prima di sbattermi l'uccello fino in fondo alla gola e spruzzare il suo seme caldo e salato. "*Caaaazzooo*," gli uscì in un gemito lungo e profondo.

Sentirlo crollare fece sì che il mio membro si svegliasse e scattasse sull'attenti.

Mentre i muscoli di Ronan continuavano a guizzare, il suo membro pulsò intensamente e così fece lo stretto anello di muscoli che si contraeva attorno alle mie dita.

Grazie agli orgasmi simultanei, penico e prostatico, Ronan fu travolto da un unico e felice doppio colpo.

Ero ansioso che facesse lo stesso con me. Tuttavia, non avevo ancora finito con lui e continuai a stimolargli la prostata fino a quando tutto il suo corpo non fu scosso da spasmi incontrollabili e io non gli ebbi estratto fino all'ultima goccia.

Fu solo quando lui mi implorò di fermarmi che io finalmente mi tirai indietro e sollevai lo sguardo per vederlo con la testa buttata all'indietro, gli occhi chiusi, la bocca socchiusa e il petto che ansimava.

Ero stato *io* a ridurlo così. Ciò mi dava tanta soddisfazione quanta ne aveva ricevuta lui; l'unica differenza era che la mia era più emotiva e la sua era fisica. Mi compiacevo del metterlo in ginocchio senza che le sue ginocchia toccassero mai terra.

Quando gli afferrai il bacino per usare il suo corpo e rialzarmi, la sua mano comparve di fronte al mio viso. Non appena l'ebbi afferrata, lui mi tirò su e contro di lui.

Stringendomi le braccia attorno, Ronan sussurrò: "Ti amo," un attimo prima di prendere la mia bocca in un bacio che dimostrava esattamente quanto mi amava.

Sì, finalmente avevamo ricominciato a creare dei bei ricordi. E io ne avrei fatto tesoro.

Capitolo diciannove

Ronan (ora)

Sentii i suoi piedi nudi scendere la scala a chiocciola. Mentre lui era in piscina, io avevo scaldato una delle cene che ci avevano recapitato qualche giorno prima.

Intanto, Tate cucinava per tutti e due, dato che era più bravo di me. Ma dato che lavorava fino a tardi e, una volta arrivato a casa, gli piaceva fare qualche vasca per tenersi in forma, io tenevo comunque il congelatore pieno ordinando pasti dal mio chef preferito nel ristorante locale.

Il tavolo era apparecchiato per due e io avevo messo una bottiglia di Cabernet Franc sotto ghiaccio per raffreddarla.

Quando Tate attraversò la cucina con addosso solo il costume da bagno umido e con il cellulare e un asciugamano bagnato fra le mani, mi aspettavo che si dirigesse verso il bagno per sciacquarsi il cloro di dosso.

Non lo fece.

Mise le sue cose sul piano e poi si mise faccia a faccia con me.

Quando mi rivolse un sorriso accecante, io inarcai un sopracciglio, chiedendomi cosa stesse succedendo.

"Volevo solo dirti che per tutto il tempo, mentre nuotavo, ho pensato solo a te. Questo mi ha spinto a nuotare più in fretta, perché non vedevo l'ora di scendere qui e dirti quanto ti amo."

Se quella dichiarazione non mi fece gonfiare il cuore fino al punto di esplodere, nulla lo avrebbe fatto. "Me lo dici sempre."

"Continua a non bastare."

Accidenti.

Presi lentamente fiato. Se lui mi avesse chiesto il mondo, avrei fatto tutto ciò che era in mio potere per darglielo. Ero ridotto a quel punto. Questa volta, stavamo insieme solo da sei mesi.

La nostra seconda possibilità di trovare un lieto fine tutto nostro.

Anche se le cose andavano bene, ricordai a me stesso che sei mesi erano davvero pochi. Come ben sapevamo tutti e due, il mare calmo che al momento ci consentiva di navigare senza problemi avrebbe potuto essere smosso in qualunque momento da una tempesta inaspettata.

Circondai con le braccia la vita di Tate e lo strinsi a me. La sua pelle era più fresca del normale, per via dell'acqua, ma potevo facilmente cambiare le cose.

Lui mi premette entrambi i palmi sul petto per spingersi via da me. "Il mio costume è ancora bagnato."

Accentuai la presa, non lasciandosi sfuggire. "Non mi importa." Premendo leggermente la bocca contro la sua, mormorai: "Sai una cosa? Nemmeno io te lo dico abbastanza." La sua erezione premette contro di me. "Palesemente, non stavi pensando solo a quanto mi ami."

Tate tremò contro di me per una risata controllata a

stento e io sorrisi contro la sua bocca. Poi la rivendicai completamente.

Ci baciammo fino a quando non ce lo ebbi duro anch'io e cominciammo sfregare i nostri membri assieme. Se non ci fossimo fermati, la cena sarebbe bruciata e saremmo stati costretti a disinfettare il piano.

Ma avrebbe potuto valerne la pena.

Mi staccai con un sospiro rassegnato.

Lui fece ondeggiare il bacino, sfregando ancora una volta il suo durello contro il mio. "Vogliamo fare la lotta con i pollici per vedere chi fa il passivo stasera?" chiese lui, un po' senza fiato.

"Sappiamo già chi vincerebbe."

Tate sollevò il pugno destro e agitò il pollice. "Mi sono allenato," scherzò.

Feci *mmm-hmm*. "Puoi usare quel pollice in un altro modo."

"Se non decidiamo adesso, come faremo a sapere chi di noi deve mangiare leggero?" scherzò, pizzicandomi giocosamente un capezzolo attraverso la maglietta.

Mentre io aprivo la bocca per rispondergli, il suo telefono vibrò rumorosamente sul piano di granito. Gli era arrivato un messaggio. Prima che io potessi vedere il mittente, Tate si staccò dalle mie braccia e afferrò subito il telefono.

Con la fronte aggrottata, Tate lesse il messaggio e mormorò: "Scusa. Devo fare una telefonata veloce."

Uscì dalla cucina e andò in salotto con la testa bassa mentre digitava sul cellulare, i capelli scuri e ribelli che gli ricadevano sulla fronte. Sebbene la sua mascella fosse coperta da una barba curatissima, era facile vedere quando si contraeva.

Tate si portò il telefono all'orecchio e non smise di

camminare fino a quando non si trovò di fronte alla parete a finestre.

Non avrei dovuto origliare. Avrei dovuto farmi gli affaracci miei. Ma non mi piaceva la sua espressione. C'era qualcosa che non andava.

Dopo avermi lanciato una rapida occhiata, Tate chiese: "Ehi, tesoro, che succede?"

Tacque mentre ascoltava quella che doveva essere sua figlia dall'altro capo della linea. Lei era l'unica alla quale gli avessi mai sentito rivolgere quel vezzeggiativo.

"La mamma non ti ha detto che verrò a trovarvi questo fine settimana?" Durante un'altra pausa, Tate mi voltò le spalle, cambiando il tono di voce in modo che fosse più tranquillizzante. "Non piangere, Mazie. Fra pochi giorni aprirai gli occhi e io sarò lì con te. Te lo prometto."

Alla sua promessa seguì il silenzio, ma le sue spalle rigide dicevano tutto.

"Sì, ancora pochi giorni. Sarò lì prima che tu te ne renda conto."

Seguì un'altra lunga pausa mentre lui ascoltava attentamente sua figlia, che tendeva a essere molto loquace.

Ma una delle cose che lui aveva menzionato attirò la mia attenzione. Aveva detto "sarò lì." Di solito trascorreva a Pittsburgh i fine settimana in cui aveva i bambini.

"Non posso, tesoro. Non..." Tate abbassò la testa e la sua voce si fece ancora più fioca. "Io non vivo più lì, Mazie, per cui non posso dormire lì. È per quello che tu e Alec di solito venite a dormire qui a casa mia." Dopo un'altra lunga pausa, Tate cominciò a parlare frettolosamente. "Non piangere, tesoro. Mi dispiace... Mi dispiace. So che è difficile per voi. È difficile anche per me. Mi mancate e penso a voi in ogni istante. Conto sempre i secondi fino a quando non posso rivedervi."

Stringendosi il ponte del naso, Tate si lanciò una rapida occhiata alle spalle, verso di me, con le narici dilatate e l'espressione sofferente. Poi si voltò ancora una volta.

"Passa il telefono alla mamma, per favore. Ti voglio bene, piccola Mazie," esclamò all'ultimo momento, con la voce rotta. Se la schiarì e alzò il volume, rendendolo più forte quando disse: "D'accordo... Venerdì... Sì, è possibile. Ci sarò." Annuì. "D'accordo, ci vediamo. Buona notte."

La sua testa si abbassò e lui si batté più volte la sommità del telefono sulla fronte prima di trarre un respiro profondo, sollevare la testa e tornare in cucina da me.

Rimase lì per un momento, con aria sperduta. Poi, accigliato, disse: "Vado a fare la doccia."

Lanciai un'occhiata al timer del forno. "È quasi pronto, Tate."

"Devo fare la doccia."

Si stava spegnendo e io avevo bisogno di risposte.

"Vuoi dirmi cosa sta succedendo? Perché devi spingerti fino a Harrisburg per andare a prendere i bambini invece di incontrare Dahlia a Sideling Hill, come al solito?"

"Questo fine settimana starò a Harrisburg."

Il mio cuore si fermò. "Perché lo scopro solo ora?"

"Perché non importa dove stiamo io e i bambini, Roe. Quando loro sono qui con me, io e te non ci vediamo comunque."

Sebbene ciò fosse vero, in quei momenti il fatto che lui era vicino mi dava comunque conforto. E se lui avesse avuto bisogno di qualcosa da me, che si trattasse di un'emergenza o meno, io sarei potuto arrivare in un lampo. Sarebbe stato facile ricordare ai bambini che io ero suo vicino.

"Ma non ti sei mai fermato a Harrisburg da quando sei venuto a vivere qui."

Forse stavo esagerando un po', ma non era il fatto che lui

sarebbe andato a Harrisburg a preoccuparmi. Era il fatto che laggiù c'era Dahlia.

Avrei perso nuovamente Tate a beneficio di Dahlia, non molto tempo dopo aver sistemato le cose fra di noi? Lei avrebbe provato a fare qualcosa? A ingannarlo per farsi dare quello che voleva? Avrebbe fatto leva sul senso di colpa per costringerlo a soddisfare le sue richieste? Sarebbe arrivata a usare i bambini contro di lui?

Non mi fidavo assolutamente di lei. E quella mancanza di fiducia mi provocava un picco d'ansia e scatenava pensieri irragionevoli nella mia mente.

"Senti, so che ti stai alterando. Te lo vedo in faccia, Roe. Lo vedo da come ti sei irrigidito. Stai soffocando quel povero piano! Ma alla fin delle finite, i miei figli sono parte di me." Si batté un paio di volte la mano sul cuore. "Sono il mio mondo."

Staccai le dita dal piano della cucina e mi allontanai. "Com'è giusto che sia."

"Di conseguenza, qualunque cosa sia necessaria perché io e Dahlia rimaniamo in rapporti civili, io la farò."

Qualunque cosa sia necessaria... io la farò. Mi si gelò il sangue. "Vuoi darmi spiegazioni?"

"Vuole che noi ci sediamo a parlare dei bambini e di come essere genitori separati migliori. E vuole che io vada ai colloqui con gli insegnanti."

Il panico cominciò a crescere e io ebbi un flashback di quel giorno nel nostro appartamento in cui Tate aveva annunciato che Dahlia era incinta e che lui l'avrebbe sposata. Quella notizia mi aveva colto completamente di sorpresa e così anche questa.

"Quando sono i colloqui?"

"Venerdì. Ho già chiesto un permesso; parto giovedì sera."

Anche quella era una novità per me. Il problema non era il fatto che Tate sarebbe partito: non potevo sollevare obiezioni, perché c'erano di mezzo i suoi figli e non avevo alcun problema con il fatto che venissero prima di me. Avrei avuto un problema molto grosso se fosse stato vero il contrario. Ma a turbarmi – a parte Dahlia – era che lui non mi avesse avvisato.

Non potevo accusarlo di avermi mentito, perché tecnicamente non lo aveva fatto.

Si era forse preoccupato per la mia reazione e aveva avuto intenzione di aspettare fino all'ultimo momento per dirmelo? Perché naturalmente, prima o poi lo avrei scoperto. Soprattutto se giovedì fosse uscito e non fosse tornato con i bambini.

Quale che fosse la ragione, stava riportando in superficie alcuni vecchi problemi che credevo fossero sepolti.

"Sei arrabbiato?"

"Perché trascorri del tempo con i tuoi figli? Perché fai quello che un padre deve fare? No. Ma non mi fido di lei, Tate, e non dovresti farlo nemmeno tu."

"Capisco perché la pensi così e hai buoni motivi, ma Dahlia è comunque la madre dei miei figli."

"Figli che hai scelto di avere con lei dopo che lei ti aveva ingannato per rimanere incinta del primo!" mi uscì di bocca. "Anche se, dentro di te, eri gay."

"Roe," mormorò Tate. La sua delusione per la mia esplosione era palese.

Stavo crollando E, peggio ancora, avevo paura. E io non ero il tipo che si spaventava facilmente.

"Abbiamo avuto Alec e Mazie perché... pensavo che avrebbe salvato il nostro matrimonio. Spoiler: avere figli non risolve i problemi coniugali quando il matrimonio non avrebbe mai dovuto farsi. Su quello avevi ragione. Avevo questo bisogno sotteso di continuare a cercare di fare la cosa giusta per lei. Ci ho provato un sacco di volte e non ci sono mai riuscito. Ma alla fine, avere dei figli per il motivo per cui li abbiamo avuti non fa loro bene."

"Lo terrò a mente nel caso dovessi mai aver bisogno di salvare un matrimonio forzato. Ma stavo pensando... Invece di avere altri figli, hai mai pensato che essere onesto con Dahlia avrebbe potuto essere l'opzione migliore?"

Tate non rispose subito.

"La verità fa male, vero?" chiesi. "E come ben sai, fa ancora più male quando quella verità viene ignorata. Hai vissuto una menzogna per più di un decennio, Tate."

"Non serve che tu me lo dica. L'ho vissuta io." La sua voce si era alzata proprio come la mia.

Ce la stavano cavando così bene e ora eravamo inciampati di nuovo.

Cominciavo a chiedermi se ne valesse davvero la pena.

"Roe, ti prometto che questo fine settimana non cambierà assolutamente nulla fra di noi. Voglio che ci sia un 'noi' proprio come lo vuoi tu e non intendo lasciare che nessuno ci distrugga un'altra volta."

"Voglio crederci, Tate. Non sai quanto voglia crederci. Ma non ti mentirò, perché abbiamo promesso di non mentirci... Questa faccenda mi mette molto in difficoltà. E siccome i bambini non sanno di me, non posso nemmeno accompagnarti." Lo dissi per rassicurarmi.

Odiavo sentirmi così vulnerabile.

Avevamo fatto tanta strada negli ultimi mesi. E ora quello. Ero preoccupato che ne sarebbe derivato un enorme passo indietro. O forse persino un'altra rottura.

Peggio ancora, non avevo idea che la mia sicurezza in me stesso potesse essere scossa così facilmente.

La verità era che sapevo che Tate non mi stava facendo quella cosa di proposito. Dovevo concentrarmi su quella certezza. E sul fatto che lui si era impegnato moltissimo per sistemare la nostra relazione. Aveva fatto tutto ciò che era in suo potere per farlo.

Dovevo anche ricordare che lui faceva sempre di tutto anche per i suoi figli. Voleva essere il padre migliore possibile. A conti fatti, era un uomo buono con un cuore buono, che aveva commesso un errore e aveva trascorso anni a cercare di ripararlo. Per Dahlia e per me.

Il senso di colpa poteva essere una motivazione potente.

"Devi fidarti di me, Roe."

"Mi fido."

"No. La tua fiducia nei miei confronti vacilla, in questo momento. Si vede. Ma sai che ti amo."

"Hai detto che ami anche Dahlia."

"In quanto madre dei miei figli. Devo davvero ricordati che sono *innamorato* di te? *Tu* sei la mia anima gemella. *Tu* sei quello con cui voglio stare per sempre."

Annuii perché volevo crederci. Perché ci credevo. Probabilmente, io stesso avevo dei problemi personali da risolvere. Ma prima avrei aspettato fino ad avere la certezza che Tate sarebbe tornato da me dopo aver trascorso un fine settimana lungo con Dahlia.

Forse anch'io avrei dovuto prendere appuntamento presso un terapista. Perché amavo troppo Tate per perderlo di nuovo. Dovevo avere fede. In lui e in noi.

"Quando tornerai, io sarò qui ad aspettarti."

Lui annuì e io vidi il sollievo spianare la tensione sul suo viso.

A quel punto, mi resi conto di aver trascurato il fatto che la prospettiva di quel fine settimana stressava tanto lui quanto me. Dovevo sostenerlo di più e avere una visione d'insieme.

"Mi aspetto che tu mi chiami tutte le sere dopo che i bambini saranno andati a letto," aggiunsi.

Lui mi afferrò entrambi i bicipiti e gli strinse con fare rassicurante. "Lo farò. Te lo prometto."

Esalai il fiato, sperando che così facendo avrei buttato fuori anche le mie ansie. "D'accordo."

"D'accordo," mi fece eco lui.

"Solo, per favore... non ubriacarti con lei nei paraggi," dissi, scherzando solo in parte.

Sbuffando sommessamente, Tate incrociò le dita e si tracciò una croce sul cuore. "Prometto che non toccherò una goccia."

* * *

Ronan (ora)

Ero seduto in salotto con le luci spente e un bicchiere di The Macallan in mano mentre fissavo lo skyline cittadino.

Non mi mossi sentendo scattare la serratura della porta. Quando la porta si aprì. O quando sentii le chiavi, un portafogli e qualunque altra cosa Tate avesse in tasca venire buttati sul piano.

Quando vidi il suo riflesso togliersi le scarpe e raggiungermi in calzini.

Ero sollevato che fosse a casa.

Il mio amore per lui non era mai stato più evidente che nel momento in cui avevo letto il messaggio in cui mi diceva che stava tornando a casa, seguito da due messaggi brevi: *Ti amo* e *Mi manchi*.

Io avevo risposto con gli stessi identici messaggi.

Tate si sedette sospirando sul divano accanto a me, mise i piedi sul tavolino di marmo e si appoggiò a me.

Io gli circondai le spalle con un braccio e lo strinsi ancora più vicino.

Rimanemmo in silenzio per qualche minuto, apprezzando semplicemente la compagnia reciproca. La sua vicinanza riempì in fretta il vuoto che avevo provato per tutto il fine settimana senza di lui.

"Com'è andata?" Conoscevo già buona parte dei fatti, ma avevo deciso di prendergli la 'temperatura' emotiva.

Lui mi prese il bicchiere di mano e bevve un lungo sorso di scotch. Dopo finito, esalò un lungo sospiro. "Esattamente come avevo immaginato."

Non mi piacque il modo in cui lo disse. Doveva essere successo qualcosa che non sapevo. "Cosa non mi hai detto?"

"Ti ho detto tutto tutte le sere che ho parlato con te. Ma quello che sto per dirti è successo subito dopo che ho lasciato i bambini a casa, prima di partire."

Mi si rizzarono immediatamente le orecchie. Ero pronto a fare la guerra non solo per tenermi Tate, ma anche per proteggere il suo rapporto con i figli.

"Dahlia ha mandato i bambini nelle loro stanze e mi ha colpito con qualcosa che non mi aspettavo... Vuole che torni a casa."

Cosa? Lo voleva per se stessa o per i bambini?

"Perché te lo ha proposto?" dissi con sforzo attraverso la gola stretta, perché le parole dovettero stringersi per superare la mia trepidazione crescente.

"A naso? È stanca di andare avanti da sola. È molto più difficile di quanto pensava, anche con la mia assistenza finanziaria."

Grazie al cazzo. Dahlia aveva sempre voluto una vita facile. Si era aspettata che fosse Tate a dargliela. Ciò era divenuto palese quando era venuta a trovarmi quel giorno in dormitorio.

All'epoca in cui quei due stavano insieme, Tate pagava

tutto; ora pagava solo quanto ordinato dal tribunale. Per una volta, Dahlia era costretta a mantenersi da sola.

"E tu cosa vuoi?"

"Voglio trascorrere più tempo con i miei figli."

Subito il mio cuore si fece pesante e il mio petto si contrasse. "Tate–"

Lui mi interruppe, evitandomi probabilmente di dire qualcosa di cui ci saremmo pentiti entrambi. "Ma la terapia mi ha insegnato una lezione importante."

Osservai il suo profilo mentre fissava il bicchiere che aveva in mano.

"Non voglio forzare una relazione che non è mai stata destinata a essere. Ci ho provato e non ha funzionato. Se io non sono felice, i miei figli se ne accorgono. Voglio che vedano una relazione amorevole, sana e felice, non come quella che c'era fra me e Dahlia. Anche se abbiamo cercato di nasconderlo, sono sicuro che loro se ne siano accorti. E anche se non lo hanno fatto, sicuramente se ne sarebbero accorti da grandi."

Sollevai la mano che gli avevo appoggiato sulla spalla e gli passai le dita lungo la linea dei capelli. "Cosa le hai detto?"

"La verità su di noi e che non tornerò mai a casa per stare con lei. Le ho anche offerto di tenere i bambini più di quanto stabilito dall'accordo di affidamento."

"E?"

Tate scosse la testa. "Ha detto che ci penserà."

"Dirà ai bambini di noi prima che tu sia pronto?"

"Non credo."

"Li avvelenerà contro di te a causa mia?" La mia sfiducia nei confronti di Dahlia mi spingeva a pensare che ci fosse quella possibilità.

"Spero di no." Tate non sembrava convinto.

"E se lo facesse?"

Tate sollevò il viso verso il mio; il suo sguardo era acuto come quello di un falco. "Allora avrà una bella gatta da pelare. Ma spero di evitarlo, se possibile."

"Tate..."

"So che non farebbe bene ad Alec o a Mazie, ma devo dimostrare loro che devono farsi valere. Se dovessimo arrivare a quel punto, è quello che farò. E anche se ciò non dovesse accadere, tutte le volte che li terrò io, parlerò loro di tutto quello che sta succedendo, ma in modo neutro. Non voglio aizzarli contro Dahlia. Nonostante tutto, lei è una brava madre e li adora. Per cui, spero che non faccia nulla che possa ferirli emotivamente."

"È un buon piano."

"Non gliel'ho ancora detto, ma quando mi sarò ripreso un po' e potrò permettermi un buon avvocato, chiederò l'affidamento al cinquanta per cento."

Rimasi di stucco. Avere l'affidamento al cinquanta per cento avrebbe significato che Tate avrebbe dovuto dire ai bambini di me, di noi, più prima che poi.

Realisticamente, avrei potuto anticipargli io il denaro per un buon avvocato, o anche semplicemente pagarlo io e tanti saluti, ma non glielo avrei proposto, dato che lui stava cercando di ritrovare da solo la stabilità finanziaria. Ma se me lo avesse chiesto, non avrei esitato ad aiutarlo.

Lui si allungò, mi afferrò la mano con cui giocavo con i suoi capelli e intrecciò le dita alle mie. Bevve un altro sorso del The Macallan, quindi appoggiò con un sospiro la testa al divano in pelle.

"Sai, non mi sono mai pentito di aver avuto i miei figli. Ma mi pento di non aver lasciato Dahlia quando ho cominciato a cercare il sesso fuori dal matrimonio. Mi pento di averle mentito, anche se sapeva quanto ti amavo quando è rimasta incinta. Lei ci ha sabotati, Roe. E poi io ho fatto il giro e ho sabotato me stesso e lei. Le l'ha fatto di proposito, io no, ma io sono altrettanto colpevole. È una responsabilità che mi porterò dietro fino alla morte."

Gli presi il bicchiere di scotch dalla mano, lo svuotai e lo appoggiai sul pavimento. Ci feci voltare fino a quando non fummo rivolti l'uno verso l'altro, ma rimasi in silenzio, perché volevo ascoltare. Era qualcosa che dovevo fare di più, invece di limitarmi a reagire.

Reagire prima di riflettere in maniera approfondita poteva essere deleterio.

Ero in grado di mantenere la calma negli affari e ciò aveva contribuito al successo della mia compagnia. Dovevo fare lo stesso con la nostra relazione, in modo che avessimo successo anche noi.

Dopo qualche secondo di silenzio fra di noi, finalmente Tate proseguì. "Mi pento di non averti cercato nel momento in cui mi sono lasciato Dahlia alle spalle, perché avevo finalmente abbracciato quello che ero e mi ero reso conto che ciò non sarebbe mai cambiato. Onestamente, come ti ho detto sul tetto quella sera, non pensavo che tu avresti mai voluto rivedermi. Temevo che, se ti avessi cercato e tu mi avessi solo sputato in faccia – e non voglio dire che non me lo sarei meritato – sarebbe stato ancora più duro che se ti avessi lasciato in pace. Ma non essere venuto a cercarti prima è una delle cose di cui mi pento di più. E come ben sai, l'elenco è lungo."

Quando fra di noi calò il silenzio, io aspettai per capire se Tate avesse smesso di parlare o se avesse altro da dire. Quando lui non diede segno di voler proseguire, io dissi: "A voler essere completamente sincero, non ho mai seguito la tua carriera, Tate. Non ho mai guardato nessuno dei telegiornali in cui c'eri tu. Non ce la facevo. E non ti ho nemmeno cercato o seguito sui social media. Non potevo farmi una cosa del genere. Perché il solo fatto che tu eri nella mia mente e nei miei ricordi era già abbastanza difficile. Invece, mi sono concentrato sul diventare l'uomo d'affari di maggior successo che mi era possibile essere. Ti avevo perso, ma ho lottato per non perdere me stesso. Temevo che, se ti avessi seguito, ciò mi avrebbe divorato dall'interno fino a quando non sarebbe rimasto più niente."

"È stato lo stesso per me."

"Ed è il motivo per cui non sapevi che ero io il proprietario di questo palazzo prima di venire a viverci."

Lui inclinò il capo mentre mi fissava. "Di tutti i palazzi di Pittsburgh che avrei potuto scegliere, come ho fatto a finire proprio nel tuo?"

"Vuoi davvero conoscere la risposta?"

Tate sollevò le sopracciglia. "Tu la conosci?"

"Posso tirare a indovinare."

"Dovrei credere nel destino."

"Forse dovresti."

Lui voltò la testa quanto bastava per guardare fuori dalle finestre. Annuì. "Hai ragione. Dovrei. Forse tutto quello che è successo nell'intermezzo è accaduto per un motivo."

"Non sono sicuro che mi spingerei a tanto."

Lui si voltò di nuovo verso di me, con le labbra leggermente curvate verso l'alto. "Non credi che ciò ci abbia aiutato ad apprezzarci a vicenda ancora di più?"

"Ti apprezzavo già allora, Tate. Semplicemente, non apprezzavo quello che avevi fatto."

Lui mi passò il dorso delle dita sulla mascella. "Ho intenzione di farmi perdonare per il resto della mia vita."

"No." Scossi la testa. "Devi smetterla e io devo smettere di aspettarmelo. Dobbiamo ricominciare daccapo, qui, in quest'istante. Avevamo detto che avremmo smesso di guardarci alle spalle e avremmo guardato solo davanti a noi. Manteniamo la promessa."

"Sembra un piano fantastico."

"Sono bravo a fare piani."

Lui sorrise. "Che piani hai fatto per il resto della serata?"

"A parte abbracciarti e non lasciarti mai andare?"

"È un buon inizio, ma sì..."

"Beh, per cominciare," esordì, "ti dirò quanto ti amo, poi ti dimostrerò quanto sono contento che tu sia a casa e quanto mi sei mancato."

"Anche quello mi sembra un piano fantastico."

"Te l'ho detto che sono bravo."

"Tu, Ronan Pak, sei bravo in molte cose."

Tolsi il braccio dalle spalle di Tate, mi alzai in piedi e tesi la mano.

Non appena lui la prese e si alzò, io lo attirai a me e sussurrai: "Ti amo. Sono felice che tu sia a casa e mi sei mancato più di quanto tu possa immaginare."

I suoi fantastici occhi azzurri si incresparono agli angoli. Luccicavano e le narici di Tate fremettero leggermente. "Ti amo. Non vedo l'ora che ci costruiamo una casa insieme e ti prometto che non dovrai mai più sentire la mia mancanza."

Non volevo dare per scontato che la nostra relazione sarebbe stata perfetta.

Lo avevo fatto in passato e avevo imparato a caro prezzo che mi sbagliavo.

Nulla era perfetto.

A vent'anni, avevo le stelle negli occhi.

Ora, a quasi trentatré? Delle stelle era rimasta solo la polvere.

Ma avremmo continuato a costruire sulle fondamenta che avevamo gettato fino a quando non sarei riuscito a vedere di nuovo quelle stelle.

Epilogo

Dove tutto è cominciato

Tate (un anno dopo)

SCESI con la mia Toyota Highlander sotto River View Heights e parcheggiai accanto alla Maserati.

Ero tornato a casa molto più tardi del solito, dato che il mio capo mi aveva convocato nel suo ufficio quando stavo per uscire. Mi aveva dato la notizia in cui avevo sperato e io non vedevo l'ora di condividerla con Ronan.

Afferrai il telefono dal sedile del passeggero e mi dissi che gli avrei fatto sapere che stavo salendo, nel caso avesse già messo la cena in forno.

Gli scrissi *Sono a casa. Salgo subito,* per poi scendere in fretta dall'auto. Mentre salivo di corsa i gradini, ricevetti un messaggio di risposta. Vi lanciai una rapida occhiata mentre entravo nell'atrio.

Una volta che la porta si fu chiusa alle mie spalle, mi fermai a leggere di nuovo il messaggio, perché dovevo aver letto male la prima volta.

Incontriamoci sul tetto. Fatti trovare in ginocchio in vogliosa attesa.

Le mie sopracciglia si toccarono e io mi passai una mano fra i capelli.

Ma che diavolo? Cosa era saltato in mente a Ronan? Non erano nemmeno le dieci, per cui gli altri residenti avevano ancora accesso al tetto. E poi, io ero ancora in giacca e cravatta.

Ed ero stanco al punto da aver deciso di saltare la mia nuotata serale. Non desideravo altro che salire di sopra, spogliarmi, mangiare un boccone e poi accoccolarmi con Ronan per il resto della serata. Dopo avergli dato la notizia, naturalmente.

Quando la porta esterna si aprì, vidi i Callahan e Mr. Pibbles entrare.

Merda.

Pigiai il pulsante dell'ascensore una dozzina di volte per far arrivare più in fretta la cabina, anche se sapevo che non avrebbe funzionato. Ma la disperazione portava a gesti disperati.

Non appena le porte si aprirono, mi lanciai praticamente all'interno e premetti disperatamente il pulsante per chiudere le porte.

Trassi un sospiro di sollievo quando la mia visuale sui Callahan fu interrotta prima che riuscissero a passare dall'ingresso all'atrio. Non volevo fare la lotta con quello stronzetto di Mr. Pibbles mentre lui mi addentava le caviglie. E non credevo che la mia testa sarebbe riuscita a sopportare il suo fastidiosissimo abbaiare. Né volevo avere a che fare con il ghigno malefico che la signora Callahan ci rivolgeva sempre da quando lei e suo marito si erano resi conto che io e Ronan non eravamo solo coinquilini.

Fissai i numeri sullo schermo sopra le porte mentre scandivano il susseguirsi dei piani. Finalmente, l'ascensore arrivò al livello di accesso al tetto e non appena le porte si aprirono, io uscii dall'ascensore, poi dalla porta e salii sul tetto, nell'aria notturna leggermente gelida.

Mi guardai attorno e fui sollevato nel constatare che non c'erano vicini in giro. Ero sicuro che nessuno di loro volesse conoscerci meglio di quanto già facesse.

Le solite luci erano spente e solo la piscina e le lucine sospese erano illuminate, proiettando un barlume soffuso nella zona.

Mi recai automaticamente alla pergola sotto cui mi ero inginocchiato quella volta in cui Ronan mi aveva scritto su Grindr per ordinarmi di farmi trovare sul tetto.

La app di incontri occasionali era stata cancellata da tempo da entrambi i nostri telefoni. Non ne avremmo mai più avuto bisogno. Se fosse successo qualcosa fra Ronan e me, avevo giurato che sarei diventato frate e mi sarei concentrato solo sui miei figli.

Le mie labbra guizzarono per la mia menzogna sul diventare frate. O anche semplicemente casto. Se ci avessi provato, prima o poi sarei imploso.

Presi uno dei cuscini delle sedie a sdraio, lo misi sulla piattaforma di legno della pergola e, con un grugnito, mi misi in ginocchio ad aspettare.

Per fortuna, non erano trascorsi nemmeno due minuti prima che la porta che collegava l'attico e il tetto si aprisse e Ronan uscisse.

La sua espressione era severa, ma per il resto illeggibile.

Tuttavia, indossava un completo scuro stirato di fresco che gli calzava alla perfezione. Nel periodo da che eravamo insieme, lo avevo visto vestito così una sola volta, quando era uscito per andare a chiudere un affare riguardante un enorme complesso di appartamenti subito fuori dalla città. Sebbene si trattasse di un accordo multimilionario, lui aveva detto scherzando che forse si sarebbe presentato vestito normalmente – con i jeans strappati e una vecchia maglietta stretta – per dimostrare che non bisognava giudicare un libro dalla copertina.

Per quanto Ronan detestasse indossare completi, io lo adoravo quando lo faceva. Lo facevano sembrare come un modello di copertina per riviste tipo *Esquire*. Quel giorno avevo dovuto fisicamente asciugarmi un pochino di bava e dovetti rifarlo anche questa volta, quando lui attraversò con determinazione il tetto fino a dove io lo aspettavo.

Quando lui si fermò di fronte a me, inclinò la testa verso il basso. Non ero sicuro se dovessi parlare o semplicemente aspettare.

Non appena la sua testa si piegò leggermente e i suoi occhi marrone scuro calarono sulla sua vita in quello che sembrava un ordine silenzioso, io mi dissi che voleva una replica di quando gli avevo fatto quella seconda volta sul tetto. Quella volta che mi aveva scopato la faccia senza pietà. Non ero contrario, per cui mi protesi automaticamente verso la fibbia della sua cintura.

Ma prima che potessi afferrarla, lui mi prese le mani e mi tirò in piedi. Non appena mi fui alzato, Ronan posò un ginocchio a terra.

Se lui non mi avesse tenuto la mano, sarei barcollato per lo stupore.

Il mio cuore cominciò a battere all'impazzata e la mia vista si sfocò quando lui tirò fuori una scatolina di velluto nera dall'interno della tasca della giacca.

Stavo cercando di non dare di matto, ma stavo *dando di matto*. Ero sicuro che il bianco dei miei occhi si vedesse dalla stazione spaziale orbitante.

Come poteva quella cosa succedere lo stesso giorno in cui

mi avevano promosso alla conduzione di un importante telegiornale?

"Tate..." esordì Ronan.

Porca troia! "Sì!" gridai.

Ronan levò gli occhi al cielo. "Posso chiedertelo prima?"

"No! La risposta è sì!"

"Lasciami–"

"È sì. Sì! Cazzo, sì!"

Tate abbassò la testa e la scosse.

"D'accordo," gli concessi. "Scusa. Chiedi pure."

Lui voltò di nuovo la testa verso l'alto, con le labbra strette. Probabilmente per non ridere, dato che quella avrebbe dovuto essere una faccenda seria.

Schiaffeggiai la mano che non mi stava tenendo sulla bocca e annuii, sperando che lui si sbrigasse prima che io gridassi "sì" altre mille volte.

"Tate Allan Harris..."

Un altro "sì" fece per uscirmi violentemente di bocca. Riuscii a malapena a contenerlo.

"Vuoi..."

Ora mi stava provocando, chiedendomelo così lentamente. Sapeva che stavo per collassare?

Aprii la bocca e lui mi guardò storto. La chiusi.

"Tate Allan Harris, vuoi amarmi per il resto delle nostre vite?"

Attesi.

Lui mi lanciò un'occhiata.

"Oh... Adesso devo rispondere? Sì!"

Ronan si leccò le labbra e gli angoli dei suoi occhi divertiti si raggrinzirono. "Vuoi anche diventare mio marito e restare al mio fianco nella buona e nella cattiva sorte?"

"Certo che sì!" Strattonai la mano che teneva la mia, a indicare che anche lui doveva alzarsi. Non appena lo fece, io dissi: "Ronan Pak, vuoi diventare mio marito e restare al mio fianco nella buona e nella cattiva sorte?"

"Assolutamente."

Sorrisi. Lui sorrise.

"Adesso ci baciamo?" chiesi. Non ero sicuro, dato che non avevo mai fatto una proposta di matrimonio né l'avevo mai ricevuta: il mio ultimo matrimonio era stato praticamente combinato da terzi.

Lui scosse la testa e aprì la scatolina che aveva in mano.

Non appena vidi l'anello, mi si mozzò il fiato. "È un anello di fidanzamento o la mia fede nuziale?"

Lui tirò fuori la fascetta dalla scatola e me la mise all'anulare.

Sembrava tungsteno con tre inserti che circondavano la fascia; i due anelli esterni erano di legno lucido e quello centrale era realizzato con una specie di guscio color turchese, forse di abalone. Era bellissimo, ma anche molto virile.

Lo adoravo. Ronan non avrebbe potuto scegliere un anello migliore e mi calzava alla perfezione.

"Direi un anello di promessa, dato che prometto di amarti per sempre."

Bloccai le ginocchia per non sciogliermi lì sul tetto.

Era davvero la mia vita quella? Stava succedendo davvero?

Tutto stava andando al proprio posto.

Con la mia carriera.

Con Ronan.

E con i miei figli.

Ora stavo per sposare l'uomo che avevo amato per quella che mi sembrava una vita, anche se avevamo trascorso la maggior parte del tempo separati.

"Dobbiamo cominciare a organizzare un matrimonio,"

annunciai nel tentativo di non mettermi a farfugliare come un bambino.

Ronan scosse la testa. "È già stato progettato."

"Cosa?" mi accigliai. "Quando? Dove? Come hai fatto a fare tutto senza che io lo sapessi?"

Lui mi lanciò un'occhiata che era davvero tutta Ronan.

"Ah, già, hai della *gente* che lavora per te. E anche la tua gente ha della *gente*."

"Ho fatto anche molto da solo, grazie tante."

"Voglio i dettagli." Qualunque cosa mi impedisse di saltellare sul tetto in preda all'entusiasmo e cadere di sotto.

"È una sorpresa. Metti il costume in valigia." Ronan mosse la testa da un lato all'altro e disse: "Magari più di un costume."

Congiunsi le sopracciglia.

"Pensa a una spiaggia tropicale, al sole, alla sabbia, all'acqua turchese. Io e te."

"Sembra un paradiso."

"Ho fatto tutto per assicurarmi che lo sia."

"E quand'è che andremo in questo paradiso? Perché..." *Merda*. Il lavoro. Ronan non sapeva.

"Hai due settimane di ferie prima di sederti dietro quella scrivania e di fronte a quelle telecamere."

"Tu lo sapevi prima di me?" *Un momento*. "Tu non hai nulla a che fare con la mia promozione, vero? Non hai esercitato la tua influenza, giusto?" Perché se Ronan lo aveva fatto, io non intendevo accettare l'incarico. Volevo guadagnarmelo da solo.

"No, ma quando ho chiamato il tuo capo per chiedere quando sarebbe stato il momento migliore perché tu ti prendessi due settimane di ferie – di nuovo, volevo che questa fosse una sorpresa – lui me lo ha detto."

"Dunque posticiperà la mia promozione?" Non ero sicuro di essere d'accordo.

"Solo di due settimane."

Avrei dovuto cominciare a condurre il telegiornale della sera la settimana dopo. "Questo significa..."

"Significa questo."

"Quando partiamo?"

"Lunedì."

"E quand'è la nostra cerimonia?"

Lui mi lanciò un'occhiata dalla quale capii chiaramente che tutte quelle domande stavano rovinando la sua sorpresa. Ma non era colpa mia se avevo bisogno di conoscere i dettagli. Ero un giornalista.

"Le scartoffie devono arrivare a Saba tre settimane prima della cerimonia, per cui sarà il sabato dopo il nostro arrivo."

"Saba?"

"È una piccola isola caraibica che ho scoperto essere molto accogliente nei confronti delle coppie gay. Purtroppo, non molte isole lo sono."

Non c'era da stupirsi. Ma... "Ci sposeremo fra poco più di una settimana?"

"Non puoi tirarti indietro ora."

"No, *tu* non puoi tirarti indietro ora," gli ricordai. "Mi hai già fatto una promessa e mi hai messo un anello al dito."

"Spero che tu non te lo tolga mai."

"Non ho mai avuto intenzione di farlo." Proprio come il pendente del cerchio della vita con le ceneri di Connor. Non mi sarei mai tolto nessuno dei due, se potevo evitarlo.

"Tate," mormorò Ronan, con quel sorriso che amavo quanto l'uomo a cui era attaccato.

"Sì?"

"*Ora* ci baciamo."

Mi strinsi nelle spalle. "Beh, se insisti..."

Schiacciai le labbra contro le sue.

Ronan (tre anni dopo)

PORTATI la BMW X7 nuova di Tate nel nostro vialetto in Fox Chapel, a nord di Pittsburgh. Avevamo fatto costruire la casa due anni prima, dato che il mio attico, per quanto spazioso, non aveva abbastanza camere da letto per Alec e Mazie. Volevamo che avessero ciascuno una stanza per sé e anche un grosso cortile posteriore.

Quella comunità recintata era nella posizione perfetta. Ancora abbastanza vicina alla città e al mio ufficio, ma ancor più vicina al Burgh Media Group.

Guardai nello specchietto retrovisore mentre inserivo la retromarcia e aspettavo che Tate, seduto sul sedile posteriore, slacciasse con attenzione il seggiolino e vi tirasse fuori la neonata.

Non solo ora avevamo spazio per i due figli di Tate, dato che avevamo l'affidamento congiunto con Dahlia, ma c'era anche una nursery e spazio in abbondanza nel caso decidessimo di far crescere ancora di più la nostra famiglia.

Incredibile ma vero, Dahlia ci aveva concesso l'affidamento congiunto senza protestare. Ciò significava che non potevo più detestarla. Almeno non quanto prima. Dopo che si era risposata e aveva avuto un altro figlio, Tate era convinto che fosse sollevata di affidare a noi una parte più consistente del carico di lavoro relativo all'allevamento dei loro figli.

E ora Tate e io avevamo un figlio nostro.

Era stato un travaglio lungo ed estenuante, anche se era stata la nostra madre surrogata a fare tutto il lavoro fisico.

Guardarla in sala parto mi aveva reso felice di non essere donna.

Ero rimasto entusiasta alla vista della nascita di nostra figlia – il cui nome completo sul certificato di nascita era Jae Renée Harris-Pak – ma anche un po' inorridito dal processo. Ero combattuto: una parte di me voleva dimenticare quel momento in sala parto, ma un'altra voleva ricordarlo per sempre.

Dopo aver lasciato la sala parto, avevo detto a Tate che intendevo comprare a quella donna una nuova Mercedes. Decappottabile. Con tutti gli optional esistenti al mondo. Lui aveva riso, ma io dicevo sul serio. Dopo quello a cui avevo assistito, quella donna se lo meritava.

Non appena fui sceso dal veicolo, presi la confezione di pannolini dal sedile del passeggero e aspettai che Tate si appoggiasse Jae alla spalla.

Tate aveva voluto darle un nome coreano per onorare il mio defunto padre, per cui avevo lasciato la scelta a lui. Aveva scelto il nome perfetto e mia madre ne era entusiasta.

Mentre ci avvicinavamo al portone dell'edificio, un'anta si aprì e mia madre corse fuori, tallonata da Alec e Mazie.

"Voglio vederla!" dissero contemporaneamente lei e Mazie.

"Possiamo entrare prima? Alec, non far scappare il cane," dissi.

Alec afferrò Harry the Hound[1] per il collare proprio mentre questi stava per scendere i gradini e attraversare il cortile. Non era il giorno giusto per metterci a cercare il nostro beagle per tutto il vicinato mentre lui giocava a nascondino.

Peggio ancora, se Harry avesse visto un coniglio, c'era il rischio di non vederlo più per ore.

Con il viso illuminato e le lacrime agli occhi, mia madre tese immediatamente le braccia per prendere Jae da Tate.

Non ero sicuro che lui avrebbe lasciato andare Jae, ma dopo un attimo lo fece e mia madre prese con cautela in braccio la bambina e cominciò subito a fare versi, piangendo ancora di più e soffocando nostra figlia con rumorosi baci.

Mentre Tate tirava indietro le mani, seppur con riluttanza, il mio sguardo si posò sul tatuaggio all'interno del suo polso sinistro. Un punto e virgola. Io ne avevo uno identico all'interno del polso destro, dato che quel simbolo era importante per noi, tanto come individui quanto come coppia.

Mentre mia madre e i bambini rientravano in casa, io rimasi in piedi sul vialetto a guardarli.

Tate si fermò mentre saliva i gradini di pietra e si guardò alle spalle. Le sue sopracciglia scure si aggrottarono preoccupate. "Cosa c'è che non va?"

Scuotendo la testa, gli dissi: "Niente. Non c'è assolutamente niente che non va. Va tutto bene."

Lui fece quel sorriso che speravo di vedere per il resto della mia vita. "È perfetto."

Lo raggiunsi sui gradini, gli passai il braccio attorno alle spalle e lo accompagnai dentro.

Per un attimo, mentre fissavo la casa che avevamo costruito per noi e per la nostra famiglia, avevo temuto di essere morto.

Perché se esisteva un Paradiso, io lo avevo trovato.

Il punto e virgola è uno dei tatuaggi più potenti e motivanti. Nella lingua inglese e in quella italiana, il punto e virgola indica che l'autore avrebbe potuto concludere la storia usando semplicemente un punto, ma ha deciso che la storia non era ancora finita.

La vita insieme di Tate e Ronan sarebbe potuta finire dodici anni prima, quel giorno nel loro appartamento, ma così non è stato. La loro storia è semplicemente rimasta in pausa fino a quando non ha potuto ricominciare.

Per rimanere aggiornati sul lavoro di Jeanne, iscrivetevi alla sua newsletter qui: (in inglese): http://www.jeannestjames.com/ newslettersignup

---

Riaccendere Chase

Una collaborazione inaspettata fra due autori, così calda che fa scintille…

Chase

Dopo un lutto devastante, ho un bisogno disperato di ricominciare da capo.

Lontano dai ricordi dolorosi.

Lontano da chiunque io conosca e da chiunque conosca la mia storia.

È così che mi ritrovo a Eagle's Landing, in Pennsylvania.

In quanto autore di bestseller, il motivo principale per cui mi sono trasferito in una baita montana isolata è sconfiggere il blocco dello scrittore che ha annientato la mia creatività negli ultimi due anni. Spero di ritrovare le parole in questo paesino tranquillo dove nessuno mi conosce. Dove nessuno conosce il mio passato.

Un posto in cui mimetizzarmi al punto da diventare invisibile.

Rett

Sebbene Chase, uno dei miei autori preferiti, sostenga di voler essere lasciato in pace, io mi rifiuto di lasciarlo impantanato in qualunque cosa lo stia soffocando.

In quanto proprietario della libreria locale e scrittore, sono affascinato da questo maestro della parola scritta. Sfortunatamente, le sue abilità sociali lasciano parecchio a desiderare. Ciononostante, sono deciso a tirar fuori questo individuo irritabile e frustrante dall'abisso in cui è caduto e riportarlo in superficie, non importa quanto lui si opponga. Spero solo che trascinare Chase lungo questo sentiero ardente riaccenda in lui la scintilla e di non scottarmi lungo la strada.

Nota: Riaccendere Chase *è una storia d'amore lenta e commovente che parla di amore in seguito a un lutto.* **Vi prego di leggere l'avvertenza prima di leggerlo o** *acquistarlo. Potete trovarla all'inizio del libro (accessibile tramite l'opzione "Leggi l'estratto" su Amazon o scaricando l'estratto stesso) e sul mio sito: https://www.jeannestjames.com/ reignitingchase.* Questo romanzo d'amore gay autoconclusivo ha un lieto fine garantito, senza tradimenti e senza finale in sospeso.

Girare la pagina per leggere il prologo di Riaccendere Chase
https://mybook.to/ReignitingChase-IT

Riaccendere Chase - Prologo

Chase

LA FORD BRONCO RAPTOR venne messa a dura prova mentre sobbalzava lungo la stradina sterrata. Evitai il meglio possibile le enormi buche piene di fango lasciato dall'ultimo temporale, le erbacce lunghe e i cespugli che incombevano sul sentiero e lo rendevano ancora più stretto, e i lunghi e profondi solchi che mi ricordavano versioni in miniatura del Grand Canyon.

Avevo scambiato la mia Audi A8 proprio per questo motivo.

Comprare la quattro per quattro era stata la scelta giusta. L'agente immobiliare mi aveva messo in guardia dalla stradina, oltre che dalle nevicate che d'inverno colpivano la zona. Avevo preso sul serio l'avvertimento.

Soprattutto dopo che l'agente mi aveva mandato le foto. Molte foto.

Di tutto. Non solo di quella stradaccia.

Foto che avrebbero spinto qualunque individuo sano di

mente a lasciar perdere immediatamente quella proprietà. Anzi, prima che immediatamente.

Per quanto l'agente volesse la provvigione, voleva anche essere onesto con me, dato che stavo comprando la proprietà a scatola chiusa.

Un acquisto rischioso, certo.

Un rischio che ero disposto a correre in cambio della privacy e di un po' di pace.

Avevo bisogno di ricominciare da capo in un posto dove nessuno mi conosceva o sapeva quello che era successo. La baita isolata sul fianco della montagna nei pressi di Eagle's Landing, Pennsylvania, sembrava il luogo perfetto.

Così speravo.

Dovevo ritrovare il prima possibile l'ispirazione. L'avevo persa assieme a...

Bloccai quel pensiero prima che potesse infettarmi.

Sobbalzai sul sedile del conducente mentre la Ford risaliva gli ultimi metri della stradina e raggiungeva finalmente il limitare della radura.

Una radura che aveva bisogno di tanto lavoro quanto la strada sterrata.

Avevo pagato l'agente affinché chiamasse qualcuno che facesse quanto più giardinaggio possibile, che sostituisse il vecchio tetto di tegole con uno di metallo, che installasse un grosso generatore di emergenza – dato che i cali di tensione erano praticamente una garanzia in montagna – e che riempisse il serbatoio di propano da duemila e passa litri. Ma il resto... Avevo deciso che ci avrei pensato dopo essere arrivato, provando a fare i lavori io stesso o ingaggiando gente del posto. *Provando* era la parola chiave, dato che non avevo la minima esperienza in fatto di edilizia. Non avevo mai eseguito alcun lavoro nelle mie vecchie case.

C'era una prima volta per tutto. Fortunatamente, YouTube era pieno di tutorial per qualunque cosa.

E poi, probabilmente, essere costretto a fare un po' di lavoro manuale sarebbe stato una buona terapia. E forse avrebbe anche spronato la mia creatività. Che era andata a quel paese da... quel giorno. Il giorno a cui stavo cercando di non pensare.

Dopo aver messo la Bronco in park e aver spento il motore, fissai quello che avevo di fronte. La mia "nuova" casa.

In quel momento, mi resi conto di essermi fottuto il cervello.

Ora che vedevo la baita di persona... La realtà mi colpì in fronte con la forza di un martello. Dal vivo, la casa aveva un aspetto molto peggiore e non c'ero nemmeno entrato.

Per un attimo, non fui sicuro che fosse il caso di farlo.

"Cosa cazzo stai facendo, idiota?" Il mio sussurro sostituì il silenzio all'interno della Ford. "Cosa cazzo ti è saltato in mente? Come hai potuto pensare di farcela?"

Cristo santo. Avrei dovuto fare marcia indietro e...

No. Prima avrei dovuto dare fuoco a quella trappola, *poi* fare marcia indietro, scendere dalla montagna, trovarmi un albergo comodo e quindi un altro posto dove vivere. Dire all'agente di vendere quei duecento acri di terra montana e boscosa a una persona che avrebbe potuto costruire qualcosa di meglio partendo da zero. Una persona che non fossi io.

Avevo comprato quella proprietà soprattutto perché, grazie all'estensione della terra, era sicuro che non avrei avuto vicini. Oltre al fatto che dava su un enorme stagno o un piccolo lago, quale che fosse la classificazione ufficiale. Ma comunque si chiamasse, era uno specchio d'acqua di discrete dimensioni.

In quanto autore di bestseller, avrei dovuto essere più bravo a descrivere le cose. Ma in quel momento non me ne fregava un cazzo delle descrizioni precise. Invece, ero concentrato sulle mie scarse possibilità di sopravvivenza.

Mi grattai la barba di una settimana mentre contemplavo sia il da farsi sia la baita di assi di cedro che avevo di fronte.

"Merda," borbottai sottovoce prima di aprire la portiera, allungandomi con un gemito.

Il mio quarantacinquesimo compleanno era arrivato ed era passato qualche mese prima, senza fanfare, ma si era lasciato alle spalle dei regali di cui avrei fatto volentieri a meno. Dolori ossei, insonnia, giunture rigide, vista sfocata e altro.

Ma erano tutte cose che mi ero aspettato. A differenza dell'invecchiare da solo.

Esalai bruscamente il fiato. Dovevo smetterla di procrastinare, entrare, dare un'occhiata in giro e vedere se fosse possibile dormire lì quella notte o se sarei dovuto tornare in paese e trovare una sistemazione migliore. Almeno fino a quando non avrei potuto rendere la baita vagamente abitabile.

Con una mano stretta dietro la nuca, mi massaggiai e cercai di motivarmi. "Diamoci una mossa."

I gradini di legno scricchiolarono mentre salivo in veranda. Non erano spugnosi e non vedevo tracce evidenti di marcescenza o assi rotte; era rassicurante. La veranda di legno era molto piccola, ma da quello che avevo visto dalle foto, la porta a cui mi stavo avvicinando era l'ingresso posteriore. L'ingresso principale dava sul lago di dieci acri.

Il lago *qualcosa*. Non ricordavo il nome.

Non che avesse importanza. Dato che ero il suo unico proprietario, potevo chiamarlo come pareva a me.

Lago Lasciatemi-In-Pace. Suonava bene.

Tirai fuori la chiave che mi aveva spedito l'agente dalla tasca dei jeans. Non avevo mai conosciuto quell'uomo;

avevamo fatto tutto virtualmente. Anche la firma del contratto.

Mentre facevo per infilare la chiave nella toppa, mi resi conto che la porta non era completamente chiusa. Era socchiusa. L'aveva lasciata aperta qualcuno dei manovali? Oppure era già aperta e nessuno si era curato di chiuderla? Probabilmente, avevano fatto il lavoro per cui erano stati pagati e se n'erano andati il prima possibile.

I cardini scricchiolarono mentre aprivo la spessa e rustica porta di legno.

Appunto mentale: prendere una lattina di WF-40 la prossima volta che sei in paese. Se quello non funziona, una tanica di benzina e un accendino risolveranno il problema.

In piedi di fronte alla soglia, trassi alcuni respiri profondi della calda e pulita aria montana. Molto diversa da quella a cui ero abituato. L'aria non era l'unica cosa diversa. Mi soffermai ad ascoltare.

Lo stesso valeva per la quiete.

Niente traffico. Niente voci. Cazzo, che gioia.

L'unico suono, a parte gli uccelli e i piccoli mammiferi che zampettavano nel sottobosco, era la voce nella mia testa che mi ripeteva all'infinito che era stata una pazzia comprare quel posto.

Forse tutto quel silenzio non era una gran cosa. Le mie voci interiori avrebbero potuto diventare amplificate, forse persino assordanti.

Durante il viaggio, avevo ascoltato un paio di lunghi audiolibri, dato che i miei pensieri tendevano a sovrastare la musica. Con gli audiolibri, ero costretto a concentrarmi. Un bel giallo ben scritto era in grado di tenermi lontano da quei pensieri negativi per inglobarmi nella storia di qualcun altro. Una storia che non fosse mia, che non fosse né il poliziesco che dovevo scrivere né la deprimente storia alla Nicholas Sparks che stavo vivendo.

Ma mi ricordava anche che dovevo riscoprire la mia creatività. E speravo che quel posto mi aiutasse a farlo.

Era proprio per quello che mi ero trasferito in una zona remota.

Varcata la soglia, dovetti trattenermi dal voltarmi e darmi precipitosamente alla fuga. Nelle foto, l'interno non sembrava così male. In quel momento, mi chiesi a quando risalissero le foto e perché l'agente non mi avesse fatto fare un giro virtuale. Ma in verità, l'agente non aveva mentito. Quello era effettivamente un vecchio capanno di caccia, che a quel punto non era molto meglio di un accampamento di fortuna.

Purtroppo, io non sapevo nulla di sopravvivenza o di vita senza utenze. Anche se si poteva discutere se quella baita potesse essere considerata priva di utenze. Più che altro perché aveva un pozzo con una pompa funzionante, oltre che acqua già analizzata e dichiarata potabile. Inoltre, aveva l'elettricità e presto avrebbe avuto una connessione satellitare, in modo che io potessi tornare a essere produttivo.

Se ciò fosse accaduto davvero, il mio agente letterario avrebbe potuto fare i salti di gioia. E così i miei lettori, che da due anni chiedevano un nuovo episodio della mia serie migliore.

E a pensarci bene, li avrei fatti anch'io, dato che scrivere era la mia unica fonte di reddito e le mie royalties si erano lentamente ridotte dopo ogni mese senza una nuova uscita.

Sebbene avessi un bel gruzzolo in banca, riparare la baita e le sue poche amenità lo avrebbe consumato rapidamente.

In qualunque caso, avrei dovuto prima di tutto *scrivere* un libro. E con tutto il lavoro che ci voleva dopo la prima bozza – revisioni, copertina, marketing e quant'altro – era improbabile che sarebbe stato pubblicato entro breve.

Mi ero dato sei mesi per scrivere il volume successivo della mia popolare serie di polizieschi. Il volume sarebbe arrivato nelle mani dei miei lettori probabilmente tra un anno e mezzo. Se non di più.

Non volevo pensarci. C'era il rischio che fossi in miseria al momento di ricevere la prima royalty, a seconda di quanto sarebbe stato generoso l'anticipo dell'editore.

Questa volta, il mio editore aveva esitato a darmene uno dopo che ero precipitato in una spirale di depressione. Avevano detto al mio agente, Randall, che quando avrebbero avuto almeno tre capitoli "ben scritti" fra le mani, avrebbero preso in considerazione l'idea di inviare un anticipo.

Fantastico, cazzo.

E tuttavia, non potevo biasimarli, dato che il blocco dello scrittore aveva annientato la carriera di diversi autori. Speravo solo che non concludesse anche la mia.

Da lì il motivo per cui mi trovavo in quella baita.

Messi da parte quei pensieri deprimenti, mi concentrai sulla visione deprimente che mi si presentava di fronte agli occhi.

Di primo acchito, sembrava che nessuno avesse più messo piede in quella casa, con l'eccezione della fauna locale.

Mi inoltrai nella baita da centodieci metri quadri. Non era male per me, dato che avrei vissuto da solo e non avevo bisogno di molto spazio. Mi bastavano un posto dove appoggiare la testa, un posto dove mangiare e qualche parte dove scrivere.

La baita aveva solo due stanze chiuse – la camera da letto e il bagno – ma a parte quello, l'ambiente era completamente aperto. Nuvolette di polvere si sollevarono mentre girovagavo per la zona principale della baita, osservando tutto più da vicino e facendo un elenco mentale del da farsi.

Non ci volle molto prima che mi rendessi conto che avrei

dovuto metterlo per iscritto, dato che c'era il rischio che la lista fosse troppo lunga per il mio cervello.

I pochi mobili lasciati dai vecchi proprietari erano coperti da due dita di polvere, oppure erano rotti. Andavano buttati o fatti a pezzi e usati per accendere il fuoco. Gli armadietti della cucina erano vuoti, con gli sportelli spalancati come se il contenuto fosse stato rubato o portato via.

Ragnatele spettrali aleggiavano in ogni angolo.

Tutte le finestre erano velate da anni di trascuratezza. Una era completamente rotta e avrebbe dovuto essere sostituita. Anzi, tutte avrebbero dovuto essere sostituite con nuovi vetri doppi per trattenere il calore durante l'inverno. Persino la leggera brezza dell'inizio della primavera mi consentì di individuare degli spifferi quando passai la mano lungo il bordo della finestra più vicina.

Scossi la testa e vidi delle macchie di feci sul pavimento. Sollevato lo sguardo, capii il perché. Mezza dozzina di pipistrelli se ne stava appesa sulle assi del soffitto, facendo una piccola siesta pomeridiana.

Merda.

Oltre al guano di pipistrello, c'erano delle feci simili a piccoli grani di riso nero. Sapevo a quale animale appartenevano: un piccolo roditore parente di Topolino.

"Tempo un giorno o due e verrete sfrattati," avvisai i pipistrelli e gli eventuali topi in ascolto. "Abusivi."

Continuai il giro della zona principale. Fortunatamente, il grosso caminetto costruito con pietre della montagna sembrava in buone condizioni. Così come l'ampia e robusta mensola che lo circondava. Finalmente qualcosa che non necessitava di essere sostituito o riparato.

In realtà, la struttura di base della baita era solida. Aveva "le ossa buone." La maggior parte delle riparazioni sarebbe stata cosmetica o avrebbe contribuito all'efficienza energetica.

Le ampie assi di legno del pavimento avevano semplicemente bisogno di una bella sfregata, così come il lavandino della cucina e gli elettrodomestici.

Per fortuna, era qualcosa che potevo facilmente fare da solo. Non mi dispiaceva usare un po' di olio di gomito.

Il sudicio tappetino di fronte al caminetto andava buttato. La legna sparpagliata sul pavimento doveva essere impilata con cura. Il mucchio di ceneri fredde nel focolare andava rimosso e avrei dovuto ingaggiare uno spazzacamino per evitare incendi nella canna fumaria.

Infilai la testa nel bagno. Dato che ce n'era uno solo, era di buone dimensioni. Non c'era una vasca, solo un box doccia a cui mancava la tendina, una finestra sudicia, un water che andava pulito e un lavandino sospeso macchiato di calcare.

Accanto al bagno c'era la mia camera da letto. Anch'essa non piccola, dato che era l'unica. Una rete di metallo rotta occupava il centro della stanza e un vecchio cassettone di legno era appoggiato a una parete. Avevo paura ad aprire i cassetti, dato che ero sicuro che intere famiglie di topolini ne avessero fatto un condominio.

Ma furono le grandi finestre nella stanza ad attirare la mia attenzione. Erano sporche, certo, ma attraverso di esse, la visuale sul lago era spettacolare. Immaginai di spalancarle e sentire gufi, volpi e persino strolaghe di notte, oltre alla brezza.

Aggiunsi una serie di ventilatori da soffitto al mio elenco. Uno per la camera da letto e un paio per l'ambiente principale.

Il mio letto matrimoniale si sarebbe adattato perfettamente a quella stanza, oltre che al cassettone che mi ero portato e che attendeva di essere scaricato dalla U-Haul parcheggiata in fondo alla montagna.

Tanto il mio suv quanto la roulotte erano colmi del

minimo necessario, come i miei vestiti e il mio letto. Tutto il resto lo avevo donato a organizzazioni che aiutavano i veterani e i senzatetto dopo aver venduto la casa a Long Island.

Dopo essere uscito dalla camera da letto, mi diressi verso la porta sul retro – no, l'ingresso principale – e scoprii che nemmeno quella era chiusa a chiave. Dopo averla aperta, uscii sulla veranda coperta che occupava l'intera lunghezza della cabina e fissai ciò che ora possedevo.

Il panorama spettacolare e mozzafiato del lago da quell'ampia veranda aveva chiamato il mio nome mentre scorrevo le foto sul sito dell'agenzia immobiliare. Al di là del lago c'erano altri alberi e la montagna che continuava a salire come sfondo.

Quella visuale perfetta era ciò che mi aveva convinto a comprare la proprietà e mi aveva accecato al punto da ignorare il resto dei problemi.

Immaginai me stesso su una sedia a dondolo, che mi godevo il caffè mattutino. O che mi costruivo una nicchia in veranda dove scrivere.

La tensione che mi perseguitava svanì all'improvviso e le mie spalle si abbassarono di qualche centimetro. La schiena si ammorbidì e i miei pensieri si fecero immediatamente più limpidi.

Ecco. Ecco di cosa avevo bisogno.

Perlomeno dopo una profonda ristrutturazione.

Come il resto della baita, la veranda aveva bisogno di una tinteggiatura e di una mano di vernice protettiva, cosa che potevo fare da solo.

Guardai verso destra e trovai una legnaia chiusa su tre lati mezza piena di legna da ardere, assieme a un tronco palesemente usato per spaccare la legna. Dopo aver sceso i tre gradini, girai attorno al capanno fino al fronte – no, al retro – dove avevo parcheggiato.

Durante il tragitto di ritorno alla Bronco, mi fermai al grosso serbatoio di propano lungo la parete esterna della baita, sullo stesso lato della cucina, per controllare la lancetta. Fortunatamente, era pieno come promesso.

Continuai a camminare fino a trovarmi accanto alla Bronco e lanciai un'altra occhiata all'esterno della baita.

La mia casa.

Andava bene. Doveva andare bene.

Senza dubbio avevo bisogno di un cambiamento e quello sarebbe stato un cambiamento importante.

Se trasferirmi qui non mi avesse aiutato, avrei preso atto che non c'era speranza per me.

Per il momento, dovevo tornare in paese, trovare un posto dove trascorrere la notte e comprare una quantità di prodotti per la pulizia per attaccare lo sporco.

Prima di poterlo fare, dovevo svuotare la Bronco stracolma e portare con me in paese solo una ventiquattrore e il mio portatile. L'indomani, al ritorno, avrei cominciato a pulire al meglio delle mie possibilità, per poi provare a portare la U-Haul su per la strada senza rompere un'asse.

In paese, avrei chiesto alla tavola calda e al motel se ci fosse qualcuno che potesse sostituire le finestre. Nel frattempo, avrei comprato un telo di plastica per coprire quella rotta e tenere fuori i pipistrelli e le altre bestiacce.

Avrei anche dovuto affittare una casella postale.

Accidenti. L'elenco era infinito.

Quando sarei riuscito a rendere vivibile il capanno, sarebbe stato meglio che le parole fossero pronte a scorrere.

In caso contrario, avrei dovuto cambiare mestiere.

Acquistalo qui: https://mybook.to/ ReignitingChase-IT

Se ti è piaciuto questo libro

Grazie per aver aver letto il mio libro! Se questa storia ti ha appassionato, per favore fallo sapere ad altre lettrici e altri lettori scrivendo una recensione sul sito dove hai acquistato il libro e/o su Goodreads. Le recensioni sono sempre bene accette e anche solo un paio di righe possono dare un grande aiuto per una scrittrice indipendente come me!

Libri disponibili in italiano

Made Maleen: Una fiaba in chiave moderna
Cicatrici
Riaccendere Chase
(Everything About You)

<u>FRATELLI IN DIVISA:</u>
Fratelli in divisa: Max (libro 1)
Fratelli in divisa: Marc (libro 2)
Fratelli in divisa: Matt (libro 3)
- Include Teddy: il capitolo finale (libro 3.5)
Fratelli in divisa: Natale dai Bryson (libro 4)

<u>LA SERIE DI NOVELLE OSSESSIONATI:</u>
Eternamente Lui
Solamente Lui
Necessariamente Lui
Pazzamente Lei
Segretamente Lui

PROSSIMAMENTE NE ARRIVERANNO ALTRI!

PROSSIMAMENTE NE ARRIVERANNO ALTRI!

Informazioni sull'autore

Jeanne St. James ha pubblicato per USA Today e Amazon romanzi rosa che hanno avuto successo internazionale. Ama scrivere storie d'amore incentrate su donne dal carattere forte e uomini a cui piace dominare. Scrive da quando aveva tredici anni e ad oggi ha al suo attivo quasi sessanta romanzi di ambientazione contemporanea. Le trame dei suoi libri vertono su rapporti eterosessuali, rapporti omosessuali tra uomini e *ménages à trois* in cui sono coinvolti due uomini e una donna, e hanno per protagonisti personaggi di diverse provenienze. Sotto lo pseudonimo di J.J. Masters, Jeanne scrive anche storie d'amore omosessuali di ambientazione fantasy.

Per restare aggiornati sulle frequenti uscite dei suoi nuovi lavori, collegatevi al sito www.jeannestjames.com o iscrivitevi alla newsletter: http://www.jeannestjames.com/newslettersignup (in inglese).

www.jeannestjames.com
jeanne@jeannestjames.com

Newsletter: http://www.jeannestjames.com/ newslettersignup

Gruppo Facebook di lettrici e lettori: https://www.facebook.com/groups/JeannesReviewCrew/
TikTok: https://www.tiktok.com/@jeannestjames

facebook.com/JeanneStJamesAuthor

amazon.com/author/jeannestjames

instagram.com/JeanneStJames

bookbub.com/authors/jeanne-st-james

goodreads.com/JeanneStJames

pinterest.com/JeanneStJames

Anche da Jeanne St. James (in inglese)

Trovate il mio ordine di lettura completo qui:

https://www.jeannestjames.com/reading-order

* Disponibile in audiolibro (inglese)

LIBRI INDIVIDUALI

Made Maleen: A Modern Twist on a Fairy Tale *

Damaged *

Rip Cord: The Complete Trilogy *

Everything About You (A Second Chance Gay Romance) *

Reigniting Chase (An M/M Standalone) *

Brothers in Blue Series:

Brothers in Blue: Max *

Brothers in Blue: Marc *

Brothers in Blue: Matt *

Teddy: A Brothers in Blue Novelette *

Brothers in Blue: A Bryson Family Christmas *

The Dare Ménage Series:

Double Dare *

Daring Proposal *

Dare to Be Three *

A Daring Desire *

<u>Dare to Surrender</u> *

<u>A Daring Journey</u> *

<u>The Obsessed Novellas:</u>

<u>Forever Him</u> *

<u>Only Him</u> *

<u>Needing Him</u> *

<u>Loving Her</u> *

<u>Tempting Him</u> *

<u>Down & Dirty: Dirty Angels MC Series®:</u>

<u>Down & Dirty: Zak</u> *

<u>Down & Dirty: Jag</u> *

<u>Down & Dirty: Hawk</u> *

<u>Down & Dirty: Diesel</u> *

<u>Down & Dirty: Axel</u> *

<u>Down & Dirty: Slade</u> *

<u>Down & Dirty: Dawg</u> *

<u>Down & Dirty: Dex</u> *

<u>Down & Dirty: Linc</u> *

<u>Down & Dirty: Crow</u> *

<u>Crossing the Line (A DAMC/Blue Avengers MC Crossover)</u> *

<u>Magnum: A Dark Knights MC/Dirty Angels MC Crossover</u> *

Crash: A Dirty Angels MC/Blood Fury MC Crossover *

<u>In the Shadows Security Series:</u>

<u>Guts & Glory: Mercy</u> *

Guts & Glory: Ryder *

Guts & Glory: Hunter *

Guts & Glory: Walker *

Guts & Glory: Steel *

Guts & Glory: Brick *

Blood & Bones: Blood Fury MC®:

Blood & Bones: Trip *

Blood & Bones: Sig *

Blood & Bones: Judge *

Blood & Bones: Deacon *

Blood & Bones: Cage *

Blood & Bones: Shade *

Blood & Bones: Rook *

Blood & Bones: Rev *

Blood & Bones: Ozzy *

Blood & Bones: Dodge

Blood & Bones: Whip

Blood & Bones: Easy

Beyond the Badge: Blue Avengers MC™:

Beyond the Badge: Fletch

Beyond the Badge: Finn

Beyond the Badge: Decker

Beyond the Badge: Rez

Beyond the Badge: Crew

Beyond the Badge: Nox

Note

Capitolo due

1. Negli Stati Uniti è vietato acquistare alcolici prima del compimento dei 21 anni; in alcuni dei singoli Stati, alle persone al di sotto di tale età è vietato anche l'accesso ai locali che vendono alcolici (ndt).

Capitolo quattordici

1. *The average Joe* è un'espressione statunitense che indica l'uomo qualunque (ndt).

Epilogo

1. Letteralmente "Harry il cane da caccia." Abbiamo preferito lasciare il nome originale per permettervi di gustare l'allitterazione (ndt).